KB189804

복수의 여신

FURIES

First published in Great Britain in 2023 by Virago Press

This edition is published by arrangement with Little, Brown Book Group Limited c/o Hachette UK Limited through Danny Hong Agency, Seoul.
Korean translation copyright © 2024 by HYUNDAE MUNHAK PUBLISHING CO., LTD.

복수의 여신

사납고 거칠고 길들여지지 않은
여자들의 이야기

마거릿 애트우드 외 지음
이수영 옮김

차 례

일러두기

1. 이 책은 다음의 원서를 완역한 것이다. Margaret Atwood·Ali Smith, et al., *Furies: Stories of the wicked, wild and untamed*(Virago, 2023)

2. 이 책의 모든 각주는 독자의 이해를 돕기 위해 옮긴이가 덧붙인 것이다.

3. 단행본 및 정기간행물 등은 『 』로, 시, 희곡, 단편 등은 「 」로, 회화, 음악, 영화, 공연 등은 〈 〉로 구분했다.

서 문

경고한다. 이 책에는 사나운 글들이 모여 있다. 여성 독자라
면 각오를 하시길. 고삐는 단단히 매셨나? 신경질은 가라앉혔
고? 남편에게 허락은 구했는지?

믿기 힘들겠지만, 그리 오래지 않은 과거인 19세기 말에도
독서가 여성에게 해로울 수 있다는 관념이 꽤 흔했을 정도니,
나는 경고해야 할 필요를 느낀다. 이 책을 집어든 여성은 영영
회복이 어려울지 모른다. 눈을 혹사해 시력을 잃을 수 있고 흡
수한 내용을 감당하기엔 심신이 너무 예민하여 신경이 괴이하
게 곤두설 게 분명하다. 이 어리석은 진취성을 계속 고집하겠
다면 적어도 남자 하나를 섭외해 먼저 읽게 하고 어떤 부분이
적절한지 결정하게 하라. 그렇다. 그것이 건강하고 안전하게 벗
어나는 길이다.

이 책은 출판의 역사에서 주목할 만한 순간을 기념한다. 지금으로부터 반세기 전, 이제는 작고한 위인 카르멘 칼릴Carmen Callil이 세상에 페미니스트 출판사가 있어야겠다고 결정하고 '비라고Virago'를 창립했다. 때는 1973년이었고 페미니즘 운동의 '두 번째 물결'이 세계 무대를 강타했다. 여자들이 정치·사회적 변화를 요구했고 그에 따라 자신들의 삶을 보고자 했다. 그 삶이 여자들이 읽는 글 속에 반영되고 수호되고 기념되기를 원했다. 나는 카르멘을 조금밖에 몰랐으니 그녀가 의분에 가득 차 그런 모험을 출항시켰으리라 상상만 할 수 있다. 비라고라는 이름 자체가 현 상태에 대한 도전을 결코 멈추지 않을 출판사임을 알리는 신호탄이었다.

엄밀히 말해 비라고Virago는 '영웅적이고 호전적인 여성'을 일컫지만 칭찬의 의미가 아닌 유사어도 많다. 수다쟁이biddy, 개년bitch, 무서운 아줌마dragon, 입이 험한 여자fishwife, 한을 품은 여자fury, 잔혹녀harpy, 할망구harridan, 화냥년hussy, 가십녀muckraker, 잔소리꾼scold, 악녀she-devil, 요부siren, 성질이 불같은 여자spitfire, 싸움닭termagant, 사나운 여자tygress, 독설가vituperator, 구미호vixen, 촌년wench······.

나는 이 모든 것들의 합체가 되고자 소망한다. 왜냐하면 이 멸칭들이 전부 자립을 위해 떨쳐 일어서는 여성처럼 보이기 때문이다. 모욕적 칭호로 여성을 폄하하려는 시도는 새로울 것이 없다. 인간이 처음 언어를 발화한 이래, 고약한 호칭으로 여성을 조금 더 유순하고 공손하게 만들며 여성의 장소를 동굴 속으로만 한정시킬 수 있을 거라고 생각한 이들이 있었을 것이다.

이렇게 너무 많은 것들이 미묘한 방식으로 성별화된다.

여주인은 소문의 대상이지만 남주인은 존경의 대상이 된다. 남자는 '늙은 개'라고 불려도 자부심을 느낄 수 있지만 여자는 '개년'이 되면 위축되어야 한다. 이 책의 주제는 이런 멸칭, 별명들을 제대로 차지하는 것이다. 남자는 '쿨한 고양이'가 될 수 있고 그에 대해 뽐낼 수도 있지만 여자가 '고양이 같다'는 건, 음흉해서 친구할 만하지 못하며 집에 머물러야 한다는 의미다. 그리고 여성이 계속 고양이 같이 굴다가 중년이 된다면 그녀는 '살쾡이' 즉 '폐경 후에도 여전히 왕성한 성욕을 가진 여성'이라는 무서운 존재가 되리라 기대된다.

(미안한데 성에 대해 생각할 시간이 좀 필요하다. 나는 예순넷이고 성은 여전히 내가 선호하는 주제 중 하나다……. 난 그래서 탕녀slut, 즉 '불결하고 칠칠치 못하거나 게으른 습관 혹은 외모의 여자, 냄새 나는 헤픈 년'인가 보다. 탕녀가 이런 용도로 처음 등장한 게 1402년인데 씹X이나 보X보다 앞선다. 나는 다 감싸 안으려 한다.) 자, 이제 됐으니 다시 돌아가자.

여섯 살 때 나는 처음 페미니스트로서의 분노를 경험했다. 어느 비 오던 날, 학교에서 남자애들은 밖에서 놀아도 된다고 허락을 받은 반면 여자애들은 색칠을 하며 실내에 있어야 했다. 나는 생애 첫 시위를(성공적으로) 이끌었고 그 이후로 세계를 바꾸려 노력해왔다. 세계경제포럼에 의하면 코로나 대유행은 성별 평등을 적어도 30년 지연시켰다. 이 글을 쓰는 지금 정치, 노동, 보건, 교육에 걸쳐 여성과 남성이 드디어 동등한 경기장을 마주할 가능성은 135년 후로 추산된다. 내 평생에는 일어나지 않을 일이다. 내 자식들에게도, 손주 대에서도…….

그래서 우리는 그동안 무엇을 해야 할까? 뭐, 계속 싸우고 말을 하고 서로 귀를 기울여야지. 목소리 높이기는 '더 공정한' 성차를 만들기 위한 새로운 방법은 아니다. 글의 역사 전체를 여성들의 말이 가느다란 실들처럼 관통한다. 시를 발명한 것은 엔헤두안나였고, 그녀는 사랑과 전쟁과 다산의 여신 이난나와 더욱 재밌는 달의 신 난나의 대사제였다. 엔헤두안나는 4200년 전 수메르의 도시 국가 우루크에 살던, 역사상 최초의 시인으로 알려져 있다. 11세기 초 일본에는 최초의 장편소설로 여겨지는 『겐지 이야기』를 쓴 귀족 여성 무라사키 시키부가 있었다. 무라사키 이전에는, 첫 여성 역사가이자 고대 이후 서유럽에서 희곡을 처음 쓴 흐로츠비타(935~973 추정)가 있다.

나는 모든 형태의 글을 좋아하지만 특히 단편소설에 사족을 못 쓴다. 단편소설은 이야기 짓기의 기원이나 마찬가지다. 누가 무언가를 쓸 수 있게 되기 한참 전부터 모닥불가에서 만들어지던 이야기의 형식이다. 보통은 한자리에서 다 들을 수 있는 단순한 구성에 모종의 중심 테마를 가지며, 그것은 아마도 도덕적 교훈이 될 것이다. 어떤 이야기가 세계 최초의 이야기였을까? 우리는 영원히 알 수 없을 테지만, 남자들이 잡을 수 없는 들소를 쫓아다니는 동안 여자들이 아이들을, 혹은 서로를 즐겁게 해주기 위해 이야기를 시작했으리라고 나는 확신한다.

내가 어릴 적 읽은 첫 소설집 중 하나인 『그림 동화집』은 200편 이상의 민담을 모아 19세기에 출판된 책이다. 우리가 기억하는 건 야코프 그림과 빌헬름 그림 형제뿐이지만 그들은 저자가 아니다. 형제는 그저 이야기들을 모아 성과를 거두었을 뿐이고 이야기는 주로 여성들로부터 얻었다. 여기에 기여한 일단의 자매들이 있었다. 하센플루크 자매, 폰 학스하우젠 자매, 폰 드로스테휠스호프 가족 등등. 도로테아 피에만이라는 나이 든 여성은 그림 형제에게 40편 이상을 주었다.

가장 나의 관심을 끈 제공자는 빌트 자매, 도르첸 빌트와 그레첸 빌트다. 그들은 그림 형제와 같은 마을에 살았지만 형제가 너무 가난해서 빌트 자매와 어울릴 수 없었다. 도르첸은 몰래 빌헬름과 만나 이야기를 들려주곤 했고 그 덕에 빌헬름이 충분한 돈을 번 후에, 그들은 결혼했다. 나는 이야기의 비밀스러운 전달이라는 일화가 마음에 든다. 태어날 때의 환경이 이후 인생을 지배하도록 놔두지 않겠다는 정신이 좋다.

그러나 그림 형제가 아니라 빌트 자매를 통해 그 동화들을 알 수 있었더라면 하는 아쉬움이 크다. 사실상 빌트 자매가 쓴 동화가 아닌가. 남자애들이 돈과 명예를 얻고 여자들은 아무것도 못 얻었다는 게 화가 난다. 이 여자들이 동화를 모으느라 얼마나 수고했을지 상상이 된다.

카르멘이 비라고라는 출판사 이름을 선택했을 때의 의도는 오해의 여지가 없다. 지난 50년간 비라고는 문학의 풍경을 변혁시켜 왔다. 여성의 목소리가 크고 또렷하게 들리게 되었고 그 음량으로 전통이 이어졌다. 이 책에 실린 단편소설 각각은 비라고의 유사어들에서 영감을 받았다. 우리는 헬렌 오이예미의 「악플대응팀」과 맞닥뜨리고 앨리 스미스의 「공군 지원 부대」 및 키분두 오누조의 「예지몽의 전사」 이야기를 들은 후, 카밀라 샴지의 「보리수나무의 처녀귀신」에서 파키스탄의 유령을 조우한다. 이 책에 모인 탁월한 작가들의 합창이 이런 존재들의 진실을 말하고 분노를 풀어놓는다. 셰익스피어가 말했던 것처럼 이 이야기들이 그저 "잡음와 분노로 가득해 아무것도 의미하지 못하는" 것일까? 천만의 말씀. 여기 이야기들은 유머와 휴머니즘으로 숙성되었다.

수년 전 다른 비라고 기념일에 나는 마거릿 애트우드와 공동 사회를 맡아 함께 무대에 섰다. 나는 이 전설적인 대작가의 굉장한 팬이지만 그녀가 코미디언이기도 할 줄은 몰랐다. 그녀는 너무 웃겼다. 다른 생에서 만났더라면 나와 2인조 희극단으로도 활동할 수 있었으리라 확신했다. 이 단편집에 뛰어들어 첫 번째로 만나는 세계는 애트우드의 영롱한 물속이다. 첫 문장은 이렇게 시작된다. "오늘 경계의 존재들 뜨개질 모임에 이제 질서를 요청할게." 그리고 여러분은 마법 같은 시간을 경험하게 될 것임을 깨닫는다. "공주였는데 두꺼비가 되었다고? 그럴 수 있지"라는 문장을 우리 모두 알아듣고 공감할 수 있다.

이 눈부신 단편집은 정신없는 속도로 독자를 빨아들여 우리는 레이첼 시퍼트의 「피압제자의 격분」에서 1942년 폴란드 여성들의 용맹한 항거에 직접 참여한 듯 전율하게 될 것이고, 스텔라 더피의 「용 부인의 비늘」을 읽은 후 자신과 몸의 관계를 다시 생각하게 될 것이다. 나는 이 작품들에 위로나 자극을 받았고 때로는 동시에 두 감정을 느끼기도 했다.

마지막으로 내가 카르멘을 만났을 때 우리는 런던의 어느 바에서 서로 다른 분야의 성공한 여성들과 술을 마셨다. 고급스러운 곳이었고 인테리어에서부터 기대되는 매너까지 모든 것이 진중한 곳이었다. 그러나 누군가의 말에 카르멘이 이의를 제기하며 정체성의 정치와 자기 결정권에 대한 논변을 시작했다. 그녀의 격노가 몰아치며 멈출 수 없었다. 또한 매우 시끄러웠다. 그녀는 분노를 전혀 가라앉히지 않은 채 흥미진진한 이야기들을 늘어놓았다. 보기에 장관이었다. 누군가 내 아내인 데비에게 물었다. "좀 조용히 시킬 수 없어요?" 심리치료사인 데비는 고개를 저으며 대답했다. "왜 그래야 하죠?"

즐기시길.

_____ 산디 토츠비그Sandi Toksvig

덴마크에서 태어나 아프리카, 아메리카에서 자라다가 열네 살에 영국으로 왔다. 코미디언이자 작가로 40년간 연극과 방송 활동을 하며 20권이 넘는 책을 썼다. 영국작가협회장을 역임하고 여성평등당을 창당하기도 했으며 결혼해 세 아이를 두고 현재는 깊은 숲속에서 산다. 한국에는 『불독 버턴 부인의 이야기』가 번역·출간되었다. sanditoksvig.com

뜨개질하는 요물들

마거릿 애트우드

사이렌

상반신은 여자, 하반신은 물고기의 몸을 하고 아름다운 노래를 불러 뱃사람들을 유혹해 죽였다는 그리스 신화 속 존재. 아름답지만 위험한, 유혹적인 여자라는 의미의 '요부' 혹은 '경보음'의 의미로 쓰인다.

SIREN

카르멘 칼릴을 기리며

오늘 '경계의 존재들 뜨개질 모임'에 이제 질서를 요청할게.

그래, 질서라고 했어. 왜 웃는 거지?

웃긴 일인지 모르겠네. 그래, 타고나기를 표준적 사회 질서에 도전적인 이들, 부류들, 괴물들의 모임에 질서가 요청되다니, 의아하다는 점은 이해해. 안다고. 그래도 웃긴 건 아냐, 하피[I]들이 뭐라고 생각하든. 뜨개질 모임을 하려면 모여야 하고 모이려면 누군가 모아야 하지.

그래서 내가 어떻게 대장들이나 신는 장화를 차지하게 되었느냐고? 좋은 질문이야, 카일레노. 뭐, 우선, 나는 말이 되잖아. 변신 사건을 겪은 애들과 달리 나는, 예를 들면, 머리 여럿 달린 뱀 같은 걸로 변하지는 않았으니까. 비난하려는 게 아니야, 스킬라[II], 하지만 쉭쉭거리는 소리와는 같을 수가 없지.

I   추녀의 얼굴에 새의 몸을 한 괴물
II   원래 님프였다가 머리 여섯, 발 열둘로 변한 오디세우스 이야기 속 괴물

물론 목소리가 없어도 의견을 개진할 수 있어! 화이트보드를 사용하면 돼. 들어 올리라고. 이 수족관 안에서도 아주 잘 보여. 이 임시 숙소 안에서도 말이야. 지난주부터 유리를 닦으려는 이가 없어서 조개가 득시글거리지만. 내가 조개에 유감은 없어도 지긋지긋해지고 있다고.

화이트보드를 쓸 수 없는 애는, 손가락이나 다른 비슷한 부속 부위를 가진 누구한테 도와달라고 부탁해.

그래, 내가 공감 능력이 부족한 거 같다고 너희가 친절하게 지적해줬지만, 조금만 생각을 해보면 이유를 알 수 있을 거야. '물고기처럼 차가운'이라는 말 들어본 적 있지 않아?

그나저나, 대장들이 신는 장화를 어떻게 내가 차지했느냐는 지적에 난 상처 받지 않을 거야. 다들 알듯이 나는 장화를 신을 수 있는 몸이 아니야. 간단히 말해서, 나한테는 발이 없다는 걸 너희도 뻔히 알고 있어. 여기엔 사연이 있지. 나는 선택을 해야 했어. 냉혈 어류 비슷한 내가 열정으로 삼은 대상, 즉 인간 왕자와의 성교를 위해선 두 다리가 필요했는데, 그 대신 황금 같은 목소리를 잃어야 했어. 나는 노래에 진심이었기에 목소리를 선택했어. 그래, 나의 순진한 여동생과 달리, 발에 문제도 남은 농인 여성이 되는 로맨틱한 꿈을 포기하고 그럭저럭 예술의 경계에 들도록 선율을 만들어내는 수단을 지켰어. 이 전망 없는 로맨스가, 내가 기꺼이 마음이라 부르는 것을 상처 입히지 않았다고 말하지는 않겠어. 하지만 내 음악은 향상되었지, 혹은 그렇다고 들었어. 깊이를 더했다고.

그래, 내가 뱃사람들을 꾀어내 죽이기로 유명한 건 사실이지만, 그건 편향된 관점이야. 탱고를 추려면 두 명이 필요해. 내가 탱고를 추는 건 아니지만. 뱃사람들이 꼬임을 당하길 원치 않았다면 내가 꾀어낼 수 없었을 거야. 그리고 난 내 일을 잘 해내. 어떻게 하면 잘 꼬실지 많이 공부하고 노력했어. 디테일을 정교하게 연마하는 데 수세기가 걸렸지. 꼬시는 데 성공 못한 뱃사람들의 천박한 조롱을 견뎌야 했어. '냉동 대구'란 유쾌한 별명이 아니야. '상어 보지'도. 그래도 나를 헐뜯은 자들에 대해서는 적당한 때에 앙갚음을 해주었기에, 내가 뱃사람들의 제복에서 뜯어낸 단추 수집품이 꽤 볼 만하지. 그걸로 전시실을 하나 만들 생각이야.

나에 대한 소개는 이걸로 충분한 듯. 이제 모임 이야기를 해야지. 내가 질서를 요구하는 거야. 우리는 중요한 결정을 내려야 하니까!

물의 정령 멜루지나, 커튼 봉에서 내려와줄래? 그래, 네 일부가 뱀이라는 건 알겠어. 우리 모두 그 점을 인정해. 하지만 정신 사나워. 어디서 똬리 좀 틀고 있으면 안 될까?

고마워.

자 그럼. 저 경계라는 게…… 무슨 뜻이냐고? 아. 처음이야? 공주였는데 두꺼비가 되었다고? 그럴 수 있지. 하지만 넌 손재주가 좋잖아. 공주일 때 자수로 온갖 공예품을 만들었잖아? 그건 아주 잘된 일이야! 우리는 함께 모포를 짜고 있어. 그렌들[1]의 어머니한테서 물려받은 옛날 무늬를 넣을 거야. 덴마크 사람들

I   고대 영국의 유인원 형태 괴물

의 머리를 뽑아버리지 않을 때의 그녀는 뛰어난 공예품 제작자
였고 재활용 작업도 했어. 전부 천연 재료야. 나는 그녀에게서
양치기 파이 요리법도 얻었는데, 양치기들을 좋아하는 이들은
맛있다고 하더라.

너희 모두 한 부분씩 할당 받을 거야. 여기 아라크네¹가 책임
지고 우리 적들 이름을 짜 넣는 법을 가르쳐줄 거야. 각자의 조
각이 완성되면 이어 붙여서 모포를 점점 크게 만들 거야. 손이
많으면 일이 쉬워져! 환영해!

그러면 이제 우리 작은 모임의 존재 이유를 설명해볼게. 손
을 오래 써온 애들은…… 그래, 어떤 애들에게는 손이 없다는
걸 알아. 그럼 알았어. 오래 써온 손이든, 날개나 발톱이든. 지
느러미든. 촉수든. 다른 식으로 말해볼게. '참가를 오래해온 맴
버들은.' 이제 됐니?

계속할게. 참가를 오래해온 맴버들은 전에도 들었겠지만 양
해해줘. '경계의 존재들 뜨개질 모임'이 존재하는 이유는, 다른
모든 연맹, 클럽, 분과, 조합, 협회, 표준, 정체성, 문화적 틈새,
분류에서 대개 제외되어온 이들을 위해서, 기존에 인정받는 집
단에 혹은 학문적 범주에 들어가지 못했거나 순응하기를 거부
한 우리를 위해서야.

우리 뜨개질 모임은 '여성으로 상정되는 이들'을 위한 곳이야.
'남성으로 상정되는' 맨티코아", 키클롭스"', 미노타우로스"ᵛ, 발

I   그리스 신화 속 거미 괴물
II   머리는 인간, 몸은 사자, 꼬리는 전갈인 페르시아 신화 속 괴물
III 그리스 신화 속 외눈박이 거인
IV   소 머리에 인간 몸의 그리스 신화 속 괴물

록[V]에게는 당구 클럽이 있지.

하지만 뜨개질 모임이든 당구 클럽이든 우리 모두는 무시당하고 심지어 공포의 대상이 된 경험이 있어. 우리는 모두, 이를테면 추방당하고 따돌림당한 경험이 있지. 순화해서 말하자면, 우리는 점잖은 단체에서 환영받지 못해. 그래서 이런 모임을 만드는 거야. 양날 도끼, 마력 작살, 불타는 횃불과 갈퀴, 십자가와 마늘, 은탄환 등에 시달리지 않아도 되는 안전한 장소를 마련하고자 결성되었어.

미안, 무신경한 소리였어. 그래, 정신적 상처를 건드릴 수도 있는 나열이었네. 진정해! 목줄을 이용해. 고마워. 소파는 나중에 수선하면 돼.

'경계'란 문지방에 비유되기도 해. 너희도 잘 알다시피, 우리는 모두, 말하자면 문턱을 사이에 두고 양발을 하나씩 놓은 처지이지, 예를 들면…… 또 뭐지?

꿍얼거리지 좀 마. 아, 알겠다. '발'이 문제구나. 내가 더 세심했어야 하는데. 나부터 발이 없는데. 은유적인 표현이었다고 변명해봐야 소용없겠지. 너희의 우수한 민감성에 경의를 표할게. '발' 운운은 철회하마. 회의록에서 삭제해줘. 다시 말할게. 너희 모두 잘 알듯이, 우리 모두는 자신의 반쪽(이상 혹은 이하)은 문화적 혹은 학문적 분류의 한편에 있고, 다른 반쪽(이상 혹은 이하)은 다른 한편에 있게 되는 경험을 해. 오리너구리를 보라고.

V   톨킨의 작품들에 나오는 악마형 괴물

아니, 아니, 프랜신, 자기야. 널 누구한테 내주겠다는 게 아
니야! 동물원에 보내지도 않을 거야! 억만금을 줘도 안 되지!
생각도 안 해볼 건데! 넌 우리 마스코트라고!

불쌍한 녀석이 겁을 잘 먹어서. 그 외다리 아래서 나와도 된
다고 알려줘.

다시 표현할게. '예'를 들어서, 오리 모양의 부리를 가진 너구
리인 오리너구리를 생각해봐. 암컷이 젖샘을 가진 포유류고 털
이 있지만, 새 모양의 입이 있고 새처럼 알을 낳지. 폐쇄적 범주
를 설정한 분류학자가 오리너구리를 보고 어떤 심정이었겠어!
어쩔 수 없이 또 다른 분류 방식을 생각해내야 했겠지? 그게
바로 '경계의 존재들 뜨개질 모임'에 속한 우리가, 그리고 '경계
의 존재들 당구 클럽'이 무엇보다도 주장하려는 바야. 또 다른
분류 방식의 필요 말이야.

계속하기 전에 잠시 우리 본성의 좀 더 긍정적인 면을 상기
해보자. 인간들에게 '경계의 존재들'은 잠재적으로 위험하다지.
그래, 우리가 위험할 순 있어. 하지만 우리는 또한 현명하고 가
르침을 줄 수도 있어. 뭐, 우리 중 일부는 그래. 머리 여럿 달린
큰 뱀들은 그다지. 스킬라에게는 미안하지만 말이야. 또한 당
구 클럽에서 지겹도록 지적하듯이, 아킬레우스는 켄타우로스
가 키웠지.

'경계의 존재들'은 문턱 넘어가기, 그러니까 변화와 새로운
시작을 관장해. 결혼, 장례, 출산, 취임식 같은 행사 말이야. 이
분류와 저 분류 사이 틈새에 낀 이들에게 우리는 도움이 돼.
동물이든 인간이든. 태어난 자든, 아직 태어나지 않은 자든.

아이든 어른이든. 싱글이든 기혼이든. 남자든 여자든. 바다든 땅이든.

낚시하면서 사냥도 한다는 농담을 만든 게 누구였지? 아. 늘 그랬듯 하피 중 하나네.

간단히 말하자면, 우리는 자연의 적응력, 다양성, 용암 같은 가소성을 입증하는 존재야.

그래도 한계는 있어. 이제 '경계의 존재들'이 트렌드가 되어 그저 바닥 장식 같은 트렌드가 아니라 모범적인 산 경험이 되어, 너무 많은 이들이 우리 조직의 일원이 되고 싶다고 요구하고 있으니까 말이야. 작년에는 뱀파이어들이 문제였지. 뱀파이어가 들어오는 데 너희 중 몇이 난색을 표하면서 '신화적' 존재가 아니라는 이유를 댔지만, 뱀파이어는 삶과 죽음 사이의 존재니까, 유력하게 경계적인 경우라고 주장할 수 있지. 그리고 논쟁이 달아올라, 두어 명은 불행히도 체액까지 누출 당한 끝에, 손을 들어서, 그러니까 앞쪽 신체 부위를 들어서, 뱀파이어들이 간신히 통과됐지. 뱀파이어들은 꽤 부유해. 약탈물을, 아니 재화를 축적할 시간이 상당히 많았으니까. 그리고 그들 중 너덧은 우리 '은퇴 기금'에 상당한 기부를 했어. 우리 중 누가 은퇴할 거 같진 않지만.

그런데 이번엔 좀비 입회 문제가 닥쳤네. 뱀파이어가 허락되었다면 좀비도 들여보내줘야 한다는 말을 들었어. 똑같은 삶/죽음 종류의 경계성이니까. 하지만 나는 강하게 반대해. 뱀파이어들은 많은 변화를 통해 개별적 정체성들을 보존해온 반면 좀비들에게는 개별성이 없어. 뇌가 없는데 무슨 정체성이야. '경계의 존재'는 고사하고 '존재' 자체가 될 수 없어. 그리고……

무슨 소리야, 버섯이 왜? 버섯들이 존재냐고? 일종의 실체긴 하지만, 존재라니? 아니,『존재와 무』를 트러플 버섯과 연관시켜 토론하고 싶지는 않아. 어쩌다 버섯 이야기로 빠졌지?

질서를 지켜! 당면한 과제에 집중하자고! 조류가 바뀌는데 꾸물거리다 좌초당하기는 싫어.

있지, 우리가 왜 좀비들에 대해 논쟁까지 해야 하는지 모르겠어. 그들이 들어오겠다고 요구한 것도 아니잖아. 의문을 가질 일도 아니지. 좀비는 말을 못하니까. 설사 그들이 말을 할 수 있다고 해도, 끼워달라고 떠들어대지는 않을 거야. 더구나 뜨개질 모임에 들어오려 할 것 같지 않아. 좀비가 털실에 무슨 관심이 있겠어.

'경계의 존재'가 뭔지도 모를걸. 그러니 포함되든 포함되지 않든, 좀비들은 상관하지 않을 거야. 아니, 교육도 못 시켜. 좀비한테는 뇌가 없다고 몇 번을 말해야 해? 그들의 귀 사이에는 곤죽이 차 있을 뿐이야. 귀는 있을지 모르겠지만! 좀비는 허물어지는 중이니까!

좀비가 된 피해자를 비난하는 건 아니야. 악취를 풍기며 붕괴 중인 생체 쓰레기 더미가 된 게 피해자의 잘못이 아니라는 거 나도 알아. 그냥 현실이 그렇다는 거야. 인정하자고.

이제 이 문제를 투표에 부쳐도 될까? 좀비를 제외시키는 데 찬성하는 이는 신체 부위를 하나씩 들어봐.

고마워. 우리도 기준이 있어야지.

마지막으로, 한동안 우리에게 고민거리를 던진 안건이 하나 남았어. 이 안건은 우리가 평생 가까이해본 적 없는 문제를 제기했어. '실종자들' 말이야. 어떤 사람이 혹은 어떤 '경계의 존재'가 그냥 사라져버리면, 즉 더 이상 보이지 않게 되면, 죽었는지 살았는지 존재하는지 존재하지 않는지 분류될 수가 없어. 그러므로 그들은 경계적 존재가 돼. 그러나 그들이 어디에 있는지 모르니 그들의 상태를 입증할 수가 없어. 옛날 세상에서 그런 이들은 스틱스강을 지나 저승으로 갈 수도 없었고 레테의 강물을 마시고 모든 걸 잊은 채 다시 태어날 수도 없었어. 대지를 떠돌며 나그네를 괴롭히고 말을 겁주다가 발견되어 적당히 매장될 운명이었지. 요즘 세상에 레테의 강물은 없지만, 그들의 알 수 없는 상태는 사랑하는 이들에게 큰 괴로움을 안겨.

우리도 마음이 아파. 우리 중 많은 이가 예전에 인간이었다가 샘물, 나무, 새, 해바라기, 거미 등으로 잡다하게 변신했어. 우리가 어떻게 됐는지 친지들에게 알리지 못한 채! 이런 변신을 사주한 신들이 건설적 소통에는 아주 형편없어.

사과할게. '잡다하게'를 경멸조로 말한 건 아니었어.

내가 말하고 싶은 건 우리 중 다수가 실종자들의 행방을 알거나 찾아낼 능력이 있다는 거야. 숲의 정령 드라이어드, 바다의 정령 네레이드, 물의 정령 멜루지네 같은 애들은 누구 혹은 무엇이 숲에서 실종되었는지, 누구 혹은 무엇이 대양을 떠돌아다니는지 알아. 이따금은 걱정하고 슬퍼할 관련 인간에게 정보를 주려 하지만 불행히도 부정적인 결과를 낳아. 인간은 나무 혹은 뱀이 거는 말을 들으면, 특히나 시신에 대한 말을 들으면,

비명을 지르며 도망치거나 환각제 탓으로 돌리지.

그러나 우리에게 실종자의 친지들에 대한 의무만 있는 건 아니야. 실종자들 자체에 대한 의무도 있어. 살았든 죽었든. 그들은 발견되길 염원해! 그래서 자꾸 친지들 꿈에 나타나 괴롭히는 거야. 실종자들은 친지들과 다시 만나길 바라고 지금 상태가 알려지길 소망해. 이야기가 온전히 알려지길 원해. 알다시피 결말은 보통 비극적이지만……. 그래도 이야기를 하게 되면 완결이 가능하잖아. 풀어낼 수 있게 되잖아. 그렇다고들 믿지.

우리 '경계의 존재들 뜨개질 클럽'은 이런 염원을 이해할 독보적 위치에 있어. 문턱에 걸려버린 이들이 품은 한 말이야. 인간과 유사해서 오히려 '불쾌한 존재들이 모인 골짜기'가 우리의 서식지야. 확정을 받지 못하는 기분을 우리는 알지.

길 잃은 저 불쌍한 영혼들을 우리가 도울 수 있을까? 우리가 도전해볼 수 있을까? 우리 사이 차이점은 잊고 남은 유골 자투리를 먹지 않고 참으며 이 일에 힘을 합칠 수 있을까? 우리가 기쁨이나 위로를 주지는 못하더라도, 사건은 종결시킬 수 있어. 그리고 유족에게 우리가 짠, 아늑한 모포를 하나 선물할 수 있어. 그 모포가 복수의 도구로서 1차 목적을 수행하고, 모포에 이름을 짜 넣었던 적들이 사라지고 난 후에 말이야.

우리 신체 부위들을 들어볼까?

발톱 부딪는 소리 거슬리니까 좀 줄여. 긍정적인 느낌으로 그러는 건 알지만, 메두사, 너무 시끄러워.

고마워. 공식 회의는 이제 끝났어. 다양한 다과를 들며 뒷얘기를 떠들어도 돼. 다른 이가 먹는 다과가 혹은 먹는 방식이 마음에 들지 않으면 그냥 딴 곳을 보도록.

그러고 나면 각자의 영역으로 흩어지도록 하자.

즐거운 뜨개질 되길.

_____ 마거릿 애트우드Margaret Atwood

소설, 시, 비평 등 50권 이상의 책을 쓴 작가로 한국에 번역된 장편소설에는 『고양이 눈』 『도둑 신부』『그레이스』『눈먼 암살자』〈미친 아담 3부작〉 등이 있다. 그중에서도 1985년 고전 『시녀 이야기』와 2019년 속편 『증언들』은 세계적 베스트셀러이며 두 번째 부커상을 받았다. 최근에는 단편소설집 『숲속의 늙은 아이들』도 한국에 번역됐다. 아서 클라크 상, 프란츠 카프카 상, 독일출판협회의 평화상, 미국 PEN의 평생공로상 등 수많은 상을 받았다. margaretatwood.ca

진짜 사나이

시엔 레스터

비라고

예전에는 여장부, 여전사처럼 '남자 같은 여자'를 뜻하는 말이었으나
현대에는 주로 '문제를 일으키는 호전적인 여자'를 지칭한다.

VIRAGO

36번 환자에 대한 개인적 메모

7월 19일

오늘 오후, 새로운 환자에 대한 첫 진료. 이제까지 닥터 K의 지도하에 만난 사례 중 가장 흥미로운, 더 정확히는 가장 진기한 사례로 판명날 가능성이 크다. 사전에 나에게 아무 기록도, 정보도 주어지지 않았다. 닥터 K는 특유의 모호한 태도를 고수하며 이렇게만 말했다. "순전한 자네의 인상만 듣고 싶네." 그는 특유의 표정, 혹은 표정을 지운 얼굴로 말했고, 그가 환자와 갈등이 생기려 할 때면 짓는 저 경고의 표정을 나는 수없이 보았다. 날씨가 더워 방이 답답했다. 약속 시간이 다가왔다가 지나갔다.

노크 소리가 들렸지만 닥터 K의 손짓에 나는 다시 앉았다. 나는 닥터 K의 진료 의자에서 좀 떨어진 한쪽 옆에 앉아 있었다. 문에서 말소리가, 거친 웃음을 터뜨리는 소리와 조용히 웅얼거리는 소리가 들렸고 우리의 환자가 들어왔다. 나는 놀람을 잘 숨겼다고 믿는다. 6개월 전만 해도 그럴 수 없었을 것이다.

색이 바랜 지저분한 드레스, 낡아빠진 더러운 모자와 앞치마가 죄수임을, 여성 죄수임을 알려주지만 그 의복 안의 사람, 그 형상, 그 거동과 자세는 내 또래의 젊은 남자였다. 그의 신체는 군살 없이 잘 발달되었고 발걸음은 좀 너무 대담해서 마치 현재의 상태에 반항하는 듯했다. 신체 각 부위가 자신감과 권위를 주장했지만 머리를 푹 수그리고 시선을 떨어뜨려 자의로 벌이라도 서는 듯했다. 수치심 때문에 그러는지 분노 때문인지는 나로서는 알 수 없었지만 말이다. 앉으라는 말을 들었지만 그는 방 한가운데 고집스레 어색하게 서 있었다.

비협조적인 환자를 닥터 K가 구슬리는 모습을 나는 전부터 봐왔고 이번에도 그의 행동은 여느 때와 다르지 않았다. K는 상냥하지만 직설적인 말투로 짧게 설명했다. 자기가 할 일에 대해, 어떻게 해나가고 싶은지, 또한 이 방에 있는 우리의 상호작용에서 우리 각자로부터 기대하는 바가 무엇인지 말이다. K는 부산을 떨었지만 (종이 더미 맨 앞에 이미 준비된) 환자 기록을 정말 찾아야 하거나 (시작 전에 이미 한 잔 들이켠) 물을 다시 따라 마셔야 해서가 아니라, 젊은이에게 환경에 적응할 기회를 주기 위해서, 주위를 둘러보고 우리에게 익숙해져서 관찰당하는 느낌을 덜게 되길 바라서였다.

나는 이 모든 걸 관찰하면서도 안 보는 척하며 무관심을 가장했다. 나는 닥터 K가 묻는 날씨나 날짜에 대한 사소한 질문들에 답하고 담배에 불을 붙이고 편히 자세를 잡았다. 환자는 계속 서 있었고 K는 서두르지 않았다. 내가 배운 바에 따르면, 타인들이 만든 이런 환경으로 불려온 사람이 처음에 이렇게 참여를 거부하는 경우가 드물지 않으며, 보통은 위협적이지 않은 환경의 조성으로 해소될 수 있다. 약간의 친근한 태도, 들을 준비가 된 귀 정도로 말이다.

사교적 잡담이 끝난 듯했을 때 닥터 K는 유쾌하게 미소 지으며, 짐짓 지친 듯 물었다. "그래도 내가 앉는 건 괜찮겠지?" 아무 반응이 없자 K는 의자에 앉으며 읽고 있던 깔끔한 서류철로 몸을 굽히고 메모하던 연필을 들었다. 허공에 대고 그는 말했다. "자네가 말할 준비가 될 때까지 나는 얼마든지 기다려도 괜찮지만, 그동안의 시간을 내가 생산적으로 써도 되겠지?" 이 역시 K가 늘 사용하는 방식이었다. 내가 지금까지 본 어떤 환자도, 아무리 우리를 보란 듯이 무시하려 애써도, 본인이 무시당하고는 오래 견디지 못했다.

이따금씩 닥터 K의 연필이 서류 여백에 긁히는 소리만 또렷하게 들리고 창문들 아래 거리의 소음이 유리에 막혀 희미하게 들려왔다. 나는 가까이 있는 책을 집어 펴서 무릎 위에 올리고 그 기회에 우리 환자를 좀 더 자세히 살펴보았다. 몸을 돌리고 고개를 숙인 그의 얼굴을 다 볼 수는 없었지만 목에 두른 허름한 수건 위로 날카로운 턱 선이 도드라져 보였다. 보닛 모자 옆으로 빠져나온 머리 타래들은 짙은 적갈색이었다. 충분치 못한 길이의 소매에서 팔목과 손이 비죽 튀어나와 우스꽝스럽기도 했다. 볕에 그을리고 손가락에 흉터들이 있는 강인한 손이었지만 말이다. 직립한 자세는 군인이나 유능한 기병 느낌도 났다.

이것이 옷차림과 대조되어 그가 여기 불려온 이유가 수위권 내에서도 더욱 기괴하고 반역적인 종류의 규범 파괴 같은 것 때문 아닐까 하는 생각이 들었다.

그래서 나는 잡념을 비우고 마음을 가라앉혔다. 지금 내 임무는 사실에 기반하지 않은 추측이 아니라 관찰이고, 관찰을 위해 마음을 활짝 연 다음, 상황 전체를 흡수하고 나중의 분석을 위해 저장하는 것이었다. 시계가 재깍댔다. 나는 내 시야가 부드럽게 풀어지도록, 방 안의 모든 인상이 무차별적으로 내게 들어오도록 만들었다. 내가 그들에게 인상을 주는 게 아니라 말이다. 그러자 먼 곳의 소음들, 묵직한 공기 그리고 거의 알아채기 힘들었던, 세 사람이 점차 박자를 맞추어 함께 숨을 쉬게 된 소리가 인지되었다.

한 시간 후 문에서 들린 노크 소리가 우리를 깨운 듯했다. 닥터 K가 기지개를 켰는데, 아주 과장된 행동은 아니었고, 우리 둘에게 고개를 끄덕이며 밝게 말했다. "간수로군." 다시 K는 혼자 문으로 갔고, 다시 숨죽인 목소리들이 들린 후, K가 돌아와서 세심한 미소를 지으며 한쪽 팔을 뻗어 우리 환자를 내보냈다. 죄수를 인계하는 닥터 K의 작별 인사를 듣고 나서야 우리의 젊은이가 여자라는 사실을 나는 깨달았다. "시간 내줘서 고마워요. 미스 W. 내일도 기다릴게요." 그 말을 하면서 닥터 K는 그녀를 보지 않고 방 건너편 나를 보았다. 두 번째에는 나의 놀라움을 그다지 잘 숨기지 못했다.

7월 20일

오늘 또 카페트나 연구하며 조용히 시간을 보내는 게 처음만큼 쉽지는 않았는데, 어쨌든 나에겐 그랬다. 닥터 K는 흔들림이 없었지만 나에게 환자 서류철을 검토하라고, 나 혼자도 최선의 적절한 처방을 생각해낼 수 있을지 보라고 했다. 내가 이걸 쓰는 지금 그 서류철이 옆에 놓여 있는데, 세 부분을 펼쳐놓았다. 범죄 기록, (피고와 고소인에 의한) 개인 진술들, 그리고 최초 진단서. 재판정에서 우리에게 의뢰한 일은 미스 W의 행위의 기저 원인, 충동, 그리고 귀책성을 판정하는 것이다. 죄목들 자체는 흔한 것도 있고 특이한 것도 있는데, 흔한 범죄가 밝혀지면서 특이한 범죄가 드러났다.

경찰이 보고한 사연은 다음과 같이 요약될 수 있다. 미스터 W(당시의 그녀)는 작년 12월 빚쟁이들을 피해 G도시에서 우리 도시로 왔다. 기자이자 번역가로 일하던 그녀는 가끔 함께 일하던 미스터 S와 친분이 생겼는데, 도박 습관이라는 공통점도 있어서였다. 그러다가 그녀는 그의 가족과도 알게 되었는데 그중에 미혼의 여동생 애나가 있었다. 서로에게 끌린 그들은 오빠의 축복을 받으며 6월에 결혼식을 올렸다. W와 애나 사이 로맨스가 발전된 만큼 S의 재산에 대한 W의 의존도 커졌지만, 약속된 상환금이 늦어지거나 일부만 변제되다가 아예 중단되기에 이르렀다. 우정이 상하고 둘 사이 적대감이 폭력으로 발화된 것이 7월 11일 밤, 정육 시장 근처의 늘 가던 술집에서였다. 싸우는 둘을 쫓아낼 수 없던 술집 주인은 기물 파손이 걱정되어 경찰을 불렀는데, 체포 과정에서 W의 진짜 성별이 밝혀졌다.

미스터 S로서는 기가 막혔고, 그의 진술에 따르면 전혀 상상
도 못했으며, 그의 여동생 애나도 이 기만에 한몫했지 않겠느
냐는 경찰의 완곡한 질문에 그는 격분했다. S는 W를 채무 불
이행뿐 아니라 S의 가족에 대한 사기로 형사 고소 해달라고 요
구했다. 여동생인 미스 S(이제는 그렇게 불려야 할)는 짧은 진
술만 했는데, 면담한 경찰관은 그녀가 받은 충격을 기록해두었
다. 그녀는 믿을 수 없어 하며 믿지 않으려 했다. 이런 짧은 기
록들에 비해 W의 진술은 좀 더 길었지만, 내가 판단하기론 닥
터 K가 만족할 만큼 길거나 자세하지는 않았다. 범죄의 배경
을 설명하기 위해 그녀의 개인사도 요약되어 있었는데, 거기에
는 늘 그렇듯 닥터 K가 주의를 당부하는 문구를 휘갈겨놓았다.
"감안해서 읽을 것."

그녀는 남장을 하고 살아왔다고 했다. 미스 W가 어릴 때부
터 그녀의 남성적 성향을 알아본 아버지는 그녀에게 니콜라스
라는 이름을 지어주며 이러한 기벽을 격려했고 그녀를 소년으
로 키웠다. 격한 신체 활동, 대담한 도전, 방랑벽 같은 것들이
그녀에게 최고의 기쁨을 주었고 모든 여성적인 것에 질색했다.
본인이 사랑했던 여성에게서 발견되는 게 아닌 다음에야 말이
다. 도박과 저술이 그녀가 열정을 쏟는 두 가지 대상이었고 성
매매 업소에도 무지하지 않았으며 결투에서 부상을 입은 적도
한 번 있었다. 그녀는 이전의 방탕한 생활과 S의 여동생에 대해
선언한 깊고 상냥한 사랑 사이 간극을 직접 언급했고('고귀한'
이라는 단어가 두 번 사용되었다) 그 사랑이 최고의 남성성, 이
전까지는 완전히 충족되지 못했던 자신의 남성성의 실현에 이

바지했다고 믿었다. 반면에 애나는 남편이 겉으로 보이는 대로의 사람이 아니라고 의심할 아무 이유가 없었다고 단언했다. 결혼이 완성되어야 했던 날에 어떻게 속임수가 가능했는지에 대해서는 어떤 구체적 설명도 제공되지 않았다.

그래도 진단서는 닥터 K의 체계, 곧 나의 것이 될 체계를 기준으로 보아도 인정할 수 있는 수준으로 작성되었다. 환자의 두상에 대한 전반적 측정이 이루어져 비율들이 기록되었고 골반과 척추도 측정되었다. 엉덩이 발달이 저해되어 여성의 기준에 전혀 미치지 못함이 밝혀졌고 구강이 너무 좁아 치열이 다소 비정상적이었다. 허벅지와 팔엔 두드러지게 근육이 발달되었으며 후두 역시 명확한 남성적 형태를 띠었다. 사지에는 털이 빽빽하게 났으나 유방은 부드러웠고 놀랍게도 생식기에 자웅동체적 발달의 흔적은 보이지 않았다고 기술되었다. 대음순은 거의 완벽히 맞붙었고 그 사이로 튀어나온 소음순은 수탉의 볏처럼 주름졌으며 음핵은 작고 매우 민감했다. 질은 너무 좁아서 음경의 삽입이 불가능할 것으로 관찰되었다. 자궁을 직장으로 촉진하니 호두 크기 정도에 후굴과 유착의 가능성이 보였다.

진단서는 선천적 성적 본능 역전 장애로 잠정 결론 내렸고, 왜 닥터 K가 나에게 선입견 없이, 다른 의사들의 견해에 영향받지 않고 먼저 보이는 사실들과 대면하기를 바랐는지 알 수 있었다. 심리적 자웅동체든, 여장부 증후군이든, 남장여자든, 그 비정상의 성질과 정도를 결정하는 일, 그리고 미스 W가 '그의' 아내를 동성애 행위로 끌어들였는지 알아내고 미스 W의 책임

능력 여부를 규명하는 일이 우리 과제였다. 법원에서 우리한테 요구하는 게 너무 많았다. 환자의 결함이 선천적인지, 선천적이라면 교정 가능한지는 우리도 묻고 싶은 문제다.

7월 21일

병원에서 내가 맡은 진료들뿐 아니라 자리를 비운 한 동료의 진료도 떠맡느라 짜증나고 진 빠졌던 오전 업무 덕분에, 오후 늦게 미스 W를 만나기 전까지 내가 닥터 K와 의논할 시간은 1분이었다. 하지만 아직도 '우리' 방으로 느끼기는 힘든 곳으로 들어선 나에게 K는 아무 말도 하지 않았다. 새로운 방향의 사고가 무르익는 중이라는 확실한 징조였다. 내가 수첩과 펜을 준비하는데 노크 소리가 들렸다. 나는 작은 목소리로 물었다. "제가 뭘 좀 시도해도 될까요?" 돌아온 대답은 "자네가 뭘 좀 시도해도 된다고 생각하나?" 뿐이었다.

인수인계는 신속했다. 양측은 어제와 똑같은 자리를 잡고 앉았다. 그녀 측은 시선을 회피했고 우리 측은 조심스레, 그러나 쾌활한 분위기로 애먼 데를 보았다. 날씨에 대해 가볍게 몇 마디를 하고 무시당할 게 뻔한 물을 권한 다음, 닥터 K는 오늘의 방심 수단을 꺼내놓았다. 그건 신문이었다. "진 빼는 생각을 하기엔 너무 덥군." K는 누구에게 하는지 모를 말을 뱉은 후 자리를 잡고 읽기 시작했다.

오전 내내 나의 내면에서 논쟁이 벌어졌다. 우리 환자의 참여를 설득할 최적의 방법이 무엇인지, 방법이 있긴 한 건지. 그녀가 개인적으로 찾아온 환자였다면 우리가 충분한 시간을 들일 수 있겠지만, 재판 일자는 다가오고 우리의 진단은 보다 큰 공공의 이익을 위해 꼭 필요했다. 근소하나마 치료의 희망을 완전히 잃기 전이니까. 그래도 우리 사이 신뢰감 형성의 가능성이 있다면, 나는 그걸 시작도 전에 망치고 싶지 않았다. 나는 담배에 불을 붙이고 손가락을 두드리며 닥터 K가 신문 넘기는 소리를 들었다.

환자는 일부러 그러는지는 모르겠으나 이번에는 문 쪽으로 몸을 약간 더 틀고서 널찍하고 근육이 잘 잡힌 등을 나에게 보여주고 있었다. 솔직히 서류에서 진실을 읽지 않았다면 그녀가 여자임을 믿기 힘들었을 것이다. 그녀는 조금이라도 위치를 옮기거나 자세를 바꾸지 않았고 팔도 기이할 정도로 꼼짝하지 않았다. 유일하게 움직이는 부위는 몸통으로, 숨을 몰아쉬며 들썩거렸다.

나는 더 재고하지 못하고 말을 뱉어버렸다. "니콜라스?" 그러자 내 앞의 몸이 즉시 얼어붙듯 굳는 반응이 보였다. 천천히, 그녀에게 내 행동을 파악할 시간을 주며, 나는 일어서서 조금 다가갔다. 우리 둘 다 서 있게 되었다. 나는 신중하게 다음 말을 골랐다. 되도록 간결한 말로 그녀가 착각할 여지를 남기되 직설적인 유혹도 해야 했다. "우리는 곧 어떻게든 당신을 진단해야 해. 당신도 상황을 알 거라 믿어. 당신의 도움을 받는 게 낫겠지. 대신 우리가 편의를 제공할 수 있다면 어떨까?"

그녀는 고개를 들지 않았고 경직된 어깨도 그대로였지만 한참 후 한숨 소리 같은 것이 새어나왔다. "담배 한 대만, 제기랄."

오랜만에 말을 하는 듯 목소리가 갈라져 나왔다. 그리고 내가 어떤 목소리를 예상했는지는, 그녀의 말을 실제로 듣게 되자 기억나지 않았다. 내가 담배에 불을 붙여 내밀자 그녀가 드디어 고개를 들어 나를 보았다. 그녀의 표정에 대한 기대감으로 나도 모르게 흠칫할 뻔했지만, 무슨 기대를 했는지, 왜 기대를 했는지 알 수 없었다. 거기엔 표정이 없었다. 나는 그녀의 얼굴을 찬찬히 살폈다. 높은 이마는 지적인 인상을 주었고 이목구비도 꽤 괜찮았다. 잘생겼다고도 할 수 있는, 놀랄 만큼 남성적인 용모였지만 수염이 없었다. 커다랗고 유난히 까만 눈에서는 섬세함이 엿보였지만 완전히 텅 비어 있었다. 큼직한 손이 뻗어와 담배를 잡더니 부르튼 입술 사이로 가져갔다. 나도 어울려주듯 한 대 불을 붙였고 한동안 그녀가 말없이 피우게 놔두었다. 그러다가 물었다. "어떻게 하면 당신을 편하게 해줄 수 있을까?"

즉답이 돌아왔다. "내 옷."

나는 고개를 끄덕였지만 쉽게 해줄 수 있을지는 알 수 없었다. "당신 옷을 찾아줄게. 그러면 우리한테 협조할 텐가?"

그녀의 눈이 닥터 K가 앉은 곳을 향해 휙 움직였다. K는 그대로 앉아서 신문을 가림막처럼 들고 있기 때문에, 그런 그녀의 모습은 낯선 사람의 손을 경계하는 개를 닮았다고도 할 수 있었지만, 다시 위엄을 끌어 모으는 게 보였다. 별로 남은 건 없겠지만 말이다. "당신한테는 협조하겠지만 저자는 안 돼. 그리고 내 옷이 먼저야." 그러고 나서 내가 대답도 하기 전에 그녀는 절도 있게 몸을 돌려 문으로 갔고 노크해서 간수를 찾더니 나가버렸다. K는 놀라 일어나더니 그녀를 부르려 했다.

그러다가 천천히 책상으로 돌아가 미소를 지으며 정리하기 시작했다. 쿡쿡 웃으며 입을 열었다. "뭐, 이만하면 오늘은 된 것 같네, 안 그런가?" 나도 그의 책상 옆으로 가서 정돈을 도우려 했지만 K가 손을 들어 막았다. "놔두게. 자네는 내일 저걸 공격할 계획을 짜야지. 나한테도 시험해볼 방법이 몇 가지 있고."

나는 주저했다. "그녀의 요구를 들어줄 생각입니까?"

"그래. 안 들어줄 이유가 뭐지? 입을 열게 만들고, 자네도 혼자 일해볼 수 있는 기회고. 같은 시간에 계속해. 나는 한 발 물러날 테니. 깨뜨리는 데 성공하면 제대로 보고해. 우리의 작은 여장부에 대한 자네의 판단을." 그는 다시 쿡쿡거리더니 그녀에 대한 서류철을 집었다. "그녀가 자네 손으로 들어갔군." 그가 말하며 서류철을 나에게 건넸다.

7월 22일

나의 호기심이 순전히 직업적인 성질은 아니라는 점을 깨달으며, 미스 W가 예전에 입던 옷을 입고 나타나기를 기다렸다. 여자 죄수용 드레스보다 훨씬 잘 어울릴 거라 기대가 됐다. 그녀의 진정한 본성과 면모들을 밝혀주고 확장해주리라는 기대도 있었다. 게다가 스스로에게 솔직해지자면, 직접 보고 싶은 호색한 욕망도 인정할 수밖에 없었다. 어떻게 그럴 수 있었는지, 어떻게 들키지 않았는지 알고 싶은 욕망이었다. 그녀가 실은 여자임이 드러나는 부분이 있을까? 기다리는 동안 상상력을 너무 풀어놓은 데 자책감이 들었지만, 절로 떠오르는 생각을 막을 수가 없었다. 그동안 공연에서 보아온 오페라 가수들, 여배우들 가운데 변장 역할, 즉 자의식 가득한 씩씩함과 과장

된 남성성으로 환상과 현실의 간극을 감추기보다는 오히려 주
의를 집중시키던 모습들이 떠올랐다.

　오늘 오후 방에 들어온 이 남자, 이 인간이 너무나 본성적으
로 조화로워 보여서 나를 완전히 기겁하게 만들 줄은 정말 몰
랐다. 그를 거리에서 보았더라면 아무 위화감 없이 지나쳤을 것
이었다. 동료로 소개를 받았다면 나는 그와 악수를 나누었을
것이다. 여기서 '그'라고 쓴 이유는 그녀가 나에게 준 인상이 그
랬기 때문이다. 저 옷, 잘 재단되고 유행에 따른 옷 아래서 움직
이는 신체에 대한 온갖 정보를 나는 알고 있지만, 그녀에게서는
그 정보들이 보이지 않았다. 그녀는 편안하고 위엄 있는 몸가짐
으로 걸어 들어왔다. 마침내 고개를 든 그녀와 나의 눈이 마주
쳤다.

　"여전히 날 편하게 해주려고 노력하는군." 그녀가 말하며, 내
가 창가로 옮겨놓은 의자 두 개를 가리켰다. 그 사이 탁자에는
물과 담배가 놓여 있었다.

　"그래." 나는 대답하고 앉아서 그녀에게 의자를 권했다. "정
말 노력하고 있어."

　"목적은?"

　"당신을 이해하기 위해서." 그녀가 믿을 수 없다는 듯 눈썹을
올려서 내가 설명했다. "내가 해야 하는 업무니까. 당신을 기소
한 이들을 돕는 일이긴 하지. 당신이 죄를 저질렀는지는 모르
겠지만 말이야. 정확히 무슨 일이 있었는지, 당신이 왜 그런 행
동들을 하게 되었는지 이해하려는 거야. 그리고 나 자신을 위
해, 전문성을 위해 해내야 하는 과업도 있어. 물론 당신을 위해

하는 일이기도 해. 당신만 도와준다면, 당신이 어떤 사람인지 알아내고 이해하고, 그리고 앞으로의 가능성을 돕는 거지.”

내가 말하는 동안 그녀는 검은 눈을 한 번도 깜빡이지 않았고 결국은 고개를 끄덕였다. 나는 첫 문턱을 넘은 데 약간의 안도감을 느꼈다. “편히 들어.” 내가 말하고 수첩과 펜을 집어 자세를 잡는데, 그녀가 병으로 손을 뻗어 물을 한 잔 따랐다. 그녀의 뭉툭한 손가락이 다시 눈에 띄었다. 또한 손을 뻗는 동작 때문에 그녀의 옷깃 위로 목 한쪽 면이 드러났다. 햇빛에 그은 건강한 피부 가운데 희끗한 흉터가 두드러져, 붉고 하얀 그 불룩한 선을 따라 내 시선이 절로 움직였다. 결투에서 상처를 입은 적이 있다는 게 기억났다. 그녀가 내 시선을 눈치채고 몸을 굳혔다. 나는 그녀와 눈을 맞췄다. “상처는 어떻게 치료했는지 궁금하네. 그때는 비밀을 들키지 않은 거야?”

그녀의 손가락이 옷깃으로 움직였다. “좋은 친구들도 있다는 걸 알게 됐지. 당신도 알게 될 거야. 그날 좋은 친구 하나가 도와주었어.” 그러고서 그녀는 고개를 저으며 웃었다. 물도 마셨다. “그래서, 뭘 알아야 한다는 거지?”

“당신이 직접 한 진술이 필요해.”

“이미 했는데!”

“나한테 한 건 아니잖아.”

7월 26일

지난 이틀간 우리의 면담은 답답할 정도로 진전이 없었다. 닥터 K라면 이런 유형의 환자와 기존 경험을 바탕으로 미리 대

책을 세웠을 것이다. 나의 경험 부족이 쓰라리게 느껴진다. 관리감독 없이 처음 맡은 사례다 보니 부득이한 것인지, 아니면 아직 발견되지 않은 나 자신의 내면 깊숙한 곳에 자리한 어떤 것의 징후를 염두에 두어야 할지, 자문을 해봐야겠다. 어쨌든 나는 환자가 말을 하게 만들었지만, 주제와 범위는 그녀가 원하는 것에 한정돼 있다. 그녀의 사례에 관한 진상, 여전히 답변이 시급한 그 모순점과 기만성들에 대해 말을 꺼내면 그녀는 조개처럼 입을 꽉 다문다.

닥터 K는 예전 논문에서, 많은 성도착 유형이 지성과 매력을 보여주지만 그런 재능의 발전이 저해되고 오용되는 경향은 필연적이라고 지적한 바 있다. 또한 그는 개인적 대화 중에 나에게 알려준 적이 있다. 비슷한 수많은 환자들이 자신의 병력도 꼭 넣어서 책을 출판해 달라며 그에게 편지를 보낸다고 말이다. 일종의 유아적 행동, 혹은 자위라고까지 부를 수 있는, 자신의 서사에 대한 집착이었다.

W도 다를 바 없다는 걸 알게 되었지만, 그렇다고 해서 싫어하기는 어렵다. 더 정직하게 말하자면, '그'를 싫어하기가 어렵다. 왜냐하면 그녀가 해외 대학에서 보낸 시절, 재미 삼아 고대 로마의 서정시를 번역하고 용돈을 벌기 위해 대중 소설을 번역하던 이야기를 들을 때, 내가 귀를 기울이고 있는 것은 '니콜라스'의 말이며, 그녀가 자기만의 방식으로 세상을 헤쳐나가도록 해준 것이 바로 니콜라스라는 존재임을 내가 이해하기 때문이다. 결투, 음주, 도박이 화제에 오르면 그녀는 입을 열고 심지어 격앙되며 심지어 미소를 짓는다. 사랑했던 여성들을 돌아볼 시

간을 주면 그녀의 언어가 고양되며, 거의 스스로도 의식할 정
도로 시적이 된다. 다만 애나에 대해 물으면 슬픔에 잠기며 말
이 없어진다.

그러나 그녀의 성에 대해 단순하게 말만 꺼내도, 그리고 그녀
의 행동에 대한 설명을 조금만 깊게 요구해도, 다시 한 번 내가
마주하게 되는 것은 첫 만남 때와 같은, 부루퉁한 노새 같은 태
도다. 그래서 우리는 진전과 후퇴, 수다와 침묵을 오가며, 나는
아직 판단을 못 내렸다. 그녀의 망상이 깨어질 수 있는 것인지,
그녀가 이 기만에 자의로 뛰어든 것인지, 아니면 자연의 오점이
그녀를 강제한 것인지, 다른 이유가 있는 일탈 혹은 변태인지,
사기 결혼에서 그녀의 귀책 비율은 어느 정도인지를 말이다.

그녀가 '성생활'의 세부 사항을 밝히도록 내가 설득하지 못
한다면, 적어도 의심을 피하기 위해 사용한 수단들은 털어놓도
록 믿음을 주어야겠다는 심정이다. 오늘 오후 시간이 얼마 안
남았을 때 내가 담담하게 물었다. 생리는 어떻게 처리하느냐고.
못 들은 척하기에 다시 한 번 물었다. 그러자 처음으로 그녀가
짜증을 냈다. "왜 묻는 거지?"

"왜냐하면" 하고 나는 가벼운 어조를 유지했다. "당신을 이
해하는 데 필요하니까."

"이해하는 데 필요한 얘기는 이미 충분히 해줬는데."

나는 그녀를 보았고 그녀는 시선을 피하지 않았다. "니콜라
스, 이해할 게 얼마나 많이 남았는지 당신도 알고 나도 알지."

그녀는 거칠게 한숨을 뱉고 일어서서 담배를 집은 다음, 내
게서 몸을 돌리고 피웠다. 나는 기다렸다. 그녀가 나에 대한 거

부의 몸짓을 표현하고 나서야만 말을 할 수가 있다면 얼마든
받아들이겠다. 이런 직업에서 전술상 그래야 한다. 이미 홀가
분하게 털어놓은 후에, 그 흐름에 익숙해진 이에게 기다림의 침
묵이 어떤 힘을 발휘하는지 나는 안다.

"별로 생각하고 싶지 않은 주제야." 그녀가 마침내 말했고 좀
더듬거렸다. "그게…… 자주는 없어. 스스로 천을 준비하지. 하
인이 알게 된다고 해도, 남자들 역시 가끔은 피를 흘릴 이유가
생기니까."

나는 충분히 시간을 들여 받아 적었고 내 견해도 덧붙였다.
그녀는 그대로 나를 등진 채 서 있었다. 나는 수첩을 닫고 말했
다. "그 말을 하기가 그렇게 두려웠어?"

그녀가 휙 돌아서, 다시 나는 흠칫할 준비를 했다. 그녀의 표
정이 증오에 가득 차고 눈빛이 이글거릴 거라 예상했기 때문이
다. 그게 문제가 되는 건 아닌데 말이다. 하지만 그녀의 얼굴엔
표정이 없었다. 더 이상 아무 표정 없이 텅 비어 있었다.

오늘 저녁 집으로 돌아오니 닥터 K의 쪽지가 기다리고 있었
다. 그는 원하는 게 있지 않은 한, 예의 차리는 말을 덧붙이는
사람이 아니다. "기한은 금요일까지."

7월 27일

정공법으로 해답을 얻을 수 없다면 보다 분산적인 접근을
사용해야 한다. W는 말하길 좋아했다. 나는 그저 그녀를 부추
기며 가볍게 이끌기만 하면, 그녀는 먼 길을 돌아서 내가 원하
는 곳으로 달려가게 될 것이다.

"말해봐. 정확히 언제였어?" 우리 둘이 자리를 잡자마자 내가 말했다. "남자와 여자 사이 차이를, 둘 사이 일반적 관계를 인식하게 된 게 말이야."

"아, 꽤 어릴 때였던 것 같은데. 일반적인 나이 때. 그런데 일반적인 나이가 있나?"

나는 고개를 끄덕였지만 끼어들지는 않고 내 담뱃갑을 탁자 위로 밀었다.

"고맙군." 그녀가 이전 담배를 다 태우고 새 담배에 불을 붙였다. 게걸스레 피우며 나를 칭찬하듯 바라봤다. "진정한 자신을 어떻게 깨닫게 되었는지 묻는 거야?"

나는 다시 고개를 끄덕이고 기대하듯 펜을 들었다. 그걸 보고 그녀가 웃었다. 그리고 말을 했다. 최초 진술서에서 그랬듯 아버지 이야기를 했다. 감정을 뚜렷이 표현하며 그녀의 진짜 본성에 대한 아버지의 이해에 대해 말했다. 그리고 그녀의 남동생, 후에 여동생이 된 이에 대한 아버지의 비슷한 너그러움도. 끼어들지 않고 참는 것이 정말 힘들었지만 나는 시선을 내리고 끄덕이며 글씨만 휘갈겼다.

그녀는 라틴어를 배우고 수학을 배우고 승마와 사격과 검술을 배웠다. 그녀는 아버지를 지켜보며 아름다운 여인이 선사하는 환희와 슬픔에 대해서도 배웠다. 그리고 열세 살 때, 그녀를 소년으로 아는 이웃 가족의 딸과 사랑에 빠졌다. 어린 시절의 로맨스는 오래가지 않았고 다음 연애도, 공부하는 동안, 여행 다니는 동안의 그 어떤 연애도 오래가지 못했으나, 그녀는 사랑했던 여성 모두에 대해, 심지어 하루나 이틀 밤만을 알고 지

낸 여성일지라도 각각에 대해 온정을 담아 이야기했다. 그리고
이 온정 덕분에 연애에 성공했다고 보았다. 표정에 약간의 자
부심이 더해졌으나 그녀는 겸손하게 말했다. "내가 들어주었기
때문이라고 생각해. 매력적인 여성의 말에 귀를 기울이고 어떻
게 하면 그녀를 기쁘게 해줄 수 있을까 알아가는 게 나는 너무
좋아."

"그렇군." 나는 대꾸하며 모두 기록했다. "무슨 말인지 잘 알
겠어. 하지만 그런 감정들을 더 평범하게, 더 자연스럽게, 남성을
향해서 가질 수는 없을지 생각해본 적이 있는지 궁금해지네?"

그녀는 단호한 눈빛으로 말했다. "난 타고난 대로 행동했을
뿐이야."

"아버지가 그렇게 말해주었나?"

"내가 아는 바를 말한 거야." 그녀는 잠시 말을 멈추었다. "신
을 믿나?"

나는 희미하게 미소를 짓고 고개를 저었다. "지금은 내 믿음
에 대해 논의하는 자리가 아니야."

그녀가 나를 뚫어지게 바라보았다. "믿지 않을 거라 생각했
어. 하지만 나는 믿어. 지고한 선으로의 신에 대한 철학자들의
논고를 읽기 전부터도 나는 그렇게 믿어왔기에, 세상 속에서뿐
아니라 나 자신 안에서도 신의 증거를 본다네. 난 다른 어떤 존
재들과도 다르지 않게, 신의 심상을 따라 만들어졌어. 그러니
나의 본성에 따라 행동하는 게 자연스러운 게 아니면 뭘까?"

"모두가 그렇게 생각하는 건 아냐."

"하지만 나는 그렇게 알고 있어." 그녀가 우기며 나의 동의를

강요하는 듯했다. "매혹적인 여성의 아름다움에 반해버리는 것
보다 더 자연스러운 일이 어디 있을까? 그 우아한 자태와 타고
난 지성을 찬양하고 경의를 바치는 게, 그런 피조물을 사랑하
고 사랑받기를 바라는 게 당연하지 않아? 그 반대로, 웬 꼴사
나운 얼뜨기 놈을, 아니 더 끔찍하게는, 아무 색채도, 빛도, 매
력도 없는 무미건조한 한심한 남자들을, 그런 자의 냄새를, 숨
결을, 존재를 참아주는 것도 힘든데, 찬양하는 게 더 자연스럽
다는 말인가?"

"그렇진 않겠지."

"그러니까 말이야." 그녀의 말이 이어질수록, 얄궂게도 나는
알게 되었다. 그녀의 인중에 배어나기 시작하는 땀에 대해(나
도 땀이 나지만), 그리고 씻지 않은 그녀의 머리털에서 나는 복
합적인 냄새, 담배 연기, 거기에 나의 머릿기름 향이 뒤섞인 답
답한 방의 공기에 대해서도 의식하게 되었다.

나는 침착하게 표정을 유지하며 물었다. "그럼 당신이 사랑
했던 여성들은 어떤 이에게 끌렸지?"

그녀는 허를 찔린 듯 아무 말 하지 않았다. 나는 부드럽게 압
박을 가했다. "당신처럼 같은 여성에게 끌렸을까 아니면 보다
자연스레 남성에게 끌렸을까?"

"남성에게 끌렸겠지."

나는 끄덕이고 기록했고 계속 펜을 움직이며 시선을 내린 채
물었다. "그렇다면 당신이 그 여성들을 사랑한 건 남자로서이군."

"그래. 모든 면에서 그렇지."

"그렇다면 내가 이해할 수 있게 도와줘. 당신이 사랑할 때 그

들이 어떻게 모를 수 있었지?"

흘긋 보니 그녀는 고개를 젓고 있었다. 나는 그녀를 똑바로 보면서 다시 물었다. "어떻게 그들은 모를 수가 있었지?"

"나는 말할 준비가 안 됐어."

"그래도 해봐……."

"준비가 안 됐다니까!" 그녀는 뛰쳐나가고 싶은 듯했다. "어떻게 그런 걸 물을 수가 있지? 믿고 그런 걸 말하라고?"

"당신에게는 나를 불신할 시간이 없어." 갑자기 화가 치밀었다. 예고도 없이 분노가 나를 거칠게 휩쓸고 지나가 날것 그대로의 내가 남았다. "이제 남은 시간이 하루도 안 된다고. 당신이 직접 상황을 해명할 때까지 재판부는 충분히 기다려준 셈이야. 나한테도 말을 안 해준다면 판사는 최악을 가정하고 그에 따라 판결을 내릴 수밖에 없어." 그녀의 고개가 다시 숙여지며 나와 시선을 맞추길 거부했고 내 존재를 거부했다. "이해를 못하겠어? 당신이 설명하지 않으면 재판부는 편할 대로 결론을 내리게 될 거야. 당신이 아내를 유혹해 동성애적 타락행위를 하게 만들었다거나 당신이 아내의 돈 때문에 그녀를 사기에 끌어들였다고. 그러면 어느 쪽 판결이 내려지든 애나가 괴로워지겠지."

내가 그녀를 설득했다고 생각했다. 하지만 그때 노크 소리가 들렸고 그녀는 일어서 나가려 했다. 내가 그녀를 간수에게 인계하는 동안에도 그녀는 나를 보지 않았다. 완강하게 등을 돌린 채 멀어져갔다.

7월 28일

오늘 그녀는 담배를 요구하지 않았고 나도 굳이 권하지 않았다. 그녀는 의자를 무시하고 창가로 가서 뒷짐을 지고 섰으며 꼼짝하지 않고 아래쪽 거리를 내려다보았다. 안 그래도 힘든 하루였다. 조금만 움직여도 축축한 속옷이 불쾌하게 느껴졌다. 내 몸의 접힌 부분마다 더운 땀이 고였다. 그녀를 보고 있자니 짜증과 연민이 동시에 차올랐지만 전문가다운 거리감을 유지하려 분투해야만 했다. 환자의 배은망덕을 개인적 모욕으로 받아들이면 안 된다는 걸 잘 알지만 지식과 현실 사이의 간극은 여전했다. 나는 그녀가 나를 믿기를 원했다. 나는 자신의 성공을 믿고 싶었다. 그녀를 뒤흔들어 분별력을 찾게 하고 싶었는데 어떻게 해서인지 오히려 나의 분별력을 잃게 만든 그녀가 원망스러웠다. 어떻게 이번 면담을 시작해야 할지 알 수 없었다.

작게 톡톡거리는 소리. 창문에 난 어느 자국으로 그녀가 손가락들을 움직였고 경련 같은 움직임이 불안해 보였다.

"나를 두려워할 필요가 없어." 내가 말하며 침묵을 깼다.

"두렵지 않은데." 그녀가 대꾸했지만 시선을 돌리지 않았다. "내가 두려워해서 조심했더라면 지금 여기 있지 않았을지도 모르지. 혹은 더 똑똑했더라면. 아마도."

그녀는 좀 더 손가락을 움직이며 불규칙한 소리를 내더니 소리 없는, 그러나 지친 듯한 한숨을 쉬었다. "애나에게 어떤 해도 끼치려 한 게 아니었다고, 애나의 돈은 나의 행동과 아무 관계가 없다고, 난 애나를 모든 면에서 명예롭게 대했다고 맹세하면, 믿어줄 텐가? 그거면 충분하지 않은가?"

나는 받아 적은 다음, 대답을 고심했다. "그래, 믿을게." 결국 그렇게 말했다. "하지만 그건 해명의 시작이어야 해. 해명의 끝이 아니라. 확신은 증거가 아니니까."

그녀가 작게 메마른 웃음소리를 냈다. "하지만 당신의 확신은 증거로 받아들여지지 않나?"

"그래" 하면서 나는 양손을 벌렸지만 그녀는 보지 못했다. "그렇기는 하지."

잠시 다시 침묵이 흘렀다. 그러다가 그녀가 고개를 끄덕였다. 스스로의 생각에 대한 반응 행동이었다. "당신은 알고 싶어 했지." 그녀가 처음 입을 열었을 때처럼 목소리가 갈라져 나왔다. "내가 사랑한 여성들이 어떻게 내 상황을 전혀 모를 수가 있었냐고." 그녀는 말을 잠시 멈췄지만 나는 반응하지 않았다. 침묵은 오직 그녀의 몫이었고 나는 느낄 수 있었다. 그녀의 내적 갈등이 들리는 듯했다. 그러고 나서 조용하지만 또렷한 목소리로 그녀가 말했다. "그들은 알 수 없었을 거야. 왜냐하면 알 수 있는 게 없었으니까. 내가 취한 만족이 있다면, 모두 그들의 쾌락에서 얻었어. 그들에게 쾌락을 주는 데서. 이해하겠나?"

"그러니까, 그들 중 누구도 당신의 '생식기'를 만지지 않았다고?"

"내가 허락하지 않았어."

"한 번도?"

"단 한 번도. 절대."

"그렇다면 당신의 접촉은 어떤 방식이었지?"

그녀는 라틴어를 사용해 대답했다. 나는 그걸 명확한 말로

풀고 그들 성교의 범위가 그게 다였는지 물었다. 또 침묵이 흘렀고 그녀가 다시 라틴어를 사용했다. "한잔 마셔야겠어." 그녀가 말을 끝맺고 의자가 있는 곳으로 돌아왔다. 의자 앞 탁자 위의 물병은 열기 속에 물방울이 맺혔다. 그녀가 한 잔을 다 마시고 또 한 잔을 따른 다음, 끝났다는 듯이 주저앉았다.

　나는 그녀의 말과 내 반응을 계속 적다가 펜과 수첩을 내려놓고 마음을 가라앉혔다. "물어봐서 미안해." 나는 말하다가 그 순간 깨달았다. 정말 그렇다는 것을. "말하기 힘들었다는 거 알아. 이미 다른 설명도 그렇게 많이 했는데. 솔직하게 털어놔줘서 고맙군." 그녀의 시선이 휙 나를 향했다. 강렬한 눈빛이었지만 어떤 감정인지는 알 수 없었다. "당신이 그 오랜 시간 동안 어떻게 비밀을 지켰는지 이제 알겠군. 하지만 여전히 내가 알 수 없는 건, 그리고 재판정이 이해 못할 점은, 어떻게 그런 행위만으로 결혼의 환상을, 결혼이 완성되었다는 환상을 충분히 유지할 수 있었느냐는 거야. 교양 있는 젊은 여성이라면 결혼 첫날밤에 무엇을 기대해야 하는지 어느 정도 준비가 돼 있을 테니까. 어떻게 한 달 내내 의심을 안 할 수가 있지? 도착 행위에 본인도 유혹을 당한 게 아니라면?"

　내가 말하는 동안 그녀의 얼굴에서 색채가 빠져나가는 모습이, 무릎 위에 놓인 손이 그대로 굳어지는 게 보였다. "당신 정말 상상력이 그렇게 부족한가?" 그녀가 마침내 말했고 목소리에 담긴 신랄한 어조가 멍한 표정과 기묘한 대조를 이루었다. "여자가 원하는 게 뭔지, 그렇게 무지하단 말이야?"

　나는 그녀의 말에 온전한 주의를 집중했다. 그래야 한다는 걸 알았으니까. 그리고 침착한 말투를 유지했다. "니콜라스, 어떻게 애나에게 확신을 주었지?"

"다른 남자들과 마찬가지 방법으로."

그녀가 하도 확고하게 말해서 내 마음이 아주 미세한 만큼이지만 잠시나마 그녀를 믿는 쪽으로 움직였다. 저 믿음의 강도라면, 내 앞에 앉은 이 육체의 진실을, 우리 뒤 책상에 놓인 보고서에서 만져지고 측정되고 세부적으로 기록된 각 신체 부위들의 진실을 부정할 수도 있을 듯했다. 그때 그녀가 고개를 숙이고 조용히 말했다. 속삭이지는 않았다. "밧줄을 풀어서 실크 스타킹에 채워 넣으면, 필요할 때는 그걸로 되더군."

"애나가 그 차이점을 알아채지 못했다고?"

갑자기 불쑥 내밀어지는 손에 나는 깜짝 놀라 눈을 감았다. 하지만 그녀는 그저 담배와 성냥을 집으려는 거였다. 성냥에 불이 붙고 그녀는 길게 깊숙이 연기를 빨아들인 다음 내뱉으며 나와 시선을 지그시 맞추었다. "다시는 애나에 대해 그런 식으로 말하지 마." 그녀가 연기를 들이마시고 내뱉고, 다시 들이마신 다음 담뱃갑을 나에게 돌려주었다.

나는 내 담배 하나를 꺼내며, 나의 욕구에 부끄러움을 느끼고 불을 붙였다.

"애나가 나를 어떻게 생각했는지는 내가 알아." 그녀가 말했고 나는 다시 한 번 그녀가 순전히 자기 의지의 힘만으로 세상의 동의를 얻어낼 수 있다고 생각함을 느꼈다. "내가 알지."

"후회는 안 해?"

"안 해. 아무것도 후회하지 않아." 그녀가 말을 멈추고 시선을 돌린 다음 다시 메마른 웃음을 흘렸다. 손가락을 목깃에 걸고 당겨 느슨하게 만들었다. "망할 더위."

나는 그녀의 목에 난 상처를, 건강한 피부가 찌그러들고 뒤틀린 흉터를 보며, 어젯밤에 그녀의 꿈을 꾸었다는 걸 기억해냈다. 하지만 어떤 꿈인지는 기억나지 않았다.

나는 진단을 내렸다. 자웅동체 위장 여성 중에서도 가장 완전하고 불가항력적인 상태. 어떤 범죄 행위든 분명 저 심대한 선천적 결함에서 기인한다. 나는 사면을 권고할 것이다. 내 권고가 받아들여질지는 알 수 없지만.

7월 29일 후기

나는 보고서를 가지고 스승을 놀라게 하겠다는 다소 유치한 기대감을 가득 안고 정해진 시간보다 일찍 도착했다고 생각했다. 무척 명료한 인식과 또렷한 목표를 느끼며 우리 진료실을 향해 계단을 올랐다. 닥터 K가 나에게 부과할 다음 과제에 대한 욕심도 느꼈다.

나는 물론 일찍 도착했지만 K가 더 일렀다. 진료실에 들어서니 K는 책상이 아니라 창문 앞에 내가 놓아둔 의자 둘 중 하나에 앉아 있었다. 의자 사이 탁자에는 커피 주전자와 방금 배달된 우편물이 놓였다. 내가 다가가자 K는 쳐다보았지만 입을 열지 않았다. 나는 응답하듯 미소를 지었다. 그토록 잘 먹히는 K의 방식을 내가 어찌 거부할 수 있겠는가. 그래서 나는 비좁은 탁자 위에 완성된 서류를 내려놓았다. "진단서입니다. 시간을 딱 맞췄네요."

닥터 K가 진단서를 집어서 읽기 시작했고 커피를 한 잔 더 따르라는 손짓을 했다. 나는 주전자를 들었다가 내려놓는 와중에 제일 위의 봉투에 적힌 내 이름을 발견했다.

K는 진단서를 읽는 데 오래 걸리지 않았지만, 잠시 손에 든 채 눈을 반쯤 감고 생각에 잠겨 앉아 있었다. 일종의 시험이 분명했지만 너무 들떠서 질문을 던질 수밖에 없었다. "어떻습니까? 어떻게 생각해요?"

K가 들썩였다. "멋진 작품이군."

"그런가요?"

"음, 그래." K가 잔을 들어 한 모금 마셨다. "아주 유용한 소견이야." K가 다시 한 모금 마셨다.

"그럼 그대로 보낼까요?"

"아," 닥터 K가 단호하게 고개를 저었다. "아니. 진단서는 더 이상 필요 없어. 그 환자, 아니 죄수라고 해야겠군, 그 죄수는 사라졌으니까." 안경 너머로 나를 올려다보는 K는 내 반응을 관찰하고 있었다. 말문이 막힌 내 모습을 관찰하는 게 보였다. "수치스러운 사건이지. 조용히 묻을 수 있으면 행운이겠지만. 여자 간수 중 하나를 꼬드겼나 보더군. 자네라면 납득할 거라 확신하네. 분명 그 불쌍한 것은 희망이 없어 보였으니 그리했겠지." K가 커피를 한 잔 더 따랐다.

"어디로 갔을지······" 나는 K의 어조와 최대한 비슷하게 맞추어 물었다. "짐작 가는 곳이 있답니까?"

"자네가 말해보게." K가 말했고 그의 시선을 따라 나도 봉투를 내려다보았다.

즉시 알 수 있었다. 닥터 K의 앞에서 봉투를 열어보고 싶
지 않다는 걸. 그리고 동시에 그러지 않을 도리가 없다는 것도.
"글쎄요, 저도 짐작을 해봐야겠군요."

손에 든 봉투는 너무 하찮은 무게라서 그 자체가 본의 아니
게 전하는 의미가 있나 궁금했다. 한 번 더 침묵이 흘렀다. 봉
투를 뒤집었더니 한쪽이 불룩 솟아 있었다. 안에 든 것은 손가
락으로 쉽게 눌렸다. 나는 페이퍼나이프로 봉투를 열었다. 뒤
집어들고 탁자에 툭 쳤더니 내용물이 떨어졌다. 쌓인 종이들
위로 거의 소리 없이 미끄러져 나온 칙칙한 윤기의 물건을 응
시한 채 나는 어리둥절해졌다. 닥터 K가 설명을 요구하듯 나를
보았고 차차 혼란이 해소된 나는 담담한 표정을 지었다. 그 어
느 때보다 담담한 표정, 그런 표정의 대가인 K보다도 더욱 담담
한 표정을 지키며, 눈을 돌렸다.

작가 후기

니콜라스가 샨도르 베이Sándor Vay, 닥터 K가 리하르트 폰 크
라프트에빙Richard von Krafft-Ebing은 아니지만 이 단편은 그들이
없었다면, 즉 크라프트에빙의 성과학 백과사전『성 관련 정신
병Psycopathia Sexualis』(1886~1903)에 수록된 샨도르 베이의 사
례에 대한 서술이 없었다면 쓰일 수 없었다. 이 단편에서 차용
된 용어와 문구들은 1899년 제10판의 영어 번역을 따랐다.

성전환의 역사, 퀴어의 역사, 그리고 더 광범위한 여성, 성별/
젠더, 여성 혐오의 역사 사이에 명확한 구분을 두기는 어렵다.
19~20세기 성의학 치료의 역사, 성별/성차/성적 소수자의 삶

에 대한 연구의 역사는 이 복잡한 난맥에서도 특히 충격적인 사례들을 보여준다.

여장부Virago는 호전적이거나 남자 같은 여자만을 의미하는 게 아니라 의학적, 병리학적 범주이기도 하며 권력자들이 '도착자'의 몸과 정신과 인생에 대해 나름의 의미와 나름의 가설 및 치료를 부과하고자 사용한 많은 용어들 중 하나다.

트랜스 성전환 연구자로서 나는 지금과 다른 시대와 장소에서 태어났더라면 어떻게 이해되고 (잘못?) 다뤄졌을지, 어떻게 스스로를 이해했을지 (이해는 했을지) 궁금할 때가 많다. 그럼에도 불구하고 자신을 이해했던 사람들, 그런 이해에 자신의 안전, 자유, 삶을 저당 잡힌 사람들의 진술서를 읽는 일은 아무리 타인들에 의해 망쳐지고 토막 난 글이라 해도 감동적인 동시에 나를 숙연하게 만든다. 그들에게 감사를 전할 수 있다면, 그들의 진실이 세상에 어떤 차이를 만들어냈는지 알릴 수 있으면 좋겠다. 이 단편은 바로 이것을 위한 나의 시도다.

_____ 시엔 레스터CN Lester

음악가이자 작가, 트랜스/퀴어/페미니스트 교육가로 다양한 국제적 활동을 펼치며 예술 기획사 트랜스포즈Transpose의 창립자 겸 예술 감독이다. 작곡가 바르바라 스트로치Barbara Strozzi에 대한 학제 간 연구와 공연으로 박사학위를 받았고 작곡과 공연, 음악과 젠더, 젠더와 섹슈얼리티의 역사에 대한 학문적 연구에도 관심을 두며 산문집 『트랜스 라이크 미: 우리 모두를 위한 대화Trans Like Me: Conversations for All of Us』로 비평적 찬사를 받았다. cnlester.com

보리수나무의 처녀귀신

카밀라 샴지

추라일

'정화되지 않은 넋'이라는 뜻의 파키스탄, 인도, 방글라데시, 네팔의 전설 속 악령. 비극적으로 죽은 여자가 귀신이 되어 보리수나무에 깃들었다가 복수할 가족 내 남자의 이름을 두 번 불러서 꾀어낸다고 한다.

CHURAIL

내가 태어나고 나서 몇 주 후 아버지가 나와 함께 영국으로 이주한 이유는, 나를 낳다가 죽은 어머니로부터 우리를 보호하기 위해서였다. 이 전환적 사건에서 핵심적이었던 내 역할에 대해 알려준 사람은 사촌 제이나브였고, 그래서 내가 여섯 살 때 아버지는, 우리가 사촌의 가족과 함께 살던 맨체스터에서 런던으로, 다시 한 번 이사 갈 준비를 했다. 진실을 아는 게 중요하다고, 열한 살짜리다운 엄숙한 태도로 말하던 제이나브는 사촌 동생을 언제 다시 볼지 알 수 없게 된 것이다.

내가 태어나기 전에 어머니는 네 번의 유산을 했다. 두 번째 유산 후에는 더 이상의 임신이 위험하다고 의사들이 충고했고 어머니는 입양 이야기를 꺼냈지만 아버지는 자기 피를 받은 아들 하나는 있어야겠다고 고집을 부렸다. 그러자 자연이 전하고자 하는 말을 거부하는 남자에게 우주는 지금과 같은 응답을 보냈다. 잘못된 종류의 자녀를 보내주고 아내를 데리고 간 것이다.

여름이었다. 우리는 제이나브의 침실 바닥에 앉아 있었다. 내가 고모의 침대 옆 요람에서 나온 이래로 제이나브와 함께 침실을 써야 했기에 제이나브는 불만이 많았다. 세리나 윌리엄스와 원 디렉션이 우리를 내려다보는 가운데 7월의 비가 예상 가능한 방식으로 돌아가던 바깥세상을 흐려놓았다. 제이나브는 내 손을 잡고 있었다. 다음 부분이 가장 중요하다고 그녀는 말했다.

내가 태어난 지 며칠 되지 않았을 때 아버지는 우리 집 길 건너에서 자라는 보리수나무에서 아버지의 이름을 부르는 여자의 목소리를 들었다. 첫 부름에 고개를 번쩍 든 아버지는 두 번째 부름에 문으로 달려갔지만 두려움에 질려 움직일 수 없었고 세 번째 부름은 들리지 않았다. 나의 유모가 이를 모두 보았고 마을에 이야기를 퍼뜨렸다. 내 어머니가 추라일churail이 되었다고.

출산하다 죽은 여자들이 종종 추라일이 되었고 보리수나무에서 살기를 좋아하며 달콤한 목소리로 희생양을 불러낸다고 한다. 안개 낀 어두운 밤에는 추라일의 아름다운 얼굴만 보이고, 추라일의 증거인 발목에서 뒤로 꺾인 발이 보이지 않을 수 있기에, 유혹당하기에 가장 위험한 때다. 또 다른 추라일의 단서는 그녀가 희생양의 이름을 언제나 두 번 부른다는 것이다. 한 번만도 아니고 세 번 부르지도 않는다. 그녀는 자신의 은신처로 남자들을 꾀어내어 가둬두고서 늙고 기진할 때까지 생명력을 빼낸다. 다시 세상으로 돌려보낼 때는 수십 년이 지나 그를 알던 모두가 죽은 후라서, 그는 외롭고 비참하게 생을 마치게 된다.

사실상 「립 밴 윙클」[1]은 추라일에게 끌려갔던 남자의 이야기에서 '성적'인 내용이 삭제된 거라고 제이나브는 말했다. 그러면서 그녀는 잠깐 그저 내가 움찔하는 꼴을 보려고 '성적'이라는 말을 던지며 평소의 장난스런 모습으로 돌아갔다가 다시 엄숙해졌다. 너희 아버지가 절대 파키스탄에 안 돌아간다고 한 건, 끔찍한 곳이라서가 아니야. 추라일이 노린다는 걸 알고 무서워서 그러는 거지.

우리가 맨체스터에서 런던으로 이사 간 건 내가 여섯 살 때였고 웸블리에서 퀸즈파크로 이사 간 건 여덟 살 때, 퀸즈파크에서 켄싱턴으로는 아홉 살 때였다. 열두 살 때 켄싱턴의 다른 집으로 이사를 갔을 때에야 비로소 아버지의 야심에 걸맞은 생활을 하게 되었다. 정원 딸린 집을 산 것이다. 런던에서 일곱 번째로 넓은 정원이었고 버킹엄 궁에서 여섯 번째 떨어진 저택이었다. 아버지는 다시는 이사하지 않을 거라고 말했다. 이제는 친구를 사귀어도 된다고, 마치 내 사교 활동을 방해한 것이 서툴고 불안정한 성격이 아니라 자꾸 바뀐 주소 때문인 것처럼 말했다.

아버지는 찾아낼 수 있던 가장 비싼 학교에 나를 보냈고 잘못된 여자애들과 어울리지 말라고 했다. 그게 다른 파키스탄 소녀를 말한다는 걸 알 수 있었다. 영국인이 되는 데는 아무 관

I   미국 작가 워싱턴 어빙의 단편소설로 어떤 사람이 초자연적 존재에 잠깐 휘말렸다가 돌아왔더니 오랜 세월이 흘러 세상이 완전히 변했더라는 유형의 민담을 처음 작품화했다고 여겨진다.

심도 없으면서 영국으로 이사 온 형을 아버지는 엄청 경멸했다. 어느 집에 손님으로 가게 되면 주인에게 호감을 살 방법을 찾아야 하는 법이라고, 아버지는 말하길 즐겼다. 영국인들에게 호감을 사는 아버지의 방법은 스쿼시를 하고 발음 교정 선생을 구하고 예술 후원가가 되고 신망 있는 남성 전용 클럽의 회원이 되는 것이었다. 하지만 완벽한 이민자의 딸을 선보이려던 아버지의 시도는 실망을 낳았다. 피아노 교사, 테니스 코치, 프랑스 여학생 입주 도우미들은 나에게 거의 아무 영향도 남기지 못하고 재빨리 사라져갔다.

어느 날 귀가한 아버지는 주방에 있는 나를 보게 되었다. 나는 그저 냉장고 앞에서 몸을 수그리고 야채 칸에서 샌드위치 재료를 꺼내고 있었을 뿐인데도, 내 모습을 본 아버지는 분노에 찬 고함을 치고 말았다.

내가 아무리 애를 써도 너는 어차피 밭일하는 농사꾼으로 보이겠구나, 라고 아버지가 말했다.

그러고 나서 기적이 일어났다. 내가 열여섯 살이 되었을 때 제이나브가 대학에서 눈부신 전환점을 맞이한 후 런던으로 이사와 투자 은행에 취직한 것이다. 그녀는 모든 면에서 아버지가 나에게 바랐던 모습이었다. 세련되고, 사교적 환담에 능하고, 야심차고, 시티 레이디스 크리켓 클럽의 선발 타자였다. 아버지는 그녀에게 우리 집을 자기 집처럼 여기라고 권하며, 그녀가 현관으로 들어올 때마다 기뻐하는 듯했고 그녀의 농담에 웃고 그녀의 생활에 대해 질문했다. 나는 제이나브를 미워할 수 없었고 그녀는 내 삶의 빛나는 중심으로서의 옛 위치를 재빨리 되찾았다. 그리고 이번에는 그녀도 나와 어울리는 걸 진심으로 즐거워하는 듯해서 나도 편안함을 느끼며 그 누구에게도 터놓지 못하던 말을 하게 되었다.

제이나브의 재등장이 옛 기억을 떠올려주었기에 어느 날 오후 나는 그녀에게 추라일에 대해 물어보았다.

이상스럽게 덥던 8월 어느 날, 우리는 정원 의자에 나란히 기대앉아 있었고, 그녀는 휴대폰에 뭔가 써 넣고 있었다.

자! 여자가 추라일이 되는 경우는 이런 것들이 있어.

분만 중에 죽는다, 그게 첫 번째 조건이지. 그리고 임신 중에 죽는 경우.

해산 후 정양 중에 죽는 경우. (우리는 '요양'도 아니고 '정양'은 또 뭔지, 단어의 뜻을 찾아봐야 했다.) 침대에서 죽는 경우.

생리 중에 죽는 경우. 어떤 비자연적이거나 비극적인 방식으로 죽는 경우. 남자에게서 학대를 당하다 죽는 경우. 시댁 식구로부터 학대를 당하다 죽는 경우. 성적 만족을 거의 혹은 전혀 얻지 못하고 살다 죽은 경우.

이런 거지! 제이나브가 말했다.

곧 우리는 분명 추라일이 되었을 죽은 여자들의 이름을 줄줄이 외쳐댔다. 마릴린 먼로(침대에서 죽음), 한때 제이나브의 이웃이었던 루비나 이모(성적 만족이 없었을 것으로 보임), 에이미 와인하우스(비자연적 죽음), 캐리 피셔(비극적 죽음, 왜냐하면 레아 공주가 어떻게 죽었든 그건 비극이니까), 다이애나 왕세자비(시댁으로부터의 학대).

그날 저녁, 아버지는 아까 서재 창문을 닫아야 할 정도로 시
끄럽게 제이나브와 내가 웃은 이유가 무엇 때문이었느냐고 물
었다. 그때 아버지는 외출하려고 열쇠를 손에 들고 있었는데,
그건 질문이라기보다 꾸짖는 말이었지만, 그럼에도 나는 부러
대답을 했다.

추라일 때문에요.

아버지는 열쇠를 주머니에 넣었지만, 평소라면 들리지 않았
을 쨍그랑 소리에 아버지의 손이 떨리고 있음을 나는 알 수 있
었다.

한심한 미신일 뿐이야, 아버지는 말하고 떠났으며 나는 집에
혼자 남았다. 내가 열세 살이 되었을 때 아버지는 프랑스 여학
생 입주 도우미들을 더 이상 받지 않고 집 전체에 카메라를 설
치했다. 아버지가 외출한 동안 어떤 재난이 일어나서 내가 죽거
나 불구가 되거나 다치면 영상을 재생해보려는 모양이었다. 자
주 생각해보는 사안이었지만 입 밖에 내서 말한 적은 없었다.
제이나브에게가 아니라면.

다음 날 제이나브가 문자를 보내서 아버지가 나를 더 이상
만나지 말라며 출입을 금지시켰다고 알렸다. 아버지에게 가서
징징거리자 그가 말했다. 바로 그런 나쁜 영향을 받지 않도록
내가 너를 평생 지켜온 거라고.

그렇다면 어쨌든 이제 제이나브 주변에서 아버지를 보지 않
아도 될 것이고, 아버지는 나를 사랑하기가 불가능한 게 아니
라 사랑이 불가능한 사람임을 알게 된 내 마음은 아주 작은 일

부분이나마 안도했다.

내 아버지가 말하는 우리의 이민 사연은 이러했다. 내 어머니가 죽고 나서, 맨체스터의 백부가 연락해서 사업을 확장하니 아버지 보고 와서 도우라고, 백모가 사촌언니와 함께 나를 키워줄 거라고 했다. 그래서 아버지는 영국으로 왔지만 주로 나를 위해서였다. 그러나 아버지는 오자마자 두 가지 사실을 깨달았다. (a) 그가 떠나온 나라는 형편없는 곳이라 절대 돌아갈 가치가 없다는 것 (b) 여기서 그는 부자가 될 수 있지만 형의 조그만 택시 회사에 붙어 있는 한은 안 된다는 것. 몇 가지 창업에 실패하고 나서 아버지는 무슬림 고객을 대상으로 한 결혼 앱으로 첫 번째 거액을 벌었다("고객 만족을 위한 식장 섭외, 케이터링, 차량 예약, 예복 맞춤, 모두 할인!")

다시 아버지와 말할 수 있게 되었을 때 내가 물었다. 왜 다시 결혼하지 않았어요? 아들을 원하지 않았어요? 때로 짧은 기간 여자친구는 있었지만 내가 확신하기로 대부분 여자와는 복잡하지 않은 거래 관계였다.

유산을 남기는 다른 방식도 존재한다는 걸 예전의 나는 이해를 못했어, 아버지가 말했다. 그는 사방에 자기 이름 새기길 좋아하는 남자였다. 대학 장학금, 극장 홀 개조, 박물관 별관.

그럼 나는 뭐죠? 내가 말했다.

아버지는 텔레비전을 틀고 〈댄싱 위드 더 스타〉에 시선을 돌렸다.

나는 제이나브를 계속 만났지만 몰래 만났다. 그녀는 다시는
우리 집에 발을 들이지 않다가 이듬해 여름에 우리 집의 겨우
복도까지만 들어와서 현관문을 열어둔 채, 나에게 아버지를 만
나게 해줄 수 있냐고 부탁했다.

파키스탄에서 홍수가, 유례없는 참사가 발생한 여름이었다.
제이나브는 투자 은행을 그만두고 수재 구호를 위해 파키스탄
으로 돌아갈 예정이었다. 제이나브는 아버지를 향해 모자를 벗
어들고 (중절모를 쓰고 있다가 경의를 표하듯 벗어들었다) 그녀
가 일하게 된 구호 단체에 기부를 청하러 왔다고 말했다. 아버
지의 동네가 물에 잠겼다고 했다.

내 동네는 켄싱턴과 첼시야, 아버지가 말하고 돌아서는 몸짓
은 늘어난 허리 둘레에도 불구하고 여전히 날랬다.

숙부의 가족이 모든 걸 잃었어요, 그녀가 외쳤다. 숙부의 숙
부들, 숙부의 사촌들이.

아버지는 멈칫거리지 않고 그대로 복도를 지나 서재로 들어
갔고, 나는 내가 유일하게 본, 아버지의 몸이 조금이라도 심리
적 균열을 드러냈던 때의 기억을 떠올렸다.

나는 제이나브와 함께 밖으로 나와 근처 현금인출기로 가서
은행카드 한도까지 현금을 찾았다. 그러는 동안 우리 대화는
추라일로 이어졌다. 내가 처음 파키스탄에서 쫓겨난 이유이고
그다음에는 제이나브가 우리 집에서 쫓겨난 이유.

추라일은 가부장제의 희생자로 남자들에 대한 복수를 시행
하는 여자야, 내가 말했다. 일종의 페미니스트 아닌가?

하지만 사악한 정령이잖아, 제이나브가 말했다. 성적 자제력을 모르고 매혹적이니까 사악하지.

가부장제의 죄책감이 구현된 존재야, 내가 말했다.

죄지은 남자들이 자신들을 피해자로 투사할 수 있게 해주지, 제이나브가 말했다.

게다가 추라일의 포로가 되면, 50년 동안 저세상 미인이 질려하지도 않는 발기 왕에 등극하잖아.

제이나브는 웃고 또 웃었다.

너 이런 모습 더 많이 보여줘라, 제이나브가 말했다.

농담 아닌데, 퀴어 추라일은 없어?

그래, 그렇게 말이야, 그렇게.

나는 열여덟 살이 되면 우리 가족의 마을에 가서 어머니의 무덤을 방문하겠다고 제이나브에게 말했다. 하지만 제이나브는 파키스탄에서 돌아와서, 내 어머니의 무덤이 모든 집들과 함께 홍수에 쓸려갔다는 소식을 일러주었다. 보리수나무도, 그녀가 말했다, 쓸려갔더라고. 그녀는 내 손에 녹갈색 가지 일부를 쥐여주었다. 20센티미터 가량의 가지에는 작은 하트 모양 이파리들이 자라나 있었다. 이것밖에 못 가져왔어, 그녀가 말했다. 이 녀석을 기후 난민으로 여겨줘.

적대적 환경 속의 기후 난민이네, 내가 말했다, 영국에서 보리수나무는 자랄 수 없으니까 말이다. 보리수나무가 잘 자라려면 태양과 습기가 필요하다. 그렇더라도 나는 가지를 우리 정원 한구석에, 가장 햇빛이 잘 드는 곳에 심었다. 영국도 아직 여름

이었고 그 어느 여름보다 더웠다. 몇 주 동안 녀석은 몇 센티미
터 자랐고 결국 가을이, 그리고 겨울이 왔다. 보리수나무는 죽
지 않았지만 정체되었다. 그 조그맣고 음침한 존재를 정원사가
뽑아내고 싶어 했지만 우리 스리랑카 출신 요리사가 종교적으
로 중요한 상징물이라고 알려주었다. 아버지는 그의 마을 일부
가 영국의 정원에서 자란다는 것을, 순전히 방문객들이 창밖으
로 보고 감탄하라는 장식적 목적으로 가꾸는 정원에서 자란
다는 것을 알지 못했다.

　다음 해 여름 더위가 일찍, 더욱 사납게 닥쳤다. 6월에 벌써
런던은 야외에서 물 사용이 금지되어 정원의 잔디가 타고 나무
가 시들어버렸다. 어느 주말 아침에는 주방 수도에서 가느다란
물줄기밖에 나오지 않았다. 처음에는 가뭄 때문이라고 생각했
는데, 다른 수도꼭지에서는 다 물이 콸콸 나왔다. 아버지가 설
비업자를 부르겠다고 해서 그러겠거니 하고 잊었는데, 갑자기
몇 달 동안 가보지 않은 정원 한구석에서 내 이름을 고함쳐 부
르는 아버지의 성난 목소리가 들렸다.

　보리수나무가 1.5미터 가량 높이로 자라, 두껍고 윤기 나는
하트 모양 잎을 달고 있었다. 설비업자는 손에 휴대폰을 들고
식물 이름을 알려주는 앱을 켰다. 그는 이 식물이 '침략적'이라
면서, 땅에 뿌리를 깊이 박고 물을 찾아서 넓게 퍼질 수 있다고
했다. 이 보리수나무가 우리 집 수도관으로 들어왔던 거다. 벌써
집 건물의 기초까지 파고들었을지도 모른다고 했다.

　이게 어떻게 여기 있지? 아버지가 물었다.

　나는 제이나브가 가져왔다고, 파키스탄의 우리 집 건너편 보

리수나무에서 잘라온 것이라고 말했다.

그 얼굴이라니! 오래 깊숙이 잠복했던 질병 때문에 장기를 절제하지 않고는 방법이 없다는 소식을 들은 사람처럼.

앱 화면을 읽어본 설비업자는 제거하려면 전문가를 불러야 한다고 말했다. 식물을 잘라도 뿌리가 계속 자란다고. 벌써 어떤 문제가 생겼을지 알 수 없다고.

그날 밤 아버지는 거의 사용하지 않던 응접실에 서서 런던에서 일곱 번째로 큰 정원을 내다보았다. 우리 집은 밤이면 창문을 열어두어 바람이 들어오게 하는 편이었지만 그날은 아버지를 찾아 돌아다니다 보니 전부 닫히고 심지어 잠겨 있었다. 나는 아버지 곁에 가서 섰다.

그녀가 보이니? 아버지가 말했다.

나무는 작고 가늘었다. 사진으로 봤던 거대한 줄기와 드높은 키에 공중뿌리가 뒤엉킨 장엄한 보리수나무 같은 게 아니었다. 우리는 그렇게 오래 서 있었다. 아버지의 숨소리, 이상하게 거친 숨소리만 들리고 있었다. 그는 내 존재도 의식하지 못하고 내가 그의 질문에 대답하지 않았다는 점도 알아채지 못하는 듯했다. 구름 뒤에서 달이 미끄러져 나왔다. 미풍이 가지와 잎사귀들을 흔들었다. 나에게도 집을 향해 팔을 뻗는 마른 몸의 여자 형상이 보였다. 이름을 부르는 소리가 들렸다. 두 번이었다.

내 이름이었다.

아버지가 나를 보았다.

나는 아주 침착하게, 평생 이 순간을 기다려온 사람처럼, 유리문들을 향해 걸어가 빗장을 풀었다. 아버지의 손이 내 손목을 움켜쥐었다.

이러면 그녀가 싫어할 거예요, 내가 말했고 아버지는 내 피부가 독이라도 뿜은 듯 손을 치웠다.

나는 정원으로 나섰다. 죽은 잔디가 맨발 아래 느껴졌다. 볕에 탄 잔디밭 너머 나무가 기다리고 있었다. 어쩌면 어둠 속에 숨은 내 사촌 제이나브를 찾아낼 수도 있었다. 어쩌면 추라일에 대한 진짜 진실을, 남자들이 직조해낸 신화보다 훨씬 오래된 존재를, 자기 이야기의 중심이 되고자 애쓰는 존재를 발견할 수도 있었다.

한 발, 또 한 발, 그리고 또 한 발. 나는 멈춰서 잔디 위에 주저앉아 무릎을 끌어안고 하늘을 올려다보았다. 서두를 일은 없었다. 나는 한동안 여기 앉아 있을 것이고 아버지는 거기 서서 지켜보는 동안 추라일이 부르던 이름의 메아리가 그의 내면을 깊이 파고들며 모든 기반을 흔들어놓을 것이었다.

───── 카밀라 샴지Kamila Shamsie

파키스탄 카라치에서 자라나 현재는 영국 런던에서 살고 있다. 위민즈 프라이즈 포 픽션 상을 받고 한국에 번역된 『홈 파이어』, 애니스필드 울프 도서상을 받은 『타버린 그림자Burnt Shadows』, 파트라스 보카리 상을 받은 『단절된 구절들Broken Verses』, 맨부커 상 후보에 오른 『모든 돌에 깃든 신A God in Every Stone』 『베스트 오브 프렌즈Best of Friends』 등 여덟 권의 장편소설을 썼으며 작품들이 30개 이상의 언어로 번역·출간되었다.

가사 고용인 노동조합

엠마 도노휴

테머건트

표독하고 거만하며 잘 싸우는 여자. 즉 우리말의 싸움닭 정도의 뜻이
지만 원래는 중세 종교극에서 이슬람교의 사나운 신으로 나왔던 존재
를 이르는 말이었다.

TERMAGANT

양파 껍질이나 삶은 뼈를 신문지로 쌀 때, 캐슬린은 그 신문지에 인쇄된 글을 읽어보는 걸 좋아한다. 울스턴크래프트조차 외면하는, 쓰레기통으로 들어가게 된 음식물 찌꺼기를 싸서 버릴 때 말이다. 근무 중일 때에는 하찮은 지적 자극이라도 없는 것보단 낫다. 그녀는 신문의 줄광고, 특히 구혼 광고를 선호한다. 몇몇 구혼자들이 보여주는 자신의 한계에 대한 솔직함이 좋다.

참호에 목까지 파묻힌 외로운 병사가 쾌활한 미모의 젊은 숙녀와 연락을 주고받고 싶습니다.

농장 생활에 의지가 있는 29세에서 35세 사이 여성을 찾습니다.

29라는 숫자는 의아하다. 농부는 분명 30대 여성을 생각했을 테지만 그래도 20대 중 하나 정도는 희망해보았을 것이다.

작년에 캐슬린은 서른의 경계에서 약혼자를 이런 식으로 찾았다. 그의 구혼 광고에 어떤 단어가 쓰였는지 지금은 생각나지 않는다. 초창기에는 서너 명의 군인과 동시에 연락을 주고받았으니까. (그들이 참전한 전쟁을 경멸하는 만큼 그녀는 연민을 느낀다.) 알고 보니 그녀는 편지 쓰기를 좋아했고, 현관 우편함에서 답장이 떨어질 때의 짜릿한 기대감을 좋아했다. 하루 네 번, 작게나마 놀라움을 만들어낼 잠재력을.

지금 그녀와 약혼한 남자는 말주변이 그렇게 좋지는 않을지 몰라도, 그녀가 반전론자라고 밝힌 이후에도 답장을 한 유일한 군인이었다. 그녀는 그에게 정어리 훈제 캔 여섯 개, 견과유 초콜릿 세 팩, 여러 맛 캔디 한 봉지를 보냈다. 그는 그녀에게 시를 한 수 써주었다. 좋은 시는 아니었지만 그래도.

그다음으로 알게 된 건 그가 의병 제대하여 런던의 부모 집으로 돌아왔다는 것이었다. 몸이 낫고서 형제의 공장 운영을 돕게 되자 그는 그녀가 숙식하며 일하는 바턴 거리로 찾아오기 시작했다. 그래서 그녀는 첫 편지에서부터 자신의 상황을 직접 밝히길 잘했다는 생각이 들었다. "우리 아버지는 공무원이었으면서도 딸들에게 기본 교육 이상은 시킬 생각이 없었어." '기본'이라는 단어를 사용한 걸 보고, 독학한 그녀의 성취를 알아주기 바라면서. "결과적으로는 아버지의 죽음 때문에 가사 노동일을 하게 되었지." ('하녀'라는 말은 참아줄 수 없다. 그 단어는 다소곳한 장밋빛 뺨의 소녀가 '예, 마님, 아뇨, 마님, 감사합니다'

하며 굽실거리는 모습을 떠올리게 한다.) 어쨌든 그는 도망치지 않았다.

쓰레기를 처리하고서 캐슬린은 테리어 종 개를 안아 들더니 곱슬한 털에 얼굴을 비빈다. 차를 한잔 우려 서재의 미스 시프생크에게 가져다주고 나서 주방에서 (찻주전자에 물을 다시 부어) 자기도 한잔 든다. 설탕을 반 스푼 넣어서. 야만인들을 물리치기 위해 설탕을 포기하자고 민중은 종용을 당했지만 캐슬린과 미스 시프생크는 그 전쟁이 가증스러운 제국들 사이 충돌이었다고 보기에, 소신대로 차에 설탕을 계속 넣는다.

캐슬린은 열일곱 살부터 하녀로 일했다. 3년만 더 있으면 반평생을 이 일을 한 게 된다. 열 번도 넘게 직장을 바꾸었다. 이틀 만에 그만둔 적도 있다. 그 여자가 캐슬린을 기계처럼 대했기 때문이다. 하지만 강변으로 옮겨서, 웨스트민스터 사원 뒤의 이 조용하고 고풍스러운 건물의 집에서 일하게 된 뒤로는 아니다.

메리 시프생크는 여주인들 중 진주다. 캐슬린은 이 점을 상기하며 이를 악물고 석탄이나 목욕물을 끌어 나르고, 바로 지금처럼 일주일에 두 번씩 창문에 낀 런던의 검댕을 닦는다. 우울한 밤에 캐슬린이 억지로라도 자신의 행운 목록을 헤아려보려 애쓸 때, 공정하고 뜻이 맞는 고용주는, (상대적) 젊음과 건강의 바로 다음으로, 거의 첫손에 꼽힌다.

캐슬린처럼 미스 시프생크도 사회주의자이자 여권론자이며, 하녀의 팔다리를 빌릴 때 영혼까지 함께 빌렸다는 망상을 품지 않는다. 처음에는 캐슬린을 이름으로 불렀지만, 아무리

친근한 의도라 해도 종속 관계를 나타낼 수 있다고 지적하자,
미스 시프샌크는 캐슬린을 미스 올리버라고 바꿔 부르기 시작
했다. 많은 음식뿐 아니라 정기적 휴식도 허용하고, 열여섯 시
간 중노동을 해달라고 하지 않으며 밤새 대기를 시키지도 않는
다. 캐슬린의 방은 작지만 쾌적하다. 해도 들지 않고 침대는 망
가진 골방이 아니다. 이 고용주는 캐슬린에게 '구애자'를 만나
서는 안 된다고 속박하지도 않고 그 밖의 어떤 사생활도 들추
지 않는다.

수년간 캐슬린은 일주일 중 서너 날 저녁에는 자전거를 타고
몰리 컬리지(로열 빅토리아 홀의 부속 기관)에 가서 수업을 들
을 수 있도록 일과를 조율해왔다. 미스 시프샌크가 부교장으로
있는 그 학교에서 캐슬린은 영작문에서부터 타자와 경제학까
지 모든 걸 공부해왔고 한 학기에 한 수업마다 1실링씩 할인도
받는다.

캐슬린은 신문지를 뭉치면서 광고를 조금 더 읽는다.

45세의 정직한 과부가 술 안 마시고 마음씨 착한 신사와
알고 지내길 원합니다. 가벼운 연락 사절.

약혼자와 사별한 숙녀가 눈이 멀거나 그 밖의 불구가 된
장교와 기꺼이 결혼하려 합니다.

캐슬린은 창문을 닦는다. 뽀득거리는 소리가 나도록 닦으면
울스턴크래프트가 신나서 끽 소리를 낸다.

약혼자는 그녀가 대학 학위를 땄을 뿐 아니라 6년 전 가사 고용인 노동조합까지 설립했다는 데 감명을 받았다. (비록 전쟁이 난 이후로는 더 이상 모임에 나오는 동지가 거의 없어서 삶이 더욱 지겹다고 느낄 지경이 되었지만.) 약혼자는 그녀와 같은 여성을 한 번도 만난 적이 없다고 주장한다. 그의 칭찬은 어쩐지 모두 공장에서 나는 소리와 비슷한 느낌이 있다. 그녀는 '눈부신 불꽃, 윙윙거리는 전선, 동력기, 발전소' 같다고 말이다.

그러고 보니 캐슬린에겐 두 번째 약혼이다. 노동조합 초기의 어느 모임 후에 캐슬린은 쉬지 않고 기침을 해대긴 하지만 초콜릿 사탕 같은 눈이 퍽 예쁜 시중인 하나와 수다를 떨다가, 오래전 첫 약혼을 깬 계기가 정치적 견해 차이 때문이었다는 말을 하게 되었다. 그 시녀는 캐슬린에게 화를 내며, 감사한 줄도 모르고 좋은 기회를 차버린 여자는 여물통 속의 개와 다를 바 없으니 두 번째 기회를 얻을 자격이 없다고 쏘아붙였다. 이에 대해 캐슬린이 피력한 대꾸는, 시기 질투는 남자에게든 여자에게든 혐오스러운 자질이며 남편감에 목을 매는 여자가 아직도 결혼을 못한 이유는 뻔해 보인다는 것이었다.

그러고 나서 기분이 좋지 않았다. 분노의 파도가 휩쓸고 지나간 후에는 종종 그랬다. 울분이 쌓인 사람을 비난해서는 안 되는 거였다. 캐슬린 자신에게도 그렇게 자주 겨냥되는 비난인데 말이다. 게다가 예쁜 외모에도 불구하고 끊임없는 설거지와 폐병일 게 분명한 질환으로 충분히 괴로울 여자 아닌가.

근무가 없는 어느 저녁, 캐슬린은 바깥 거리에서 약혼자를 만난다.

"잘 지내?"

"불평할 일은 없지."

그가 그녀의 뺨에 키스한다. 좀 역한 체취는 비누 부족 때문이니 그의 잘못이 아니다.

게다가 건강을 다쳐 돌아오지 않았던가. 돌아온 것만으로도 신께 감사를 해야 한다. 그녀가 아직 신을 믿는다면 말이다. (다양한 믿음에 대한 책을 좀 읽었더니 캐슬린은 차라리 불교에 끌린다. 동물의 왕국에 대한 사려 깊은 사상도 그렇고.) 그는 사지가 멀쩡하고 상처도 없다. 전에 보여주었던 사진들 그대로다. 신경이 불안정한 것도 아니다. 전선으로 돌아가지 않아도 된다. 저 끔찍한 전쟁으로부터 자유인 것이다.

둘은 늘 최근에 부족한 물품들과 대체재에 대한 수다부터 시작한다. 한번 비를 맞고 나면 악어 입처럼 벌어져 펄럭거리는 구두와 정부에서 배급하는 쉰 치즈, 공업용 기름 냄새가 나는 마가린, 그리고 어떻게 빵 한 개가 8펜스일 수가 있는지?

캐슬린이 한숨 쉰다. "나만 그런 건지, 이 전쟁이 영원히 계속되는 것 같아."

"내년에는 끝날 거라고 들었어."

"작년에도 들었다고. 내년에도 또 들을 것 같은데."

그는 반박하지 않았다. "어, 뭐. 여기가 바다 위였으면 상황이 더욱 안 좋았겠지."

그녀는 그의 건조한 유머가 좋다. "혹시 더 나빠질 수도 있을 거라고 생각해?"

"타고 있는 배에 따라 다르겠지."

그녀는 그의 손을 한번 꼭 쥔다.

그들이 결혼하면 그의 할머니가 금반지를 주겠다고 약속했다. 전쟁 중 결혼식이 될 테니 야단스러울 필요는 없다. 좀 구식이지만 질 좋은 모자, 구두, 드레스를 미스 시프생크가 빌려주기로 했다. 캐슬린이 밑단을 접어 올려서 좀 더 유행에 맞는 정강이 길이로 줄일 수 있을 것이다.

그들은 몇 주째 집을 찾고 있다. 우선은 셋집으로. 아마 단독주택보다는 다세대가 될 테지만, 다른 시설은 공유하며 방은 두 개 정도가 될 수도 있다. '신혼집.' 캐슬린은 그 단어를 머릿속에서 떠올려보았다. 개가 있으면 진짜 좋겠지만 동물을 허용하는 집주인은 드물다.

그녀와 약혼자는 목록에 있는 주소들을 하나씩 확인해나갔다. 이런 과정이 모욕의 연습이 아니라 신나는 스포츠라도 된다는 듯 '집 사냥'이라고 부르는 이들도 있다. 그들은 집주인이나 중개인 혹은 열쇠를 가진 이웃의 문을 두드려 다른, 더 열악한 문으로 안내받았다. ("그저 약간의") 습기와 ("저녁 시간만의") 음식 냄새, 그리고 ("문풍지가 제공될 예정인") 바람 소리에 대해 미리 경고도 받았다. 채링크로스 근처 어느 건물은 도무지 찾을 수가 없어서 캐슬린이 결국 성을 내며 중개인에게 소리를 질렀다. 알아보니 대공습 때 날아간 것 같단다.

가뭄에 갈라진 강바닥처럼 타일은 깨지고 문틈은 벌어지고 천장은 반쯤 주저앉은 등 아무리 황당한 상태의 집이어도 집주인은 다들 전쟁이 끝날 때까지 수리가 불가능하다고 주장했다.

"세입자의 권리를 무시하는 핑계일 뿐이야." 그녀가 약혼자의 귀에 대고 씩씩댔다. "있는 것들은 늘 궁한 사람을 짓밟으려 해."

"하지만 지금은 자재를 구할 수 없는 것도 사실이야. 일꾼도 그렇고." 약혼자가 차분하게 대꾸했다.

"으, 이 망할 전쟁!"

그와 캐슬린은 소변기 냄새가 나는 비좁은 방들과 한 침대에 아이 넷을 눕히고 임시 화덕에서 냄비를 끓이는 앙상한 엄마들을 보았다. 너무 암울한 주거지들을 보고 나면 말을 나눌 필요가 없어진다.

바턴 거리의 조용한 정박지로, (여섯 계단 아래) 지하 출입문 앞까지 그녀를 바래다준 약혼자가 "잘 자, 풀 죽지 말고" 하는 인사를 남길 때쯤, 캐슬린은 씁쓸한 깨달음에 도달한다. 결코 내 집으로 삼을 능력이 안 되는 집에서 감사하게도 침대 하나를 쓸 수 있다는 것도, 이 직장의 가치 가운데 하나라고.

다음 날 아침 캐슬린은 미스 시프생크와 저녁 메뉴를 의논하다가 자기도 모르게 털어놓는다. "그 사람이 형한테서 받는 임금이 좀 있긴 한데, 군인 연금도 받아야 하거든요. 일시불로 위로금이라도 주든가 하지. '군복무에서 기인한 혹은 그로 인해 악화된 확장성 심근병증으로 30퍼센트 장애'를 진단받고 의병 제대했으니까요." 캐슬린이 관료제의 단어들을 인용한다. "그리고 다른 20퍼센트 장애는 말라리아 때문이었는데, 보훈 연금처의 머저리들은 그에게도 50퍼센트의 책임이 있다고 여기는 듯해요. 그가 퀴닌을 매일 마시지 않았기 때문이라고요.

약품 공급이 안 돼서 그 50퍼센트를 못 마셨는데도요!"

"소름 끼치게 복잡하네." 고용주가 중얼거리며 울스턴크래프트의 귀 뒤를 긁어준다.

"정말 그럴 순 없죠. 퀴닌이 공급 안 된 걸 그가 증명할 수 없다고 해도, 서류 정리만 돼도 '복무 기인 장애'가 40퍼센트니까요. 그는 어쩔 수 없는 문제라고 넘기려 하지만 난 정말 분통이 터져요. 서류들이 너무 엉망이어서 50이라고 써 있는 데 얼룩이 묻어 30이라 잘못 읽었다고 해도 놀랍지 않을걸요."

"그 남자 사랑해요, 미스 올리버?"

질문이 갑작스레 던져진다. "꽤 좋아해요. 정말 상당히 많이요. 그러니까 사랑하는 것 같아요. 내 나름으로. 그래요, 대체로 그렇다고 생각해요."

미스 시프생크스의 우울한 얼굴이 의심스러워하는 듯하다. "그 남자가 어떤 행운을 얻었는지 알아야 하는데요."

캐슬린이 코웃음을 치고는 짐짓 감사의 예를 취한다.

"당신 외모를 말하는 게 아니에요. 물론 외모도 완벽하지만, 당신 능력을 말하는 거라고요."

"능력이라고요?"

"자부심을 가져요." 미스 시프생크가 말한다. "최초의 시중인 노동조합을 설립한 가정부라니 전 세계에 대서특필 될……."

캐슬린은 끼어들지 않을 수 없다. "홍보에서는 완전 실패였어요. 불만이 있다는 걸 공식화는 한 것 같은데, 개선 사항들을 얻어내는 데는 실패했죠. 지금은 해체 직전이고."

"그건 아마 젊은 여성들에게 다른 기회들도 너무 많이 열려

서일 거예요. 그들도 그런 기회를 가질 자격이 있다는 걸 알게
하는 데 큰 기여를 한 게 당신이에요."

많은 여자들이 직업을 찾는 데 제약을 덜게 돼서, 상점이나
공장 등에서도 일하게 돼서, 캐슬린은 기쁜 것 같다. 하지만 그
건 대부분 저 끔찍한 전쟁 때문일 공산이 크다. 전쟁 때문에 런
던에 남자들이 턱없이 부족해졌으니까. "뭐, 폭탄에 폭발물을
채워 넣는 일을 하는 예전 시중인들과 달리, 난 여전히 이러고
있네요." 캐슬린이 앞치마의 가슴 부분을 쓱 쓸어내린다.

미스 시프생크가 말한다. "당신도 오래 일하진 않을 것 같은
데요."

갑자기 어색해져서 캐슬린은 몸을 숙여 울스턴크래프트의
머리를 쓰다듬는다. "그 사람과 나는…… 우리는 내가 여기 일
을 그만둘지 아직 의논 못했어요. 적어도 그가 연금을 받을 때
까지는 둘 다 벌어야 하니까."

"그래요, 하지만 아이라도 낳으면……."

그 생각에 캐슬린이 굳는다. "요즘은 계속 일하는 아내와 어
머니도 많죠."

"그건 아이를 대신 돌봐줄 사람이 있거나 그런 사람을 고용
할 여력이 있을 때죠." 미스 시프생크가 회의적인 어조를 유지
한다. "따지려는 게 아니라 식을 올리기 전에 철저히 대비해두
는 게 최선이니까요. 그렇지 않나요?"

캐슬린이 고개를 끄덕이고 푸줏간에 가야 한다며 도망친다.

울스턴크래프트도 데리고 가면서 산책을 시킨다. 세인트 제

임스 공원을 지나면서, 공습 폭격 때 달빛에 반짝이는 표적이
될까 봐 호수에서 물을 다 뺀 풍경을 보고 개는 또다시 흥분하
며 난리를 친다.

네 시간 뒤에 둘은 양의 목덜미 고기를 좀 사서 돌아온다. 요
즘 캐슬린의 주요 일거리가 줄서기다. 1분 전에 도착한 수십 명
의 여자들 뒤에, 그리고 1분 후에 도착한 수십 명의 여자들 앞
에 서는 것. 줄서기 대신 각자에게 번호표를 주거나 이름을 목
록에 적을 수도 있지만, 여자들의 시간은 가치가 없다고들 생
각하기에 모두 그냥 서서 스튜용 쇠고기나 양고기 몇 점 기대
하며 느릿느릿 나아가고 있다. 매달 줄을 설 품목은 줄어들지
만 줄은 더 길어지고 느려진다.

런던 사람들도 프랑스인들처럼 말이나 비둘기를 잡아먹게
될까? 캐슬린은 한 여자가 울스턴크래프트를 지그시 바라보는
것을 알아챈다. 캐슬린과 미스 시프생크는 얼마나 절박해져야
테리어 종 개를 잡아먹게 될까? 캐슬린은 그 전에 침대에서 웅
크리고 있다가 죽기를 바란다.

바턴 거리로 돌아와서 캐슬린은 순무 껍질을 벗기고 잘라
양고기와 함께 캐서롤을 만든 다음 화덕에서 찐다. 불을 지피
는 동안 손수건을 묶어 코와 입을 가리고 그을음이 폐로 들어
가지 않도록 한다. 머리로는 최근에 읽은 책을 떠올리려 애쓴
다.『무지개』아니 그다음에『밀림의 왕자 타잔』을 읽었다. 하
지만 생각은 어느새 언니의 결혼식 날로 흘러간다.

그 결합을 '타락'이라고 매도하거나 언니가 '자기 자신을 팔
아넘겼다'고 비난해서는 안 될 것 같다. 하지만 끔찍한 대머리

남자의 집과 마차에 자신을 포기한 젊은 여성에게 뭐라고 해야 할까? 자존감도 없고 고아들끼리 뭉쳐 세상에서 함께 길을 개척해나가려는 의지력도 없다. 캐슬린의 언니는 창밖을 가리키며 말했다. "난 '저렇게' 끝나고 싶지 않아."

　캐슬린이 챙 넓은 모자를 쓰고 고개를 뺐다. 처음엔 그 여인을 제대로 못 보고 인도에 놓인 쓰레기인 줄 알고 지나쳐 두리번거렸다. 여인의 다리는 하수로에 처박히고 소매가 뜯겨나간 한쪽 손에는 갈색 병을 쥐고 있었다.

　그날 캐슬린은 이름을 바꾸기로 결심했다. 언니가 펜 한번 그어 아버지의 이름을 떼어낸다면, 캐슬린도 그럴 수 있다. 자매를 지탱할 재산을 남겨주지도, 자매가 스스로 설 수 있도록 교육을 시켜주지도 않은 아버지에게 감상적 애정은 남아 있지 않았다. 캐슬린이 열일곱에 하녀로 일하기 시작한 첫 주에 인구통계 조사원이 방문했을 때, 그녀는 내키는 대로 아무 이름이나 댈 수 있음을 깨달았다. 사기를 위한 목적이 아니라면, 이를 금지하는 법은 없었다. 그녀에게는 성을 함께 쓸 사람이 더 이상 남아 있지 않았고 옛 성을 아는 친구도 주위에 없었다. 그래서 그녀는 자기 이름을 '캐슬린 올리버'라고 적었다. 음악당에서 몇 번 본 사랑스러운 가수를 생각하면서. (한번은 가수의 발치에 값싼 바이올렛 꽃다발을 던진 적도 있다.)

　캐슬린이 이제 솔질을 열심히 한다. 화덕은 지저분하고 착색되어 청소하려면 시간이 많이 들며 광택까지 내려면 팔꿈치가 아리다. 더구나 아무리 광택을 내도 하루나 이틀 있으면 얼룩지다가 사라진다. 이 무의미하고 좀스러운 업무가 그녀의 시간,

그녀의 하루하루, 그녀의 한 해 한 해를 좀먹는 수많은 일들을 상징한다. 소위 '한창때'인 그녀의 시간을 말이다.

화덕을 닦지 않고 놔두면 어떻게 될까 캐슬린은 궁금하다. 미스 시프섕크가 주방으로 내려왔다가 육중한 가정용품의 무쇠 표면 여기저기에 녹 얼룩이 약간씩 진 것을 본다면 기겁할까? 그런 쪽으로 대화를 해본 적은 없다. 닦고 광내기는 그저 가사 일의 당연한 일부일 뿐이다. 영국 전역에서, 아마도 영어 사용 지역 전역에서 여자들은 화덕을 닦을 것이다. 매일 죽어라 박박 문지를 것이다.

이런 쪽으로 상념이 흘러가게 두어선 안 된다. 바닥 틈새에서 오수가 부글거리며 새어나오듯이 화가 끓어오르게 두어선 안 된다. 얼마나 많은 사람의 인생이 허비되는지 생각하면……. 의분이 끓어오를 이유는 많고도 다양하지만 그것을 내보였다가, 아니 느꼈다는 것만으로 질책을 받은 적이 얼마나 많던가. 30년 이상을 살아오며 캐슬린은 성급하고 참을성 없고 성격 나쁘다는 소리를 들어왔다. 건방지고 퉁명스럽고 사나우며 말이 많고 까다롭게 따지고 고집 세며 반항적이고 가시 돋친 '싸움꾼'이라고.

'진정해, 아가씨!' '성낼 필요 없잖아!' 하지만 정말 그런가? 시민들은 이 문제 많은 세상을 당연하게 받아들이고 불평 한마디 해서는 안 되는가? 혹은 성을 내는 게, 사실상, 가장 긴급한 의무가 아닌가?

아직 둘의 예산에 맞는 집을 찾지는 못했지만, 좋은 가구를

싸게 살 기회는 계속 엿보고 있다. 그날 저녁 약혼자의 쪽지를
받은 캐슬린은 어느 철물점 위의 셋집으로 서둘러 가서 가죽
소파 세트의 일부를 살펴본다. 울룩불룩 장중한 소파 세트에
서 의자 하나가 빠져 있었다. 그게 어디로 갔는지 그리고 만삭
의 소유주(갑자기 과부가 된?)는 이제 어디에 앉으려는지 궁금
해진다. 유가족 연금이 있다고 해도 군인 가족 수당보다는 많
이 적을 것이다. 그러니 훨씬 절약하며 살아야 할 테고 남편을
위해 집을 꾸밀 필요도 없을 것이다. 적어도 관료들의 무자비한
논리는 그런 것이다.

"어때?" 약혼자가 말하며 소파에서 들썩거리자 끽끽 소리가
난다. "이 가격치고는 탄력이 좋아."

검게 찌들고 너덜너덜하게 해져서 캐슬린은 손대고 싶지 않
다.

그가 옆의 커버를 도닥인다. "앉아볼래?"

둘은 낯모르는 타인의 남은 삶을 쪼아 먹는 독수리다. 저 역
겨운 물건 위에, 이 남자의 옆자리에 앉는다는 생각에, 모든 인
생을, 남은 평생을 바친다는 생각에, 갑자기 욕지기가 솟는다.
캐슬린은 머리를 거세게 흔들어 떨쳐내려 한다.

"또 왜 그래?"

캐슬린은 그의 말투가 마음에 들지 않는다. "무슨 소리인지
모르겠네. 그만 갈까?"

소유주는 조그만 주방으로 물러서지만, 그녀의 거대한 배를
들여놓을 자리가 부족해 보인다.

"다 마음에 안 들겠지." 그가 덤덤하게 말한다. 날카로운 말

투는 아니지만 그렇다고 상처를 안 주는 건 아니다.

"난……."

"늘 불만이고. 그렇게 자라왔을 테니까. 기대를 받으며. 그렇지? 고상한 올리버 아가씨에겐 몰락한 형편이 실망스럽지."

그녀는 즉시 분노한다. "입 닥쳐!"

"인정하라고. 듣기 싫겠지만."

그는 화난 것 같지 않다. 기실 피곤하고 좌절해 보인다. 그럼에도 그녀를 받아들이고자 하는 듯하다. 불경기에 헐값에 나온, 이 오갈 데 없는 소파를 받아들이려는 것처럼 말이다. 그는 아직 캐슬린의 마음을, 다 끝났음을 파악하지 못한다.

다음 날 아침. "미스 시프생크, 혹시 화덕은 안 닦아도 될까요?"

고용주가 눈을 껌뻑인다.

"그런 생각이 들어서요. 생각이 든 지 좀 됐는데……." 캐슬린이 주저주저 말을 잇는다. "무쇠에 윤을 내는 게 의미가 있나 싶어요. 무쇠는 원래 꺼먼 거니까요."

"원래 꺼멓다고요?"

고용주가 빈정거리는 건지 어리둥절한 건지 캐슬린은 분간이 안 간다. "내가 보기에는 윤을 안 내서 표면에 조금 녹이 슨다고 기능에 문제가 생기지는 않을 것 같아요."

"관습적으로 윤을 낼 뿐이라고 주장하는 거예요?"

"그렇죠."

미스 시프생크가 끄덕인다. "하지만 우리가 시간을 들이는 임무의 9할이 그렇지 않나 싶네요. 비실용적인 우리 옷, 손이 많이 가는 머리, 예의상의 방문, 의무적 편지 교환……. 우리가 도구들을 내려놓고 문명에 대한 파업에 들어간다면, 어디서 멈 춰야 할까요?"

캐슬린이 한숨 쉰다. 그녀는 잠을 거의 못 잔 데다 지금 오전 까지도 머릿속이 너무 복잡하다.

"이런 주장도 할 수 있겠죠." 미스 시프섕크가 말을 잇는다. "우리처럼 세상을 고치려고 노력하는 사람들에게는 사소한 부 분들도 적절하게 돌보는 일이 특히 중요하다고 말이에요. 우리 가 혁명가보다는 개선가처럼 보이도록 말이에요."

'하지만 나는 혁명가인데.' 캐슬린이 생각한다. '아니, 이렇게 지치지 않았다면 혁명가가 되었을 텐데.' 하지만 캐슬린은 다음 과 같이 말한다. "하루의 반을 잡아먹는 일이 사소한 것 같진 않은데요."

"혹시…… 뭔가 다른 문제가 있나요, 미스 올리버?"

캐슬린이 몸을 숙여 개를 쓰다듬으며 시간을 번다. 하지만 이 여자는 친절한 만큼이나 직관이 뛰어나다. "뭐, 말씀드려야 겠죠. 파혼했어요. 내가 끝냈죠." 차인 게 아니라는 걸, 자존심 때문에 덧붙인다. 그런데 왜 컵을 깨뜨렸다는 정도의 말을 하 는 기분이 들까. 설명을 마치고 한숨 돌리는데 좀 의문이 든다. "왜 그랬는지 안 물어보네요."

숱 많은 눈썹 한쪽이 올라간다.

"대부분 사람은 이상하게 생각할 텐데요. 특히나 남편감이 이렇게 부족한 때에 대체 뭐하는 거냐고."

"난 아니에요." 미스 시프생크가 대답한다.

그녀 역시 독신녀니까?

"당신을 아는 사람이라면 다들 그럴걸요."

"그런가요?"

"그 남자에겐 유감없어요. 아주 괜찮은 사람일 가능성이 크죠. 하지만 당신이 아내가 된다는 건 난 늘 상상이 잘 안 가서요."

기혼녀. 결혼한 여자. 아이가 있는 가정주부. 캐슬린은 미스 시프생크가 하는 말의 의미를 안다. 할 말이 없어 캐슬린은 돌아선다.

"그 문제가 해결됐으니, 이제 당신의 미래에 대한 문제가 남았네요."

"내 미래요?"

"당신을 내보내야 할 것 같아요, 미스 올리버."

앞이 캄캄해지고 세상이 빙빙 돈다. 진공 속에 들어선 것 같다. 하수로 속의 그 여자. 뜯겨나간 소매.

"물론 당신이 필요한 만큼 시간은 충분히 줄게요. 하지만 정말 그러진 않겠죠. 본인이 싫어하는 일에 괜한 고집부리며 붙어 있을 필요가 없다는 걸 당신도 알 테니까."

캐슬린이 말을 하려 애쓴다. "여기만큼 덜 싫어하는 곳도 없었다고요."

킬킬거리는 웃음. "그런 건 상관없어요. 그렇지 않나요? 지옥의 제일 가장자리에 있어 봤자 지옥이니까."

"아뇨, 그런 뜻이 아니라……."

"난 전혀 기분 나쁘지 않아요. 내가 솔직히 말해도 당신도 기분 나쁘지 않을 거라고 생각해요. 친구니까요."

그 말에 캐슬린의 눈이 따끔거리며 차오른다.

"하인 일을 하게 되어서 당신이 지독히 싫어하고 슬퍼하는 걸 우리 둘 다 알아요. 당신은 훨씬 나은 일을 할 능력이 있죠. 지금이 바로 족쇄를 끊고 나아갈 때예요."

그 말에 캐슬린은 굴욕감을 느낀다. 자신이 세운 노동조합에 대해 믿음을 잃은 이유가 이거였나 하는 생각이 퍼뜩 든다. 그녀는 동료 가사 고용인들에게 일에 대한 자부심을 가지라고 독려했지만 자기 자신은 설득할 수가 없었다. "화덕 때문에 그러는 거라면, 당연히 난 계속 닦을 거예요."

다시 킬킬 소리. "당신이 사임 통보를 할 거라는 기대를 단념해야겠네요. 그럼 당신을 위해서 내가 해고 통지서를 줄게요." 미스 시프생크가 보이지 않는 종이를 내민다.

캐슬린은 아이처럼 그걸 받기 위해 손을 내밀고픈 충동을 느낀다.

"설마 상점이나 카페에서 손님 시중을 들거나 버스에서 표를 받지는 않겠죠. 일을 시작한 바로 다음 날부터 모든 대중이 너무나 많은 비합리적 고용주들처럼 보여서, 당신 안의 잠자는 싸움꾼을 깨울 테니까."

뜻밖의 말에 캐슬린은 비명처럼 웃는다.

"당신의 지성과 조직력을 볼 때 사무직을 추천해요. 그렇다고 주제넘은 참견을 하려는 건 아님을 알아주세요." 미스 시프생크가 말을 계속한다. "그래도 당신이 말한 보훈연금처에 문의는 해봤어요. 이프르 전투 이후로 새로운 유족이 너무 많이

생긴 것 같더라고요. 체계가 무너지고 있는 거죠. 직원도 없어
서 바로 고용하려는 여직원이 수백이래요."

캐슬린의 얼굴이 굳는다. "그건 전쟁에 부역하는 일이잖아
요."

짜증스레 혀 차는 소리. "요즘은 다 그렇지 않나요?"

캐슬린은 반박할 말을 찾지 못한다. 좋든 싫든 그녀는 전 세
계적 대학살의 중심부에 있는 도시에서 산다. 그녀의 손도 깨
끗하지 않다.

"당신의 능력과 판단력을 사용해서 여자와 아이와 부상병
들이 굶지 않게 하는 일이라면 그거야말로 복지 사업이 아닌가
싶네요."

"그렇겠죠." 캐슬린이 불안하게 중얼거린다.

미스 시프섕크가 어깨를 으쓱한다. "내가 하고픈 말은 그저
교육받은 여성에게는 이보다 나은 기회가 없으리라는 거예요.
괜찮으면 보건복지부에 지원을 해봐요. 아니면 교육부나 산업
부예요. 서류를 분류하고 장부를 관리하고 타자를 치고 전보
를 보내고 전화를 받고. 당신이 바닥에서 무릎을 떼고 다시는
화덕을 닦지 않는다면 뭐든 좋겠어요."

"알았어요, 마님." 캐슬린이 중얼거리며 그 말에 담긴 불합리
를 듣는다.

그러고 나서 떠나기로 한다. 급여 조건이 괜찮은 곳을 찾을
때까지는 기다려줄 테지만, 오래 걸리진 않을 거라고, 미스 시
프섕크가 장담한다.

캐슬린은 침대에 누워 스타킹에 난 구멍들을 만져본다. 그녀가 '만족할 줄을 모른다'고 그는 말했다. 사실일까?

지금까지는 그랬다. 늘 불만이었다. 그래도 그녀가 받은 대접은 풍성하지도 다채롭지도 않았다. 그녀의 취향도 아니었다. 그럼 어떤 취향인지 설명할 수 있는 건 아니지만, 취향이 아니었다는 건 안다.

다시는 약혼하지 않을 것이다. 자신을 양도하지 않을 것이다. 더 나은 조건이든 나쁜 조건이든, '신경증'이라는 소리를 듣든, '이상'하다는 소리를 듣든 말든. 더 나쁜 소리도 들어왔다. 평범한 여자가 되어보려는 마지막 시도를 해왔던 것이다.

캐슬린은 일어나 앉아 필기구를 찾는다. 몇 가지를 적어본다. 뺨이 달아오른다.

고독한, 혁명가 비슷한 사람이고……
혁명적이며……
서른의 저항적 여성……

자신을 몇 마디로 요약하기는 힘드니 상대방 여성에 대해 쓰는 게 나을지도 모른다. 거기 해당되는 독자가 정말 있어서 우연히 이 조그만 광고에 시선이 머물고, 또 펜을 들어 답장을 하는 모험을 무릅쓸 수도 있다. 왜냐하면 오늘 밤 캐슬린이 확신하는 한 가지는, 그녀가 만족을 하게 되는 경우가 있다면, 그것은 남자에 의해서가 아닐 것이기 때문이다.

30 전후의 고독한 여성 저항자가 있다면, 그러한 다른 이
와 우정을 전제로 서신을 나누지 않겠습니까?

그랬다. 이것으로 될 것이다. 이름도 쓰는 게 어떨까, 그녀만
의 이름이니까. 허락을 구할 이도, 창피해 할 이도 없다. 그녀는
덧붙인다. 웨스트민스터의 바턴 거리 1번지 캐슬린 올리버에게
답장하세요.

또 다른 걱정은, 캐슬린의 '다른 반쪽'이 정말 어딘가에 존재
한다면 그녀도 런던에 거주하는 독신의 20에서 40 사이『해럴
드』구독자이지만 이번 토요일자 신문을(혹은 '외로운 사람들'
난을) 읽지 못하고, 대신 세상을 고치느라 바빴다면 어쩌지?

그렇다면 캐슬린은 광고를 한 번 이상 게재해 그녀의 간절함
을 이 가상의 여인이 발견하도록 몇 번의 기회를 줄 것이다. 하
지만 열 번 이상은 너무 비용이 많이 들어서 힘들다. 못나 보일
수도 있고. 그래서 캐슬린은 광고를 3주 연속 싣겠다는 주문 사
항을 덧붙인다. 그리고 광고 비용을 위한 우편환을 동봉한다.

봉투를 봉하고 우표를 붙이자 이상하게도 캐슬린의 기분이
나아진다. 봉투의 풀칠 부분을 핥느라 혀에 남은 (말발굽이 들
어간다는 소문이 있는) 싸구려 접착제의 뒷맛이 짜릿하다. 그녀
는 지금, 혹시 용기가 수그러들기 전에, 거리 끝의 우체통으로
갈 것이다. 돌이킬 수 없이 우체통 구멍 속으로 떨어뜨린다. 적
어도 노력은 했다. 하찮은 시도는 아니었다.

그녀가 외로이 죽는다 해도 노력이 부족했기 때문은 아니라
는 사실에서 어느 정도 만족을 느낀다. 그녀는 동지애를 얻든,

아무것도 얻지 못하든 할 것이다.

작가 후기

캐슬린 올리버Kathlyn Oliver(1883/4~1953)의 출생명은 알려지지 않았지만 가명일 가능성이 크다. 1901년 인구 조사에서 K. Oliver로 처음 등장했다. 때로 캐슬리인Kathleen으로 불리기도 했으며 자주 캐스린Kathryn으로 오기되었다. 가장 분명히 기록된 것은 『옥스퍼드 영국 인명 사전Oxford Dictionary of National Biography』에 로라 슈워츠에 의해서였다. 또한 슈워츠의 『페미니즘과 시중인의 문제: 여성 참정권 운동에서 계급과 가사 노동 Feminism and the Servant Problem: Class and Domestic Labour in the Women's Suffrage Movement』(2019)에도 등장했다.

올리버는 그녀의 아버지가 공무원이었다고 했고 어느 자료에 의하면 오래전부터 경범죄 법정에 친숙했다는데, 아버지가 거기서 어떤 직위를 가지고 일했던 것처럼 들린다. 아버지가 죽은 후 시중인 일에 의존할 수밖에 없던 그녀는 1909년 가사 노동자 노동조합을 설립했다. 캐슬린 올리버는 1909년에서 1915년경까지 바턴 거리 1번지의 메리 시프생크의 집에서 요리사이자 하녀로 일했고 그동안 몰리 대학에서 공부하며 경제 과목에서 상을 하나 타기도 했다.

약혼을 두 번 했지만 1909년 8월 1일 『여성 노동자Woman Worker』에 기고한 편지에서 "나는 어떤 이성보다도 여성들을 사랑해왔다"고 밝혔다. 1915년 10월 25일 에드워드 카펜터에게 보낸 편지에서는 그의 저서 『중간의 성Intermediate Sex』(1908)을 읽고 결국 자신이 '동성애자'임을 알게 되었다며, 자신의 '반쪽'을 찾는 데 그가 도움을 줄 수 있는지 알고 싶어 했다.

런던 안에서 자주 이사를 다녔지만 캐슬린 올리버는 주로 웨스트 런던에서 살며 (거의 6000명에 달하는) 사무직 노동자 중 한 명으로 1921년에는 보훈연금처에서, 1924년에서 25년까지는 패딩턴 동물 구호소에서, 1939년에는 가정부로 일한 것으로 나타났다.

그녀가 여성들을 찾으려 '외로운 사람들'의 구인 광고에 게재한 글이 1915년, 1919~20년, 1932년 자 신문에 남아 있다. 그녀는 또한 1909년에서 1948년까지 다양한 신문에 페미니즘, 가사 업무, 결혼, 성 노동, 인구 과잉, 사법 제도, 채식주의, 건강, 동물권, 인간과 동물 간의 유대, 평화주의, 원자폭탄 등에 대한 유려한 서신을 기고했다.

이렇게 대단한 캐슬린 올리버에 대한 지식을 빌려준 샌 니 리오카인San Ní Ríocáin(트위터@SRiocain)과 수스 판덴베르그 Suus van den Berg(@suusvandenberg)에게 많은 감사를 보낸다.

_____ 엠마 도노휴Emma Donoghue

아일랜드 더블린에서 태어나 현재는 캐나다에 산다. 세계적 베스트셀러이자 한국에도 번역된 장편소설 『룸』을 직접 각색해 아카데미상 후보에 올랐고 넷플릭스에서 영화화된 『더 원더』역시 공동 각색했다. 『룸』과 『더 원더』외에도 십수 편의 소설을 출간하고 부커상 최종 후보에도 올랐다. 최근 장편 『헤이븐Haven』은 7세기 아일랜드 남서쪽의 바위섬 스켈리그 마이클(수도원 유적지이자 스타워즈의 촬영지)에 상륙한 어느 수도사에 대한 이야기다. emmadonoghue.com

촌년

커스티 로건

웬치

'촌색시' '시골 계집' '시골 처자' 같은 옛날 느낌의 단어이며 성매매 여성을 가리키는 속어로도 쓰였다.

WENCH

성역은 항 상¹ 여름이지―

적어도 그때 나에겐 그렇게 느껴지지―

여름이 내 몸에 마술을 건다고―

내 눈 속에 낮게 뜬 황금 태양 & 내 코에 암소들의 들큼똥 향기

& 내 목구멍에 걸린 꽃가루날림―

성역에서 나는 신입 & 아직 아무 것도 몰라―

내가 신입이 아니더라도 아무 것도 모른다고 점박 신부님은 말

하지만 그건 다른 문제야―

내가 아무 것도 모르기 때문에 어떤 일에도 나를 믿을 수 없

어―

그러니 내가 물고기를 잡으러 갈 차례가 되면 우리는 함께 가

는 거야―

---

1   이 작품의 띄어쓰기 오류는 원문을 반영한 것이다.
     ex) 항 상all ways, 아무 것any thing

나 & 점박 신부님이 같이 가는 건 아냐 그는 성스러운 일들로
선하고 순수하며 중요한 성스러운 일들로 너무 바빠서 실질적
인 일을 낚시 & 소몰이 & 완두 따기 & 닭 털 뽑기 & 빵 굽기 &
바닥 쓸기 & 밀랍초 만들기 & 꿀 모으기 등등을 할 수 없어—
그런 일은 소녀들이 해야 더 성스러워질 수 있어—
점박 신부님 & 다른 남자들은 이미 성스러운 것 같아—
성역에서 소녀는 나 & 제닛 이소벨 비어트리스 마틸다 아그네
스 길레이스 리자베트 페트로넬라 제한 해너 이시도어 오 & 유
피미아 그게 다인 것 같아—
하지만 나한테 중요한 사람은 오직—
유일한 사람은—
실은 나 그녀의 이름을 말하고 싶지 않은 것 같아—
그녀의 이름을 입에 올리면 느낌이—
그게—
미안해—
하지만 지금 말을 할 수 없을 때조차—
나는 많은 이야기를 할 수 있어—
그녀에 대해서는 말할 수 없지만 물고기에 대해서는 말할 수
있어—
& 그날 낚싯줄을 어떻게 했는지 & 끈 & 낚싯바늘 & 벌레들을
어떻게 했는지—
슬픈 벌레들이 몸을 뒤틀어 & 날뛰어 & 안 돼 안 돼 안 돼 하
는 데도 낚싯바늘을 꿰는 그녀를 지켜보며—
& 나는 이게 어리석음 & 공상에서 나온 소리라는 걸 알아 &

벌레들은 아무 말도 못하는 거 아니까 나도 아무 말 안 하는 거야—

난 그저 내 몫의 벌레를 낚싯바늘에 걸어—

& 어떤 것들이 고통을 받아야 다른 것들이 편안을 얻을 수 있는 이유에 대해 생각해—

우리가 앉은 강가에서 주위의 풀이 달콤 & 보드라워—

내 옆에 앉은 그녀 역시 달콤 & 보드랍게 느껴져—

머리 위 뜨거운 태양 노래로 기도하는 새들 우리만을 위해 그렇게 멋지게 펼쳐진 세상—

& 나는 기꺼이 몽롱한 상태가 되어 꿈속으로 들어가겠지 나는 기꺼이 달콤 보드라운 풀밭 위에 달콤 보드라운 그녀 곁에 눕겠지 하지만 그러지 않을 거야 왜냐하면 진짜 꿈이라면 나는 여기 없어 & 나는 여기 그녀와 함께 있고 싶어—

내 줄이 당겨질 때마침 그녀의 줄도 당겨져 & 함께 우리는 물고기를 끌어당겨—

그 강에는 붕어 잉어 황어 등등이 살아서 내 줄에 뭐가 걸렸는지 알 수 없었어 & 끌어당겨보니 물속에서 아른거리는 은빛 별해가 보여 & 황어라는 걸 알 수 있어 & 또 다른 게 아른거려 & 그녀도 한 마리 잡은 걸 알 수 있어—

작은 황어 두 마리면 네 소녀의 저녁으로 충분해—

혹은 우리가 먹고 싶은 만큼 먹는다면 두 소녀에게 충분하지만 물론 그건 허락받지 못했어—

소녀는 항상 약간 배고픈 게 더 나아—

우리는 물고기들을 끌어내 & 풀밭 위에서 펄떡 & 뻐끔거리는 모습을 지켜봐—

그들의 꿈틀거림이 천천히 느려져 & 멎는 모습을 우리는 지켜

봐—

& 갑자기—

애들을 다시 던져주자 그녀가 말해—

하지만 그러면 완두 & 빵 말고 저녁으로 먹을 게 없어 내가 말

해—

그날 고기는 허락되지 않는다고 신께서 말씀하니까—

뭐 그녀는 말해 완두 & 빵만 먹는다고 죽는 사람은 아무도 없

어 안 그래—

& 그게 낫지 않아—

더 좋지 않아—

이상한 종류의 힘이잖아—

그냥 괜히 물고기들을 다시 던져주는 거 & 물고기들이 헤엄쳐

가버리는 걸 바라보는 거 말이야—

그래 내가 말해—

그녀가 물고기로 신발을 만들자고 했더라도 혹은 물고기로 집

을 짓자고 했더라도 혹은 물고기를 신처럼 숭배하자고 했더라

도 나의 답은 같았을 거야—

그래 나는 말해 그래—

& 그래서 우리는 그렇게 해—

물고기에서 낚싯바늘을 확 빼 & 다시 물로 던져—

& 물고기들이 함께 헤엄쳐 가버리는 모습을 우리는 지켜봐—

아롱지는 햇빛 속에서 비늘들이 반짝여서 뭔 가 마법 & 비밀

같아—

///

그녀가 침대에서 몸부림치는 모습을 나는 지켜봐—

등이 구부러지고 피부는 번들거리고 입은 벌리고 퍼득파닥 허덕하각—

보려던 건 아니고 그저 이마에서 땀을 & 턱에서 토를 & 이불에서 피를 닦아주려 했어—

이런 식으로 악령에 사로잡힌 게 그녀가 처음은 아니야 & 마지막도 아닐 거야—

우리 소녀들은 너무 열려 & 줄줄 새 & 구멍들 & 통로들로 가득해서 사악한 것들이 쉽게 들어와—

그래서 우리 모두는 앓아왔어 & 서로 앓은 결과를 치워왔어— & 익숙해진다고 해서 쉬워지진 않아—

솔직히 말하면 악령 들린 & 악마에 휘둘린 쪽이 덜 고생이야 왜냐하면 그렇게 되면 적어도 난장판을 만드는 쪽이 돼 & 청소하는 쪽이 아니야—

그래도 그녀가 그럴 때는 나는 청소해도 괜찮아 & 그냥 그녀를 편하게 해주고 싶어 & 점박 신부님이 그녀에게서 악령을 몰아내는 데 며칠 걸릴 것 같으면 나는 주의 깊게 헝겊 & 물동이를 준비해 & 항 상 우물에서 물을 새로 길어와 & 점박 신부님이 악령을 꺼내기 위해 손을 그녀의 입에 쑤셔 넣어서 그녀가 토하면 얼마나 토했는지 주의 깊게 살펴봐 & 그녀가 잃은 만큼의

뼈 국물을 먹게 해서 보충해주려 노력해 & 우리가 새끼 사슴이
나 양을 죽여서 피를 조금 얻을 수 있으면 좋겠지만 & 그걸 그
녀에게 주어서 힘든 퇴마 의식 때문에 입은 팔 & 다리에 생긴
수많은 작은 상처 & 다친 걸 보충할 수 있으면 좋겠지만—

비록 뼈 국물로는 보충이 안 될 걸 알지만—

내 피 전부로도 보충이 안 될 걸 알지만—

비록 줄 수만 있다면 주었겠지만—

뭐 전부는 안 될지도 모르는 이유는 일부 피는 내보내는 게 건
강에 도움이 되지만 피를 전부 빼는 건 안 돼 & 일부는 스스로
를 위해 가지고 있어야 해—

하지만 난 정말 충분히 가지고 있으니까 그녀와 나누어도 된다
고 생각하거든—

점박 신부님이 자기 침대로 갈 때까지 나는 기다려 & 난 그녀
와 둘만 남아 & 그러고 나서 내가 어릴 때 어머니가 나를 위해
해주었던 일을 해—

포플러 싹 & 검은 양귀비 & 흰독말풀 & 사리풀 & 식초 & 산패
된 기름으로 어머니는 연고를 만들었어—

하지만 여기 성역에는 어머니 & 내가 가꾸던 독초 정원이 없으
니까 그런 독초들이 대부분 없어 그저 양귀비 & 기름뿐이라서
그것으로 연고를 만들어 & 이걸로도 되기를 바라며 그녀의 이
마에 펴 발라 & 혀에도 약간 놓아줘—

& 그러고 나서 그녀는 한동안 잠들어—

& 나도 그녀 옆에 누워 & 손을 내밀어 그녀의 목에 대고 맥박
을 느껴봐—

다음 날 아침 점박 신부님이 돌아오기 전 나는 일어나 & 그녀의 얼굴을 깨끗이 닦아 & 연고가 효과가 있었다고 생각해―

점박 신부님이 침대 속 그녀 위로 몸을 숙이고 있어서 뭘 하는지 나는 볼 수가 없어―

하지만 냄새 & 소리로 보아 어제와 마찬가지로 피 & 토사물이야―

나는 문간에 반쯤 숨어서 깨끗한 물 & 비밀 연고를 들고 있어 & 심장이 튀어나올 것 같아―

아무래도 점박 신부님이 양손을 그녀의 목구멍에 집어넣는 것 같아 & 뭔가를 한주먹 꺼내서 오물통에 버려 & 나는 아무 것도 볼 수가 없지만 그건 그가 성스럽고 나는 그저 소녀일 뿐이라서 내가 볼 수 없는 걸 그는 볼 수 있기 때문이야―

점박 신부님은 방을 나가며 돌아보지도 않고 말해 그녀는 이제 깨끗하다고―

토사물 & 피 & 눈물 속에 누운 그녀가 정화되었다고―

점박 신부님이 떠나 & 나 & 그녀뿐이라 나는 깨끗한 물 & 깨끗한 천으로 오랜 시간을 들여―

시간을 알 수가 없어 왜냐하면 우리 소녀들이 악령들에 사로잡혀 & 퇴마 의식을 받아야 할 때는 평상시 교회 일과를 & 새벽 기도를 & 해돋이 기도를 & 아침 예배를 & 정오 기도를 & 오후 기도를 & 저녁 예배를 & 밤 기도를 & 철야 기도를 안 해도 되니까―

그래서 다른 이들이 기도 중 & 정화 중일 때 나는 다른 종류의 기도를 하는 거야―

시간이 늦었다는 것만 알 수 있을 뿐―

피곤하다는 것만 알 수 있을 뿐―

드디어 그녀가 쉴 수 있다는 것만 알 수 있을 뿐―

& 그래서 나도 쉴 수 있고―

그녀 옆의 내 침대에 나는 누워―

& 촛불 속에 성스럽게 떠오른 그녀의 잠든 얼굴을 나는 봐―

& 그녀의 빛 속에 나는 잠들어―

///

내가 아는 게 있어―

알아서는 안 되는 걸 아는 게 있어―

이를테면 쐐기풀을 찧어서 콧구멍을 막으면 코피를 멈출 수 있

다는 것―

이를테면 뱀뿌리초로 젖이 나오게 만들 수 있다는 것―

이를테면 마녀개암은 아기를 낳은 후 찢어진 여자의 은밀한 곳

을 치유할 수 있다는 것―

이를테면 여우장갑풀은 심박을 늦춰 & 더 이상 필요 없는 남

편이나 아이를 재우는 데 쓰일 수 있다는 것―

이 풀은 사람들이 나 & 어머니한테 제일 많이 얻으러 오던 거

야―

여우장갑풀뿐 아니라 수선화 & 협죽도 & 오월사과 & 바곳 &

버섯 & 곰팡이에서 추출한 몇 가지 다른 약재도―

하지만 지금 나는 여기 성역에 있으니 이런 것들을 알면 안 돼―

그것들이 있으면 여기 다른 소녀들의 통증 & 불안증을 돕거나
대부분 이런 것들을 잘 모를 신부님들도 도울 수 있겠지만—

그래도 괜찮아 왜냐하면 내가 소녀라서 할 줄 아는 게 거의 없
이 낚시 & 소몰이 & 완두 따기 & 닭 털 뽑기 & 빵 굽기 & 바닥
쓸기 & 밀랍초 만들기 & 꿀 모으기 & 꽃으로 향수 만들기 &
식물로 천 염색하기 & 돼지 머리와 양배추를 특히 맛있는 방식
으로 삶을 줄 알면 되는 것뿐이었지만 이제 생각해보니 사실
꽤 많은 일을 할 줄 알아—

그렇지만 어쨌든 이런 일들이 내가 알아야 할 전부야 & 더 이
상은 없어—

누가 묻는다고 해도—

대답은 아니야—

그녀가 물어도 & 그녀가 나를 필요로 해도 & 내가 그녀를 도
울 수 있어도—

대답은 아니어야만 해—

///

우리 소녀들이 모두 모였어—

나 & 제닛 이소벨 비어트리스 마틸다 아그네스 길레이스 리자
베트 페트로넬라 제한 해너 이시도어 오 & 유피미아 다 모인
것 같아—

우리는 이불을 빠는데 불쾌한 & 진 빠지는 일이야—

& 점박 신부님이 말하길 바로 그래서 우리가 이 일을 해야 하

는 거래 왜냐하면 우리 같은 소녀들은 이런 일을 해서 성스러
워질 필요가 있으니까—

혹은 우리 모두 알다시피 그다지 성스럽지 않은 소녀들을 가능
한 성스럽게 만들 필요가 있으니까—

우리는 붉어져 & 땀 흘려 & 성스러운 것들을 생각하려 애써—

& 우리 모두 좀 쉬려 그녀가 고향 마을에 왔던 공연단 이야기
를 들려줘—

꿈을 주는 빵의 시간이었던 여름의 일이야—

그런 때에는 하루의 양식이 이상한 헛것을 보여주는지 혹은 그
저 배를 채워주는지 도무지 알 수가 없지—

어떤 해에는 가 끔 그렇지—

어떤 해에는 가 끔 그렇지 않고—

오직 신께서만 이유를 알지—

그녀가 말하길 그날 아침 그녀는 꿀술 한잔을 곁들여서 양귀
비 씨앗 빵을 먹었대 & 수확 전 여름의 배고픈 시간에는 먹을
게 전혀 없을 때가 가 끔 있으니 두 가지나 먹을 수 있어서 운이
좋았대—

그때 공연단도 배가 고프니 마을로 들어온 거지 & 먹을 걸 받
을 수 있는 아무 공연이나 하려던 거야—

하지만 이 공연 이야기는 양귀비 씨앗 빵 때문이 아니라 정말
본 거라고 그녀는 확신해—

& 나는 그녀를 믿어 왜냐하면 배고픔이 어떤 것인지 나도 아니
까—

음식에 대한 배고픔 & 이야기에 대한 배고픔 & 다른 이들과 함

께하고픈 배고픔 & 색에 대한 배고픔 & 소리에 대한 배고픔 & 더 더 더 많은 것들에 대한 배고픔—

심지어 여기 성역에서 자매들에 둘러싸여서도 & 머리 위로 여름 태양이 내리쬐어도 & 아침을 먹은 지 얼마 안 됐더라도 나는 배속의 배고픔을 & 눈의 배고픔을 & 손의 배고픔을 느껴—

그녀가 우리에게 들려주길 그 공연은 성경에서 가져온 이야기였대 & 그래서 듣기에 성스러웠대 & 위로가 되었대—

아무 것도 입지 않은 것처럼 보이는 에덴의 아담 & 이브—

하지만 뭔 가를 입은 게 분명해 그 많은 사람 앞에 맨살로 나올 리는 없어 아마 몸에 붙는 살색 가죽을 입어서 그렇게 보였겠지 하는 게 내가 생각할 수 있는 전부야 & 그런 생각을 좀 너무 오래하는 듯해—

& 먹어 치우는 이브를 & 그 과일을—

& 그 과일은 뭔 가 아주 푹 익었어 & 즙이 많아서 즙이 & 물기가 뚝뚝 떨어졌어 & 사 방으로 튀어서 엉망이 되고 아주 맛있는 향내가 공기를 채웠어 & 모두를 배고프게 & 사악해진 이브를 부러워하게 만들었어—

& 다시 한 번 난 그 생각을 좀 너무 오래하는 듯해—

& 배 & 눈 & 손이 아플 정도로 난 그 과일을 원해—

& 악마가 나왔지 & 악마라는 걸 알 수 있었던 건 그가—

그가—

& 여기서 그녀는 이야기를 더 이상 할 수 없어 해 & 뺨이 붉어져 & 손이 눈으로 향해 & 그녀는 못하겠다고 그 말을 못하겠다고 말해—

내가 말해 그 악마가 뭘 했냐고—

& 다른 소녀들이 다 나를 보지만 난 상관없는 게 악마를 보면
어떻게 알 수 있는지 알고 싶어—

삐죽한 게 있었다고 그녀는 말해 그에게 삐죽한 게 있었다고—

바늘이나 꼬챙이처럼 말이야 내가 질문해 & 손가락 끝에서 솟
아나는 핏방울이 생각나—

아니 그녀가 말해 남자가 가진 삐죽한 거 말이야—

하지만 진짜 남자 거 말고 아니 적어도 진짜 남자 거는 아닌 거
같아 왜냐하면 너무 커서 허벅지만 한 길이야 & 두껍기도 해
& 나무를 통으로 깎아내서 걸어다니면 쿵 쿵 쿵 하니까—

& 그런데 그녀는 이 이야기를 하면서 계속 얼굴을 손에 묻고
있어 & 뺨이 장미 꽃잎처럼 빨갛게 달궈졌어 & 그녀가 빼꼼 내
다보면서 내 뺨도 붉지 않은지 확인해 & 나도 붉은 것 같아—

그래서 나는 유피미아를 봐 & 그녀는 새침하게 이불에서 물을
짜면서 삐죽한 게 얼마나 큰지 나무 같든지 관심 없는 것 같지
만 내가 보기엔 진실이 아니야—

어쨌든 그 악마의 & 그의 삐죽한 게 쿵 쿵 쿵 하면서 무대를 가
로질렀어 & 그는 몸을 숙였어 & 방귀를 아주 빠르게 뀌었어 &
아주 독해서 신기한 기계 장치처럼 연기 & 불꽃을 뒤쪽에서 뿜
었어 & 썩은 달걀의 악취를 뿜었어—

& 그들이 어떻게 그랬는지 어떻게 썩은 달걀 냄새를 배속에 가
지고 있었는지 & 어떻게 원할 때만 뿜을 수 있었는지 궁금해
아마도 무 슨 그런 신기한 단지 같은 게 세상에 존재하겠지—

& 나는 맨살에 대해서 & 과일에 대해서 & 방귀에 대해서도 더

듣고 싶지만 다른 소녀들 있는 데서 물어보고 싶지는 않은 게
다들 이미 나를 너무 쳐다보고 있으니까 & 그런 호기심은 소녀
에게 적절하지 않다는 걸 아니까—

그래서 제닛이 다른 이야기를 들려주는데 어느 성채의 위대한
성주 곁 어릿광대였던 남자에 대해 들었대—

& 어릿광대는 아주 키가 큰 & 아주 마른 남자라서 이미 죽은
& 뼈만 남은 듯했어—

& 그는 아주 열심인 춤꾼이어서 한 해에만 300켤레 신발이 닳
았어—

& 내가 입 밖에 내서 말하지는 않지만 그는 도둑 & 거짓말쟁이
로 보여—

그는 멀쩡한 신발들을 팔았을 거야 & 그의 멍청한 주인은 신발
을 계속 & 계속 제공해주었을 거야—

하지만 나는 다른 소녀들에게 이 말을 하지 않는데 왜냐하면
그 애들은 거짓말을 & 도둑질을 & 사기를 & 독살을 하면서 자
라지 않았으니까 & 나는 그랬다는 걸 그 애들에게 알리고 싶
지 않으니까—

& 왜 인지 제닛은 신발들 이야기를 멈춰 & 우리는 공연단 이야
기로 돌아가—

왜냐하면 비밀을 하나 알려줄게 & 그건 소녀들 중 아무도—

그러니까 나 & 제닛 이소벨 비어트리스 마틸다 아그네스 길레
이스 리자베트 페트로넬라 제한 해너 이시도어 오 & 유피미아
가—

점박 신부님이 물으면 우리가 무 슨 대답을 할지는 모르겠지

만—

우리 중 누구도 삐죽한 것 이야기만큼 신발 이야기에 관심이
없어—

///

다음 날 설교는 마녀들 이야기야—

점박 신부님은 이곳을 지나가는 여행자들과 대화를 하니까 살
아 있는 자들에게서 & 죽은 자들에게서 모든 소식을 들어 &
그래서 점박 신부님은 많은 것을 알아—

점박 신부님이 들려주었는데 한 소년이 폭로했다는 거야 어머
니가 능금나무 뿌리 안의 비밀 장소에 양가죽 침대를 깔고 두
악령을 숨겼다고 & 매 일 검은 그릇에 젖을 담아 먹였다고—

점박 신부님이 들려주었는데 한 남자가 일곱 마리 염소를 길렀
대 & 그 염소들이 어느 여름에 젖 대신 피를 내놓기 시작했대
& 또한 아이를 가진 아내가 욕망이 왕성해졌대 & 두 상황 다
못생긴 산파가 & 과부가 된 산파가 지난번에 아내의 아기를 사
산시켜서 그 남자가 돈을 주지 않자 저주를 퍼부어서 그렇게
된 거래—

점박 신부님이 들려주었는데 한 소녀가 다른 소녀에게 비자연
적인 갈망을 품고 주술을 걸었대 & 그들은 남편 & 아내만이
함께해야 하는 일을 부자연스럽게 함께했대—

점박 신부님이 들려주었는데 어느 떠돌이 판매상에게서 머리
끈을 사지 않은 여인이 저주를 당했대 & 빨간 뜨거운 침이 엉

덩이에 쑤셔 넣어질 거라는 저주를 당했대 & 다음 날 여인의
뒤쪽 & 음부가 아주 이상한 & 놀라운 상태가 되었대—

점박 신부님이 들려주었는데 하얀 양 & 검은 고양이 & 조그맣
고 보드라운 토끼들이 밤도 아닌 & 낮도 아닌 위험한 시간에
마녀가 시킨 일을 하도록 보내졌대—

이 모든 마녀들은 정말이지 결국 타죽게 될 수밖에 없어—

점박 신부님이 말해 우리는 여기 있어서 진정 행운이라고-

우리는 이 성역에 머물러야 안전해—

바깥세상의 너무나 많은 것이 우리를 저주하려 혹은 해치려
혹은 피 흘리게 만들려 혹은 악령을 들리려 해—

& 나는 고개를 숙이고 기도해 & 생각해 그럼 여기서 우리에게
들어오는 악령은 뭐지—

여기서 우리가 입는 상처는 뭐지—

여기서 우리가 흘리는 피는 뭐지—

하지만 그건 다른 거겠지—

& 나는 여전히 그 소녀 & 그 소녀 & 그들의 비자연적인 결혼이
생각나—

& 둘 다 삐죽한 것을 가지고 있지 않았다면 둘이 어떻게 남편
& 아내처럼 누웠을까—

아마 나무를 깎은 토막으로—

오랜 세월 손길에 닳은 손잡이로—

& 나는 눈을 살짝만 떠 & 옆에서 기도하는 그녀의 손을 건너
다봐—

& 나는 그녀의 흰 & 긴 & 우아한 손가락들을 봐 & 내 피부에

서 느껴지던 손가락들을 내 몸 위에서 & 안에서 느껴지던 손
가락들을 생각해—
& 나는 눈을 꽉 감아 & 양 손바닥을 꼭 붙여 왜냐하면 안 돼
더 이상 그런 생각 안 할 거니까 하면 안 되니까 —
안 돼—

///

그래 그녀가 밤에 찾아올 때 난 그녀의 귀에 속삭여—
그녀에 대한 나의 대답이 언제나 같으리란 걸 난 알아—
그래 난 그러자고 해—
함께 우리는 침대에서 살금살금 나와 & 맨발로 이슬 젖은 풀
을 밟고 강가로 나가—
우리는 거기 누워 피부까지 젖어들어—
우리는 하늘을 올려다봐 & 그녀가 말해 별들은 둥근 교회 지
붕 저 높이에 달린 촛불 같지만 훨씬 큰 & 훨씬 멀리 있는 거라
고—
우리는 그렇게 누워 & 물고기들처럼 깜빡이는 저 멀리 촛불들
을 바라봐—
점박 신부님의 설교 중 하나가 기억이 나는데 남자 & 여자의
차이에 대해 & 그 차이가 절대 변할 수 없다고 & 우리는 그렇
게 태어난다고 & 우리는 영 원히 그렇게 존재한다고 & 남자는
남자 & 여자는 여자 & 여자는 남자를 위한 존재 & 그게 세상
의 지당한 법칙이라고 & 그 밖의 모든 건 마녀로 타락한 & 악

령이 들끓는 & 뼛속까지 불결한 거라고 했어—

& 촛불 켜진 하늘 아래서 그녀가 내게 가까이 와—

그녀가 몸을 가까이 기울여 입을 맞출 듯해—

하지만 그녀는 입 맞추지 않아—

그녀가 이를 드러내—

뜨거운 숨결 & 달콤한 혀 & 비단처럼 매끄러운 앞니—

& 그녀가 나를 물어-

내 턱을 물어—

나를 물어 나를 안정시켜 나를 엄마 고양이가 아기 고양이를 이빨로 잡을 때처럼 꽉 & 부드럽게 잡아—

늑대가 토끼를 잡을 때처럼—

그녀의 입은 함정 그녀의 입은 집 그녀의 입은 밤하늘이어서 내가 떨어져 들어갈 듯해—

점박 신부님이 한 말이 생각나는데 여자들은 어둠 속에 살 수 있지만 남자들에게는 빛이 필요하다고 —

& 그렇게 밤하늘 아래 내 손으로 그녀의 손을 잡아 & 그녀의 입이 내 피부에 닿는 게 왜 나쁜 일인지 모르겠어—

& 만일 이것이 어둠이라면 난 여기 밤 속에서 그녀와 영 원히 살 거라고 생각해—

///

나는 봐서는 안 되는 걸 하나 보게 돼—

나는 알아서는 안 되는 걸 하나 알게 돼—

우리는 부엌에서 아침으로 먹을 음식을 만들어—

새들 전에 & 해돋이 전에 깨어나도 나는 상관없어 & 그녀와 함께라면 더욱 상관없어—

나는 빵을 만드는데 그게 내가 좋아하는 일인 이유는 부푸는 게 좋아서야—

단순한 것들을 밀가루 조금 & 물 조금 & 효모 조금 취해 & 한데 넣어 & 부풀고 자라고 변하는 걸 보면 마법 같아—

그녀는 나를 위한 달걀 하나를 & 그녀를 위한 달걀 하나를 익혀서 우리는 조용한 아침 여기 부엌에서 먹을 거야 & 나머지 사람들이 기도에서 돌아오면 우리는 그들에게 음식을 내갈 거야 & 우리 빈 배속에서 나는 소리로 그들을 신경 쓰이게 하지 않을 거야—

& 나는 그녀에게 등을 돌려 빵을 오븐에 밀어 넣어 & 그래서 내가 그녀를 보지 못하는 줄 알겠지만 나는 어깨 너머로 볼 수 있어 & 봤어—

나는 봤어 그녀가 치마의 허리 속으로 손을 집어넣는 걸—

그녀가 손을 아래로 아래로 아래로 넣어—

그녀가 손을 꺼내자 손가락 끝에 피가 묻었어—

그녀가 월경한다는 걸 나는 알아 왜냐하면 내가 하지 않는다는 걸 그녀가 알듯이 그녀가 언제 하는지 나는 아니까—

이건 비밀이야 & 다른 사람은 아무도 몰라 & 그래서 내가 여기 성역에 있는 거야 & 여자애가 피를 안 보는 건 & 아이를 밸 수 없는 건 자연스럽지 않아 & 그래서 아무도 알아선 안 돼 & 나는 오직 그녀에게만 말했는데 왜냐하면 우리 사이엔 비밀이 없다는 걸 나는 아니까 & 그래서 그녀가 나 모르게 하는 일을 보니까 어떤 기분을 느껴야 할지 모르겠어—

그러니까 그녀가 나를 위해 익히는 달걀에 자기 피를 약간 넣는 거야 & 깔끔히 섞어서 내가 모르도록 만드는 거야—

& 난 정말 몰랐어—

& 그녀가 몇 번이나 그랬을지 알 수가 없어—

& 왜 나에게 주술을 걸까—

& 얼마나 오래 주술을 걸어왔을까—

& 얼마나 오래 그녀의 일부가 내 안에 들어왔을까—

나는 아무 말 하지 않아—

나는 달걀을 먹어—

///

이젠 내가 악령이 들렸어—

내가 몸부림을 쳐 & 피를 흘려—

악령이 나를 흐려놓아 그의 욕망과 나의 욕망을 구별할 수 없을 지경이야—

가 끔 그녀가 내 머릿속에 들어올 때—

그가 말이야 그녀 말고 그가 악령이—

내 안에서 그를 느껴 내 머릿속에서 그를 느껴 내 마음속에서 내 안 내 안에서—

나는 성역을 마구 달려 신부님들이 들어오지 않는 우리 숙소로 들어가 & 내 옷을 전부 찢어 & 손에 닿는 대로 자매들의 옷을 & 살 같은 걸 뜯어내—

나는 그것들을 짓밟아 그것들을 물어뜯으며 나의 서약 의식을
저주해—

물고기들을 & 연못을 & 벌레들을 & 우리 자비 우리 허약하고
멍청한 자비를 저주해—

이 모든 게 엄청나게 폭력적으로 이뤄져 & 내가 자유롭지 않은
것 같아 & 내가 무슨 짓을 하는지 모르겠어—

이 짓을 내 의지로 하는 게 아니라는 걸 나는 잘 알지만 또한
너무나 혼란스럽게도 만일 내가 악령과 기꺼이 손잡지 않았다
면 악령이 내게 이런 힘을 행사할 수 없다는 것도 아니까 그가
내 안에 들어오도록 허락한 잘못은 내게 있어—

& 그때 그녀가 숙소에서 나에게 다가와—

무엇 보다 그녀의 목소리를 듣고 싶어서 내 귀를 닫아—

무엇 보다 그녀를 만지고 싶어서 내 양손을 맞잡아—

그녀가 내 턱을 잡아 & 살짝 들어서 내가 그녀를 보게 만들
어—

나는 볼 수 없어서 그럴 수 없어서 억지로 얼굴을 돌려—

나는 그녀의 발을 노려보지만 무엇 보다 그녀의 얼굴을 보고
싶어—

그녀가 나에게 손을 뻗어 & 나는 그녀의 손을 봐 & 그녀의 손
이 물고기 비늘처럼 반들거리지 않을까 나는 기대해—

바닷속 비밀스러운 마법처럼 희미한 빛 속에서 은은히 빛나지
않을까 기대해—

왜인지는 몰라—

하지만 그녀의 손을 보니 비밀스럽지 않아 마법 같지 않아 그저 손일뿐이야—

///

마틸다가 열병으로 죽어—

페트로넬라가 밤에 어느 방문 수사의 침대로 들어간 후 그녀는 그의 차지가 돼 & 그가 다시 여행을 떠나고 한참 지나서야 그녀는 아기가 나오게 된 걸 알아 & 페트로넬라의 배가 원래 불룩해서 & 월경을 숨겨서 우리도 한참 후에야 눈치채 & 점박 신부님이 알아내자 그녀는 떠나야 해 & 페트로넬라가 그 방문 수사를 찾을지는 혹은 아기가 살아서 나올지는 혹은 페트로넬라가 살지는 나도 몰라—

비어트리스가 어느 날 침대에서 사라져 & 그녀가 도망쳤다고 들었어—

비가 와 & 한동안 비가 온 것 같아—

& 이제 보니 항상 여름은 아니야—

오늘이 어제와 & 내일과 똑같기 때문에 그저 그렇게 보일 뿐이야—

세상은 계속 & 자꾸 그저 똑같아—

새로운 소녀들이 와 그리젤 매리언 앨리전 & 그들도 예전 소녀들과 다르지 않아 나와 다르지 않아 우리는 모두 완두를 따 & 닭 털을 뽑아 & 악령에 사로잡혀 & 세상은 어둠 속에선 여자들이야 & 빛 속에선 남자들이야—

& 그게 신들의 방식이야 & 점박 신부님이 말하는 섭리야 & 그
러니 나는 축복 받았다고 느껴야 해—

왜냐하면 항 상 여름인 것은 좋지 않을 테니까—

여름은 우리가 가장 굶주리는 & 빵 맛이 이상한 & 헛것을 보
게 만드는 & 낮에 꿈을 꾸게 만드는 & 우리가 좋지 않은 것을
물어뜯도록 만드는 시기야—

& 우리가 원하게 만드는 시기야—

& 내가 원하게 만드는 시기야—

나는 아무 것도 원하면 안 돼—

나는 아무 것도 말하면 안 돼—

나는 아무 것도 알면 안 돼—

& 그게 최선이야—

난 열병으로 죽고 싶지 않아—

난 쫓겨나고 싶지 않아—

난 타죽고 싶지 않아—

난 그저—

난 그냥—

하지만 소녀가 원해봐야 소용 없어—

///

내가 알면 안 되는 것들이 있어—

하지만 다른 사람들은 알고 나는 모르는 것도 있어—

모든 창문이 눈이라든지—

모든 눈이 볼 수 있다든지―

아무 것도 비밀은 아냐―

아무 것도 마법은 아냐―

그녀가 다시 악령에 들렸는데 & 점박 신부님이 몰아낼 수 없어

그녀가 몸부림쳐 & 울어 & 피를 흘려 & 나를 불러―

내 이름을 자꾸 & 자꾸 & 자꾸 & 자꾸 불러―

나는 헝겊을 & 시원하고 깨끗한 물을 가지고 가 & 점박 신부님과 시선을 맞추지 않아―

& 어쨌 거나 점박 신부님도 나를 보는 법이 없는데 이번에는 나를 봐―

왜냐하면 그녀가 열병 중에 몸부림 중에 비몽사몽 중에 나를 찾기 때문이야―

& 우리가 함께했던 일들에 대해 그녀가 말하기 때문이야―

점박 신부님이 귀를 기울여 전부 들어 다 알게 돼―

우리가 낚싯바늘 & 미끼를 가지고 강으로 나갔을 때―

우리가 별빛 & 먹을거리를 가지고 강으로 나갔을 때―

이제 아무 것도 비밀스럽지 않으니 아무 것도 마법적이지 않지―

그저 비자연적인 갈망들뿐―

그저 비자연적인 것들뿐―

그저 불이 & 불 위에 올라간 우리 육신이 있을 뿐―

& 그녀가 몸부림치고 피 흘리고 소리치는데

점박 신부님이 나를 돌아봐―

& 점박 신부님이 나에게 말해 그녀의 혀를 조종하는 악령은

없다고—

그녀 안에서 그녀를 병들게 하는 불타게 하는 악령은 없다고—

밤에 뭔 가 그녀에게 온다고 & 저주를 그녀에게 씌운다고 & 그
건 악령도 & 마녀도 & 몽마도 아니라고—

그건 너라고—

그래 나도 그렇게 생각하지만 말하지는 않아—

내가 그녀 안에 있듯이 그녀는 내 안에 있으니—

& 점박 신부님이 나에게 물어 그녀가 죄를 지은 걸 알았니—

& 점박 신부님이 나에게 물어 그녀의 죄악과 함께 누웠니—

& 점박 신부님이 나에게 물어 그녀를 불경하게 사랑했니—

그날 우리가 놔준 물고기들을 나는 생각해

다른 세상 생물처럼 빛나며 아른거리던—

& 우리가 놓아준 게 아니었다는 걸 나는 알아—

& 다음날 혹은 다음날 혹은 다음날 잡히리라는 걸 나는 알
아—

& 흙 속에서 뻐끔거리고 몸부림치면서 죽으리라는 걸—

하지만 우리가 그날은 봐주었지—

그랬잖아—

우리는 물고기들을 풀어 하루는 더 자유를 주었어 & 그건 뭔
가 의미가 있어—

& 점박 신부님이 나에게 물어 그녀를 사랑하니—

사랑하니—

사랑하니—

아뇨 나는 대답해—

아뇨—

_____ 커스티 로건Kirsty Logan

직업적 몽상가이자 장편소설, 소설집, 독립 출판물, 회고록의 저자이자 뮤지션이며 일러
스트레이터와의 협업 작품의 창작자다. 이 책에 수록된 「촌년Wench」은 그녀의 세 번째
장편 『이제 그녀가 마녀다Now She is Witch』의 인물들을 기초로 했다. 또한 그녀의 작품
은 텔레비전의 선택을 받거나 무대를 위해 각색되거나 라디오에서 방송되고 전시장에 걸
리고 낡은 담배 자판기를 통해 유포되기도 했다. 글래스고에서 아내, 아기, 구조된 개와
산다. kirstylogan.com

포르노 배우의 우월함

캐럴라인 오도노휴

허시

'제멋대로 놀아나는 닳고 닳은 여자' 즉 화냥년, 헤픈 년, 바람둥이의
뜻이지만 성씨(인명)로도 존재한다.

HUSSY

　나는 올리비아와의 우정을 끝내던 와중에 드디어 데릭 허시
와 다시 만났다. 그때 나는 슈퍼마켓에서 올리비아와 통화를
하고 있었다.

　"들어봐." 올리비아는 이 말로 대화를 시작하는 습관이 있었
다. "우린 나머지 방학 기간 동안 집에 없을 테고 9월부터는 계
속 부동산 중개인들이 드나들 거야. 그러니 네가 다른 곳을 찾
아보는 게 나을 수도 있어."

　"나한테 열쇠가 있잖아." 내가 상기시켰다. 올리비아의 중국
돈나무에 물을 대신 주기로 해서였다. "네가 집을 비운 동안 내
가 그 열쇠를 쓰면 돼."

　침묵이 흘렀다.

　"물론 비용을 낼게." 나는 덧붙였다.

　"돈 때문에 그러는 게 아니야." 올리비아가 말했다. 그녀는 내
가 눈치 없이 구는 걸 싫어했다. 하지만 문제는 나 같은 사람은

눈치를 안 보려 한다는 거였다. 내 친구들은 미묘한 맥락, 절제, 돈 관리에 일반적으로 젬병이다. 내 친구들은 명료하고 터놓는 대화에 강하다. 쉽게 기분 상하지 않는 강점도 있고.

"제이미 방에서 내가 영상을 찍는 게 싫은 거면" 하고 내가 말한 건 올리비아가 더 이상 말을 하지 않을 것 같았기 때문이다. "그냥 그렇다고 말해."

내가 올리비아를 만난 건 힙합 댄스 수업에서였다. 우리 둘다 새로운 사람을 만나는 빠른 수단으로 강좌를 들었고 나는 교사, 회계사처럼 하루 일과가 규칙적인 친구들을 사귀고 싶었다. 올리비아는 독신 엄마였고 편견이 없는, 혹은 적어도 제이미의 학교 학부모들보다는 편견이 적은 여성 공동체 같은 것을 찾고 있었다.

"성공한 편이에요?" 올리비아가 나에게 물으며 눈을 빛냈다. "진짜 배우들 중에는 누구랑 비교할 수 있을 것 같아요?"

나는 올리비아를 아주 많이 좋아했기에 '진짜 배우'라는 표현에 꼬투리를 잡지 않았다. 그리고 생각해본 다음 말했다. "로라 리니쯤 되겠네요."

내가 현재 포르노계의 로라인지는 알 수 없다. 하지만 나랑 비교되면 로라 리니도 은근히 기분 좋아할 만한 시기가 있었다. 물론 성인 영화 산업에 대해 잘 모르면 안 그럴 수도 있겠지만. 나는 미국에서 활동했다. 상도 탔다. '성인 비디오 뉴스 상'은 업계에서 가장 명망 있는, 우리의 오스카 상이라고 할 수 있다. 물론 로라 리니는 오스카 상을 못 타긴 했다.

나는 2004년에 신인 여배우 상을 시작으로 2006년 토리 앤

드류와 함께 다중 여성 퍼포먼스 상을 받았고 2008년 코미디 상과 감독상을 받은 〈국제적으로 빨아주는 3〉의 주연 배우였다. 2009년에는 올해의 발견 여배우 상을 받았는데, 그 전 해에 최우수 여배우상에서 푸대접을 받은 데 대한 위로라고들 그랬다. 그리고 마침내 2012년에 데릭 허시와 함께 최고의 남녀 장면 상을 받았다.

이런 명예들에 대해 올리비아에게 한 번 읊어준 적이 있는데, 이쪽 종사자가 아니라면 웃지 않기가 힘들 것이기에, 나는 그녀의 심정도 이해할 수 있었다. 카페 루주 같은 곳에서 정색한 얼굴로 〈국제적으로 빨아주는 3〉 같은 영화 제목을 듣는 게 쉬운 일은 아니니까. 하지만 상처받는 건 어쩔 수 없었다.

"성전환 배우나 '40대 어머니' 배우한테 주는 상, 딱히 생각나는 거 있어?" 내가 말하며 힘주어 물을 삼켰다.

"그냥 배우한테 주는 상에 다 포함되잖아?" 올리비아가 대답했다.

"정말 그렇다고 생각해?"

우리는 웃으며 솔직해졌다. 당대에 아무리 칭송받던 정극 배우라도 20년만 있으면 '40대 어머니'의 미학에 굴복할 수밖에 없기 때문이다. 영원히 베티 데이비스처럼 보일 사람이 누가 있나? 조앤 크로퍼드처럼 보일 사람이 누가 있나? 자기 분야에서 가장 능력 있는 여자들이 질리언 앤더슨 같은 외모도 가질 수도 있다고? 우리는 그들에게 꼴리기 때문에, 그들을 껴안고 싶기 때문에, 그들이 우리를 꾸짖고 벌주게 만들고 싶기 때문에 그들을 추켜올린다. 그러면서 그들이 또한 전쟁터에 나가거나 끔찍한 결혼을 한 척할 수 있다면, 관중에게는 덤이 주어진 셈이지만 그뿐이다. 배우에게는 부차적인 사안이다. '성인 비디오 뉴스 상'은 적어도 어떤 행위로 상을 주는지에 대해서는 정직하다.

사실 올리비아와 내가 사업적으로 얽히게 된 건 '40대 어머니' 문제 때문이었다.

내가 영국으로 돌아왔을 당시는 미국에서 받은 '성인 비디오 뉴스 상'의 영광도 함께했다. 나는 많은 일을 했다. 영국의 포르노 업계는, 적어도 그때는, 대부분 미국 유행을 따랐으니까. 나는 로라 리니였고 물 건너 이쪽에서는 큰 몫을 차지하는 코미디도 할 수 있었다. 영국에는 '소프트 & 하드 코어 성인 영화 및 TV 상'이 있다. 우리 덕분에 벤 도버의 특출나게 길고 말장난 가득한 활약도 가능했다. 내가 처음 출연한 건 애버딘에서 촬영된 〈스코틀랜드의 마지막 사정〉으로, 독재자 이디 아민에 관한 영화의 패러디였다. 내가 포르노 사람들에 대해 좋아하는 건, 그 업계 사람들이 섹스를 재미있다고 생각한다는 거다. 그건 진짜 재미있는 거기도 하고 말이다.

하지만 DVD 산업이 망하기 시작하면서 내 질 모양을 딴 섹스 토이도 잘 팔리지 않게 되었고 나는 두 가지 결론에 도달했다. 첫째, 이제 이 업계에서 돈을 조금이라도 벌 유일한 길은 전부 나 혼자 하는 거다. 둘째, 이건 지금도 정말 좋은 아이디어였다고 생각하는데, '40대 어머니' 콘텐츠를 만드는 것이었다. 현명한 사업 발상이자 새벽 세 시에도 내 기분 및 자존감이 좋아지는 구상이 아닐 수 없다.

내가 영국으로 돌아왔을 때 내 나이는 서른셋이었다. 5년 전이다. 30대는 배우에게 까다롭기로 악명 높은 시기다. 모든 부류의 배우에게 그렇다. 젊은 여배우가 되기에는 너무 나이가 들었고 헬렌 미렌이 되기에는 너무 젊다. 하지만 〈위기의 주부들〉이 '40대 어머니' 시장을 촉발시켰고, 비록 2004년에 잠깐 그랬던 것처럼 누구나 편하게 대화하는 소재는, 현재는 아니지만, 여전히 포르노 산업의 목줄을 쥐고 있다. 사람들은 '40대 어머니' 콘텐츠를 좋아한다. 내가 올리비아에게 말했듯이 '40대 어머니' 콘텐츠에 대해 한 번도 들어본 적 없는 사람들도 좋아한다.

시작은 느렸다. 내가 조금은 유명했는데도 나를 이미 아는 대중에게 접근하는 방법조차 알 수 없었다. 배우와의 만남 행사 같은 것도 하지 못하고 팬들의 이메일 주소나 모으는 내가 싫었다. '진짜' 똑똑한 여자라면 진즉 모아놓고 지금쯤 탄탄한 구독자 층을 거느렸을 것이다. 그토록 오랫동안 자신을 달래준 그녀들에게 의리를 다하며, 좋아하던 그녀들이 아직도 괜찮게 돈을 번다는 데서 포근한 행복을 느끼려고 한 달에 20불을 내는 남자들 말이다. 그건 마치 자기가 한때 키웠던 나이 든 개가 시골로 보내졌다는 말을 듣고 '실제로' 시골집을 방문하는 것과 같다.

그게 내 유일한 문제는 아니었다. 차차, 길 잃은 여행자들이 모닥불 주변으로 모이듯이, 나의 옛 팬들이 주변에 모이기 시작했다. 따뜻한 잠자리와 맛있는 식사를 얻을 수 있다는 표지판처럼, 격려의 댓글들이 남겨져 미래의 자위를 위한 표지석이 되었다. '최고예요' 이모티콘이 남겨졌다. "그녀가 아직 활동하고 있어 기쁘네" 그리고 "좋아 보여!" 그리고 가장 무서운 댓글은 "아직도 재미를 보고 있는 것 같아."

내가 아직도 재미를 보고 있는 것처럼 보였다면, 즉 그들은 아니라는 뜻이었다. 다시 말해서 나를 봐서 기쁘긴 하지만 또 보기 위해 결제하지는 않으리라는 뜻이었다. 나는 곧 문제 지점을 찾을 수 있었다. 혹은 '발기수다411'이 찾아내주었다.

"이런 년이 아이를 낳았을 리 없지."

그냥 칭찬으로 한 말이었겠지만 나에게는 많은 것을 일깨워준 말이었다. 해답이었다.

포르노 일을 너무 오래 한 나에게 '40대 어머니'란 그저 특정 나이에 다다른 여성이라는 건조한 범주이자 특정 미학이었다. 하지만 관중이 '40대 어머니'를 사랑해야 했다. 내가 올리비아에게 말했듯이, '40대 어머니'가 그들을 사랑하도록, 그들의 엉덩이를 때리도록, 그들의 잠자리를 돌봐주도록 관중이 다시 원해야 했다. 그녀가 어떤 아이의 어머니라는 걸 관중이 믿어야 했다.

내가 진짜라고 관중을 납득시킬 모성의 설정이 필요했다. 그리고 나 스스로도 납득되어야 할 것 같았다. 모든 연기에 모성애의 영감을 불어넣어야 했다. 요리 아래 깔린 볶은 양파처럼. 그래서 올리비아와 그녀의 아들 방을 섭외했다.

전화 통화에서 올리비아는 초등학교에 막 들어가는 아들의 침실이 자꾸 영상에 나오는 상황을 원치 않는다고 했다. 나는

늘 어떤 사진도, 이름표도, 심지어 장난감도 화면에 나오지 않
도록 극히 조심해왔다고 주장했다. 제이미를 위해 엄청 신경을
썼다. 내가 남자의 몸에 올라탈 때 옆에 놓인 제이미의 당나귀
인형을 누가 알아보면 안 되니까.

"문제는" 하고 올리비아가 말했다. "그 영상들이 요즘 너무
인기가 오른다는 거야. 그러다가 내가 사는 데를 알아내면 어
떻게 해."

그런 묘기에 가까운 가정이 왜 필요한지 모르겠다. 올리비아
는 그저 기분이 이상하다고 하면 되는 거였다. 내가 그렇게 말
했다.

그러자 올리비아가 쏘아붙였다. "묘기에 가까운 가정이 아
니라 아주 '현실적인' 걱정이야."

그럴 수도 있다. 하지만 나는 이제 냉동식품 통로에 도착했
고 거대 슈퍼마켓의 냉동고에서 내뿜는 성에에 잠식된 몸을 팔
로 감쌌다. 그때 그가 보였다. 포장 생선 코너에서 핸드폰 메모
앱에 적힌 쇼핑 목록을 들여다보고 있었다.

"끊어야겠어." 나는 속닥이고 전화를 끊었다.

내가 데릭 허시(실명이다)를 만난 건, 스물두 살의 그가 〈알
리샤의 야성적인 밤〉이라는 프로에서 수습 음향 기사로 일할
때였다. 〈야성적인 밤〉은 브라보 채널에서 짧게 방영했던 프로
그램이다. 영국과 유럽의 좀 저렴한 나라들을 여행하는 예전
걸그룹 멤버 알리샤를 따라다니며 어디가 가장 야성적인 밤놀
이 장소인지 찾는 쇼였다. 그렇다고 매주 암스테르담에 갈 수는
없으니 대신 프라하 외곽의 포르노 촬영장을 찾아내서 방문했

던 것이다. 누군가에게는 전혀 '밤놀이' 장소가 아니고 엄연한 직장임에도 불구하고, 며칠 동안 그 세트장에서 일하는 우리를 그들은 그럭저럭 화면에 담았다.

성인 영화든 일반 영화든, 유럽에서 촬영되는 많은 미국 영화가 그렇듯, 우리 영화도 유럽인은 변태라는 관념을 중심으로 구성되었다. 나와 두 명의 미국 소녀가 배낭여행자를 연기하고 호스텔에서 윤간과 강도를 당한다는 내용이다. 이어서 숙식이 필요해진 우리는 유럽의 성으로 보이는 곳에 거주하는 일단의 변태들을 위해 점점 더 요령부득의 성행위를 하게 되고 결국 그들을 모두 좋아하게 된다. 내가 이 영화에 합류한 것은 〈국제적으로 빨아주는 3〉 이후였고 오바마가 취임한 해였다. 글로벌 화합을 위한 우리의 작은 몸짓도 귀엽게 받아들여졌던 것 같다.

문제는 변태들이 부족했다는 점이었다. 대부분의 남배우가 프랑스와 독일에서 오기로 돼 있는데 아이슬란드 화산재가 유럽 하늘을 뒤덮었다. 수백 편의 항공편이 취소되었고 기차편은 매진되었다. 남배우들이 구할 수 있는 차편으로 도착하면 우리가 성을 임대한 기간이 끝날 터였다.

하염없이 기다리는 시간이 이어졌다. 그들 촬영팀에서 데릭은 유일한 흡연자였기에 모두 흡연자였던 우리 여배우들과 많은 시간을 함께 보냈다. 그는 또한 어울리기 편한 사람이었고, 많은 아주 활달한 누나들과 자라난 소년답게 웬만해선 충격을 받지 않았다. 그는 또한 공들여 교배된 개처럼 예쁘장했다. 반짝이는 눈, 찡긋거리는 작은 코.

우리의 첫 대화는 내가 기억하기로는 이랬다.

"그렇게 거꾸로 하면 피가 전부 머리로 몰리지 않아요?"

"그래, 하지만 느낌이 좋거든."

"느낌이 좋다고요?"

"그래, 좋아."

"남자한테도?"

"그렇다던데." 내가 말하고 배수구에 담뱃재를 떨었다.

"한번 해봐야겠네." 그의 담배가 꽁초까지 타들어갔지만 그는 여전히 손가락 사이에 담배를 꽉 쥐고 있었다.

"해봐."

데릭이 나와 가장 오래 함께한 현장 파트너이자 유일한 업계 제자가 될 줄 알았더라면 그때 뭔가 좀 더 의미 있는 대화를 나눌걸. 이후에 우리가 했던 대화들 중에서 첫 대화가 시간도 길고 좋았다고 자신을 속이는 경우도 가끔 있겠지만, 포르노에는 컴퓨터그래픽을 사용하지 않는다. 없던 기억을 꾸며내는 성격도 못 되고.

시간만 자꾸 흐르고 아무 해결책도 없는 상황에서, 붐 마이크를 여섯 시간 내내 들고 있을 수 있는 사람이라면 여자도 한 시간은 들고 있을 수 있지 않겠냐고, 나는 감독에게 농담을 했다. 그는 스태프들에게 커다란 소리로 농담을 전했다. 여배우들이 모두 데릭을 보았다. 〈야성적인 밤〉의 스태프들도 들떴다.

"아, 좋아요." 데릭이 아주 태연하게 말했다. "어디서 내가 필요해요?"

사람들이 데릭 허시를 진지하게 평가해준 건 그게 (평생) 처음이었을 거라고 나는 생각한다.

그 상황이 농담인 줄 알았다고 나중에 그는 나에게 말했다. 그래서 그렇게 아무렇지 않게 동의한 거였다. 농담에 동조하는 느낌으로. 카메라 앞에서 성행위를 하려면 무슨 자격증 같은 게 있어야 한다고 생각했단다. 사실은 그랬다. 성 관련 질병 검사를 받아야 했으니까. 우리 중 체코 사람인 직원이 아는 간호사를 서둘러 섭외해서 데릭을 프라하로 보내 검사를 받게 했다. 가욋돈을 받고 퇴근 후 면봉 몇 번을 기꺼이 휘둘러준 것이다. 데릭은 다음 날 아침 깨끗한 결과를 받아 가지고 돌아왔다.

감독은 데릭에게 카메라 앞에서 말하지 말라고 지시했다. 영국 억양이 들리면 혼란을 줄 수 있으니까. 우리가 창조하려는 세계를 망칠 터였다. 우리 장면은 순조롭게 진행되었다. 배낭여행자들을 고문하도록 지시를 받은, 말 없는 농장 일꾼을 연기하던 데릭 허시가 화냥년Hussy이라는 자신의 이름값을 한 것은 마지막 몇 분 동안뿐이었다. 그는 내 머리털을 움켜잡고 당긴 다음 귀에 대고 속삭였다. "이래도 괜찮아요?"

붐 마이크는 그의 말을 담아내지 못했지만 분위기가 어쩐지 묘해졌다. 특별해졌다. 그렇게 속삭이고 나서 뭔가 새로운 전개가, 세부적 변형이, 페티시 행위 같은 게 시작된 건 절대 아니다. 그 대신 내 눈이 풀리고 그의 손아귀에 힘이 들어가며, 포르노가 페미니즘 이념에 대한 공격이라고 생각하는 사람이 보더라도, 두 사람이 화면에서 합법적으로 연결되고 있으며 그 연결이 진짜 사건처럼 느껴진다는 점을 부인할 수 없게 되는 것이다.

데릭 허시가 2010년에 스물둘이었다면 지금은 서른다섯이다. 서른다섯으로 보이지는 않는다. 더 나이 들어보인다. 주름

진 이마와 묵직한 눈썹 아래 페키니즈 견종을 닮은 얼굴이 약
간 허물어지고 뺨이 다소 늘어지고 있다. 나는 그를 향해 가면
서도 잠깐 확신이 안 든다. 그일 리가 없다. 슈퍼마켓에서 만나
다니. 그저 언뜻 닮은 금발 남자를 보고서 옛날에 내가 돈을 위
해 뒹굴었던 사람이라고 착각한 게 아닐까.

"어이, 정말 오랜만이네." 나는 그렇게 부르며 인사했다.

그는 내가 불쑥 나타나도 허둥대지 않았다. 핸드폰에서 눈
을 들어 "아" 한 다음 대답했다. "당신이었네."

"응, 나야."

우리는 그렇게 잠시 서 있었다. 마치 누가 주사위를 굴려 다
음에 무엇을 해야 할지 결정해주기를 기다리는 사람들처럼. 결
국 우리는 그냥 옛 친구 사이가 만나면 하는 행동을 했다. 껴안
은 것이다.

그의 옷을 통해 몸이 느껴졌다. 몸이 커져서 다행이었다. 마
지막으로 보았을 때는 신경안정제와 장거리 달리기 선수들을
위한 에너지 젤리로 연명하고 있었다. 내 몸은 어떻게 느껴질
까, 그가 알던 때와 비교하면 어떨까 궁금해졌다. 보형물도 없
어졌고 혹독한 스쿼트 운동의 수확으로 엉덩이도 무르익었다.
남자들은 한 가지에만 관심이 있다고들 하지만 그 한 가지가
가끔 바뀐다는 건 잘 알려지지 않았다.

"돌아온 줄 몰랐네." 무슨 말을 해야 할지 몰라 내가 우선 말
했다. "소식은 들었는데 네가……." 내가 오른쪽으로 손을 저었
다. '미국에서 결혼했다가 이혼하고 회복 중이라며'의 의미를
담은 것이었다.

"그랬지." 그가 말하며 자기 손도 내저어, 내가 들은 소식을 확인해주었다. "좀 일이 많았어."

옛 미국인 동료와 마주쳤더라면 회복 과정에 대한 통찰 가득한 이야기와 업계를 떠나 도예가가 된 사연을 듣게 되었을 것이다. 데릭과 나는 그러기엔 너무 영국인이었다. 우리는 약과 술을 청산한 라이프스타일이 새롭고 멋지다고 여기는 유행을 아직도 받아들이지 못하고 변화된 서비스에 청구되는 금액으로만 보았다.

"옆에 코스타 커피숍이 있어." 내가 말했고 우리는 함께 그리로 갔다.

체코슬로바키아에서 처음 만난 후 나는 데릭과 계속 연락했다. 페이스북 초창기였다. 외국 친구를 사귄 후에도 연락처 목록에 넣고 관계를 이어나갈 수 있다니 꽤 신나는 일이었다. 촬영이 보통 밤늦게 끝나다 보니 흥분 상태가 이어진 탓에 새벽에도 자주 깨어 있었고 그러면 메신저에 들어와 있는 데릭을 볼 수 있었다. 나는 사람들이 그에 대해 궁금해한다고 얘기해주었다. 그의 이름이 영화 크레딧에 나오지 않아서 사람들은 그를 '농장 소년'이라고 부른다고 말이다. 로스앤젤레스로 오라고, 나랑 살면서 제대로 된 포르노를 만들자고 농담도 했다. 그러다가 어느 순간부터 농담이 아니게 되었고 어느새 나는 로스앤젤레스 공항에 앉아 빨간 매니큐어로 '환영 데릭'이라고 쓴 거대 성기 모양 풍선을 들고 있었다.

포르노에서 남자 배우는 보수가 너무 적어서 매니저를 두기 뭐했기에 내가 그 역할을 대신하게 되었다. 당시에는 그런 거라 생각을 못했지만 말이다. 난 그저 그를 사람들에게, 감독 친구들에게 소개시켜주고 파티에 데려갔을 뿐이다. 그는 내 친구였다. 현장 밖에서 우리 사이에는 묘하게도 로맨틱한 감정이 없었다. 이제와 생각하면 자기 보호 행동이 아니었나 싶다. 그럼에도 그는 계속 나와 함께 살았다. 같이 일하고 같이 여가 시간도 보내고 같은 집에서 자다 보니 모종의 관계가 형성될 수밖에 없었다. 그리고 대부분의 포르노 인간관계는 안 좋게 끝났다.

"사랑해." 그는 말하곤 했다. 주로 우리 둘 다 취해 있을 때였다. "꼭 우리 형 같아."

그러면 나는 킬킬 웃었다. "아니, 누나 같아서 사랑한다고 해야지."

"아냐." 그는 이번에는 엄청 진지하게 말하곤 했다. 그에게 이미 존재하는 친누나들과 분명하게 구분하기를 원했던 것이다. "누나가 아니라 형 같아."

커피숍에서 주문을 미적거리는 그에게 나는 진짜 형처럼 짜증을 내지 않으려 애쓰면서 그의 커피 값도 냈다. 내가 지불하리라는 걸 깨닫고 나서야 그는 아이스 오렌지에 크림을 얹은, 당연히 대용량의 음료를 주문했다.

"그래야 너답지." 나는 말하며 자리에 앉는데, 갑자기 우리가 함께 내 차 안에 앉아 있던 추억이 훅 밀려들었다. 내가 그에게 고함을 치고 있었는데, 그가 마리화나 값도 내지 않으려 했기 때문이었다.

그는 어깨를 조금 들썩였는데, 어찌 보면 흠칫 떠는 것 같기도 했다. 그러고서 눈을 감고 빙그레 웃었다. 이 역시 그의 전형

적인 표정, 망나니 왕자 표정이었고 그러면 나는 〈타이타닉〉에
서 평민 잭에게 상류층의 옷을 입혀주던 캐시 베이츠가 된 기
분이 들었다. 예전에는 화가 끓었지만 오늘은, 영업 종료 10분
전의 지저분한 커피숍에 들어온 지금은, 그저 마음이 아플 뿐
이었다.

"아이가 있다고 들었어." 그의 말에 내 영상을 봤다는 걸 알
수 있었다. 이건 만족스러웠다. 팬들뿐 아니라 동료 직업인들까
지 내가 '40대 어머니'라고 속아 넘어갔으니까. 그에게도 거짓
말을 할까 생각해보았다. 내가 가지지도 않은 아이들에 대해,
그가 어느 정도는 질투를 느꼈으면 했다. 내가 예전에 그를 사
랑해주었던 것만큼이나 안전하게 어린 생명도 사랑해줄 수 있
는 사람임을 보여주고 싶었다. 그때 그의 손이, 플라스틱 컵을
드는 손이 보였다.

"데릭!" 내가 소리를 질렀다. "손가락이!"

매장을 치우던 여자애가 펄쩍 뛰며 쓰레받기를 떨어뜨렸다.
집게손가락 윗부분이 없었다. 손톱 아래까지 깨끗이 잘려 있었
다. 그는 약혼반지를 자랑하는 여자처럼 손을 쫙 펴 보였다.

"이것뿐이 아니라고." 그가 말했다. "이거 봐." 그가 고개를
돌리고 목 뒤쪽을 가리켰다. 머릿가죽이 큼직하게 사라지고 대
신 번들거리는 긴 흉터가 화상처럼 남아 있었다.

"무슨 일이야? 차 사고를 당한 거야?"

"그런 셈이지."

"그런 셈? 정확히 뭐였는데?"

"차 사고 맞아. 사고라기엔 좀 그렇지만."

"사고가 아니라고?"

"스턴트 사고."

나는 몸을 뒤로 빼고 의자 등받이에 기대며 새로운 정보를 기존의 정보와 맞춰보려 애썼다. "네가 스턴트맨이 되었다고?"

"응."

"언제?"

그는 잠시 뜸을 들였다. "2년 전? 아니, 3년이다."

"그때 손가락이 잘리고 머리도 날린 거야?"

"응. 같은 날에."

"데릭."

"왜?"

"왜 그랬어?"

그가 다시 미소를 지었다. 망나니 왕자 같은 미소는 아니었지만 더욱 나를 짜증나게 하는 익숙한 미소였다. '요다'의 미소, 즉 '나는 더 큰 그림을 보는 존재란다' 하는 미소였다.

"너 이런 쪽 대화는 잘 안 해봤지?"

우리가 형제 사이가 아니었더라면 웃겼을 것이다.

내가 뭔데 데릭 허시에게 '왜 그랬느냐?'고 묻는단 말인가? 더구나 나 자신이 같은 질문에 답하느라 경력 전체를 의미 없이 보냈는데 말이다. '왜 그랬느냐'라는 지속적 질문의 진짜 의미는 '어떻게 수치스럽지 않을 수 있느냐'였다.

극단적 경험에 끌리는 사람들이 일부 존재한다는 것을 이해하기는 모두에게 아주 쉬운 일이다. 밤에 불법으로 고층 빌딩을 타고 오르는 사람들, 그냥 재미로 하수도를 탐험하는 사람들, 비행기에서 내팽개쳐지기 위해 터무니없는 가격을 지불하는 사람들이 있다. 사람들은 산을 오르고 산은 사람들을 파멸시키려는 바람을 숨김없이 드러낸다. 그리고 우리는 이해한다. 자신을 극단으로 내모는 전율과 아드레날린에 대해 알고 있다.

그럼에도 사람들은 어느 음경에 얻어맞고 또 어느 음경에 목구멍이 틀어막혀지는 어떤 여자를 보면서, 그녀도 똑같은 극한의 삶을 추구해서 그럴지도 모른다는 점을 짐작하지 못한다. 전율 때문에 그런다는 점을. 그런 끌림에 따라 행동할 수 있는 건 우월한 아주 소수뿐이며, 게다가 나를 비롯한 몇몇 영광스러운 변태들은 그런 경험을 감당할 뿐 아니라 기꺼이 세상과 나눌 수도 있는 소수의 선구자라는 점을 사람들은 모른다.

내가 소수에게만 가능하다고 한 데 대해 일반인이라면 고개를 끄덕이며 '그래, 그렇게 수치심을 못 느끼는 사람도 드물지' 하고 생각할지도 모른다. 그런 모욕감을 견디는 사람도 드물다고, 페미니즘의 성과를 그런 식으로 까먹는 여자들은 소수라고. 나는 그렇게 생각하지 않는다. 소수에게만 가능하다는 내 말의 의미는 우리처럼 할 수 있는 사람이 육체적으로 드물다는 뜻이다. 우리와 같은 자세를 유지하다가는 쥐가 나거나 쓰러진다. 우리와 같은 민첩성, 유연성, 회복력, 혹은 매력이 필요한 것이다. 누구나 자기가 책을 쓰는 작가가 되거나 포르노 스타가 될 잠재력이 있다고 생각한다. 내가 책에 대해서는 모르지만 포르노 배우에 대해서라면 안다.

요지에서 좀 벗어나고 말았는데, 어쨌든 데릭 허시는 정말 포르노 배우의 자질을 갖춘 드문 소수 중 하나였고 나는 그걸 처음 확인한 사람 중 하나였다. 그런데 지금은 스턴트맨이 되어 돈 때문에 신체 부위를 잃고 있다니. 그는 사람들 안에 자기 신체 부위들을 집어넣어야 하는 사람인데 말이다.

"아프지 않아?"

"물론 아프지."

"하지만……." 나는 망설이며 내 입장에 적당한 말을 찾았다. "뭔가 방법을 배운 게 아니야? 안 아프게 추락하는 방법 같은 거 말이야."

"누가 가르쳐주겠어?"

"학원 같은 건 없어?"

데릭 허시는 그냥 웃었다. 어느 정도는 이해가 갔다. 데릭은 인색했지만 취미 생활에 돈을 쓸 방법은 늘 찾아냈다. 그의 경력이 정점에 다다랐을 때 우리가 포르노 배우 상을 함께 받은 직후 그는 여러 가지 무술과 오토바이 묘기, 승마, 불 쇼 등을 배우기 시작했다. 로스앤젤레스는 그런 것들을 배우기에 딱이다. 그가 포르노를 그만둘 때쯤, 냉정하게 말해 밀려날 때쯤에는 스턴트 일에 좋은 기술들을 꽤 구비하게 되었다.

"그 일이 좋아?"

"싫지는 않아." 그가 말하고 자신의 손상된 손가락을 다시 한 번 보았다. "먹고살아야 하니까."

데릭은 올리비아에게는 이야기해줄 수 없는 부류의 사람이다. 그의 삶의 궤적이 너무나 많은 것을 보여주기 때문이다. 모두 너무 전형적이며 서글프다. 나는 올리비아에게 노동계급 출신이며 혼자 힘으로 자산가가 된 여성들의 사례를 들려주었다.

그리고 길거리에서 나에게 다가와 내가 그들의 결혼 생활을 구했다고 말한 부부들의 이야기를 들려주었다. 다양한 이유로 성생활을 할 수 없지만 나를 통해 대리만족을 느낀 사람들에게서 받은 팬레터도 있다. 나는 그녀에게 포르노가 허식 없는 우정의 사업이라서 아주 깊이 사랑한다고 말했다. 다 사실이다. 하지만 데릭 허시에 대해서는, 그와 같은 사람들에 대해서는 언급하지 않는다. 타고난 능력이 희미하게 반짝거리지만 심장은 미지근하고 낯가죽은 두꺼운 사람들에 대해서는.

　시작은 코카인이었지만 진짜 문제는 알약들 때문이었다. 약 때문에 무책임해지고 무책임해지니 일이 줄고 일이 주니 편집증적이 되었으며 약 때문에 더 자극된 편집증이 주로 나를 향했다. 데릭이 더 이상 계약을 하지 못하게 된 게 내 탓이 되었다. 그는 나와 함께 살던 집에서 갑자기 이사를 나갔고 더러운 옷가지와 미지급 청구서들만 잔뜩 남겼다. 그의 몫의 임대 보증금으로 우리 청구서들의 절반을 갚았고 그는 나를 절도로 고소했다. 그런 다음에는 내가 감독과 제작자 인맥을 조종해 자신을 업계에서 몰아냈다고 판단했다. 그 판단이 내 차에 '걸레'라고 새기는 행동으로 귀결된 것도 어쩌면 필연적이었다.

　"내가 한번은 우리가 몇 번이나 같이 촬영했는지 세어보았어." 침묵이 흐르게 되자 그가 입을 열었다. "서른한 번이더라."

　"세어봤다고? 얼굴 사정도 포함해서?" 내가 말했다.

　그가 고개를 끄덕였다. "일종의, 어, 기승전결이 있더라."

　"그게 뭐야?"

　"내가 보기엔 처음에는……." 그가 오렌지 물약 한 모금을 마셨다. "그러니까…… 처음엔 꽤 로맨틱했잖아? 키스도 많이 하고."

나는 내 손을 내려다보기 시작했다. 갑자기 손가락 끝이라도 떨어져나간 것처럼.

"그러고 나서는 코미디에 가까워졌지. 우리가 친구인 것처럼, 우리가 친구라고 말하면서. 온갖 미친 짓들을 하는데 그걸 재미있다고 생각했잖아."

내가 말했다. "그래서 내가 포르노 사람들을 좋아해. 업계 사람들은 섹스가 재밌다고 생각하니까."

"뭐, 그렇게 볼 수 있지." 그가 말했다.

커피숍 직원이 마감 전에 더 주문할 게 없냐고 묻는다. 내가 없다고 답한다.

"그러고 나면 너는 걱정하는 것처럼 보이고."

"그랬지. 걱정을 했지."

"나도 알아."

"넌 정말 재수 없는 새끼였어."

"그랬지. 미안해."

나는 그의 손을, 다친 쪽 손을 잡았다. "그땐 네가 제정신이 아니었던 거 알아. 하지만 말이야, 그때 정말로 내가 너를 모함하고 있다고 믿은 거야?"

데릭이 너무 완강하게 주장해서 사람들은 한동안 그의 주장을 믿었다. 그는 짧게나마 인기가 있었고 팬들도, 업계 사람들도 그를 좋아했으니까.

"그렇게 간단한 문제가 아니야." 그가 목청을 가다듬었고, 즉

시 나는 그가 한동안 갈고 닦은 특유의 합리화를 내놓으리라
는 걸 알았다. "그저, 네가 날 끌어들였잖아. 그렇지 않아?"

"나도 알아." 쏘아붙이지 않도록 자제하는 게 힘들었다.

"〈스쿠비 두〉에서 악당은 늘 시작 때 처음 만나는 괴팍한 노
인인 거 알지? 낡은 놀이공원 소유주던가?"

"너처럼 성가신 꼬마들이 아니면 잘 지냈을 노인 말이지."

"그래." 그가 다시 목청을 가다듬었는데 이번엔 잠깐 침이 걸
리기라도 한 것처럼 컥컥거리더니 음료를 마셨다. "뭐, 좀 그랬
지. 이야기에 끝이 다가온다는 걸 나도 알았고 이야기가 끝이
나면 처음으로 돌아가게 되니까. 처음에 있던 사람이 누군
지. 누가 가장 악당 같은지."

"내가 놀이공원의 늙은이였다니."

"그랬을 거야. 미안해."

나는 이제 괜찮다고, 잊으라고 말하고픈 충동을 느꼈다. 오
래전 일이라고, 나는 행복했었다고. 하지만 그러지 않았다. 진
실이 아니기 때문이 아니라 그를 용서할 준비가 안 되었기 때
문이다. 난 그저 그를 바라보았고 잠시 스물일곱으로, 동유럽
의 배수구에 담배를 튀겨 넣던 시절로 돌아간 기분이 들었다.

점점 늘어만 가는 나의 잃어버린 지인 목록에서 데릭과 올리
비아가 빠져나올 수 있을까 하는 생각을 잠시 했다. 제이미의
침실을 살릴 수 있을까 하는 생각을. 어쩌면 데릭 허시는 돌아
올 수 있을 것이다. 재회라는 사건에 특별한 힘이 있을까? 꽤 많
은 사람이 우리를 기억한다. 혹은 그렇다고 댓글을 단다. 그리
고 데릭이 돌아오고 싶어 하는 걸 나는 알 수 있었다. 내 가상의

아이들의 아버지로 그를 캐스팅하기 직전이었다. 그런 깔끔한 서사가 늙은 놀이공원 소유주에겐 만족스러울 것이다.

　　그는 제안을 기다리고 있었다. 우리 둘 다 말이 없어지자 깨달을 수 있었다. 내가 그를 위험한 삶에서 꺼내줄 수 있었다. 형제라면 그렇게 하는 법이다.

　　대신 나는 말했다. "아이들을 데리러 가야 해." 그러고 일어섰다.

　　"자꾸 까먹게 되네." 그가 말하고 미소 지었다. 처음 보는 새로운 유형의 미소였다. 내가 알던 건 젊고 풋내 나던, 혹은 젊고 정신 나간 그였으니까. 절대 철들지 않는, 진정으로 현명해지는 일은 없이 '요다' 같은 연기만 하던 그였으니까. "넌 분명 훌륭한 엄마일 거야."

　　"그럴 때도 있긴 해." 내가 말하며 그와 내가 마시던 컵을 플라스틱 쓰레기통에 버렸다. 직원 여자애가 문 옆에서 열쇠를 들고 기다렸다. "좋은 엄마일 때도 있지만, 대부분은 나도 잘 모르겠어서, 이래도 괜찮은가 헷갈려."

──────── 캐럴라인 오도노휴Caroline O'Donoghue
소설가, 팟캐스터, 시나리오 작가. 성인 소설 『촉망 받는 젊은 여성들Promising Young Women』 『그림 같은 자연의 풍경Scenes of a Graphic Nature』 『레이첼 사건The Rachel Incident』을 냈고 청소년 소설 시리즈 『우리 모두의 숨겨진 재능All Our Hidden Gifts』은 뉴욕 타임스 베스트셀러이다. 그녀의 팟캐스트 감정적 쓰레기Sentimental Garbage는 "우리가 사랑하나 가끔 사회가 부끄럽게 여길 수 있는 문화"를 다루며 어디서나 들을 수 있다. czaroline.com

악플대응팀

헬렌 오이예미

버튜퍼레이터

남의 흠을 들추어 헐뜯거나 욕을 해댄다는 '험구險口'의 뜻으로 최근
신조어인 '팩폭러'와 비슷한 어감으로 쓰인다.

VITUPERATOR

　　잠이 오지 않는 밤에 마케다 카사훈은 헤드폰을 쓰고 침실 바닥에 앉아 가장 좋아하는 노래 지아드 보르지Ziad Bourji의 〈비예크텔리프 엘 하디스Byekhtelif El Hadis〉에 녹아든다. 가장 달콤한 칼날처럼, 현악기와 관악기들이 빛에서 그림자를 저며놓고……. 보컬에 먼저 실려온 빛이 그녀를 어루만지고, 코러스는 팔랑이는 속눈썹 키스들 같은 장막을 드리웠다.

　　많은 이들이 사랑에 상처를 입지,
　　그리고 회복되지 못해…….

　　(마케다의 친구 하나가 이건 좋은 번역이 못 된다고 자꾸 말했다. "다른 번역을 찾아보는 게 좋겠어. 이렇게 번역하면 노래가 무슨 경고나 한탄으로만 들리잖아."
　　"그럼 어떤 다른 의미를 끌어낼 수 있는데?" 마케다가 말했다.

"네가 해봐."

"그 의미를 영어로 제대로 옮길 방법은 없어…… 해당 어휘가 없으니까……."

그래도 제일 가까운 게 뭐냐고 마케다는 물었고 집요하게 물었다. 마음의 문제가 죽느니만 못한 삶으로 귀결된다는 말에 다른 어떤 의도가 실릴 수 있을까? 우리가 자신을 던져 넣을 고상한 명분이라도 찾을 수 있을까? 등에 칼을 맞는 배신보다도 자기 심장에 의한 배신이 더 찬란한 비극이 될 수 있다는 암시 같은 것?

"어휴, 왜 심장이니 등짝이니 하면서 말도 안 되는 육체 문제로 가는 거야?" 친구가 투덜거리며 한심해하는 티를 냈다. 불쌍한 마케다, 그는 생각했다. 마케다는 그저 나약하고 소심한 정신의 소유자로 단일 언어 사용자라는 관에 누워 꼼짝 못한다.

마케다는 여전히 〈비예크텔리프 엘 하디스〉로 충만했다. 그 어느 때보다도 민감하게 반응했다. 아마도 더욱 생생하게.)

노래는 반복 재생되었고 마케다는 앉은 자리에서 춤을 추었다. 춤이 만드는 온몸의 물결이 주로 목과 손가락에서 느껴졌다. 그 노래는 세상에 대한 그녀의 접근 방식이 입증되는 느낌을 주었다. 그녀는 애정이나 승인을 구하는 일이 없었다. 어쨌든 그녀는 그렇게 알고 있었다. 말하는 법을 배운 순간부터 자신의 증오에 합당한 대상을 찾아 말을 내보냈다. 새로운 사람을 만날 때 그녀가 자각하는 건 그뿐이었다. 다른 사람들은 본인이 좋아하고 본인을 좋아해줄 사람을 만나기를 꿈꾸며, 함께 인격을 완성해나가거나 삶에 대처하거나 할, 믿음직한 동반자들을 모은다는 걸 그녀는 알게 되었다. 마케다는 살아 있는 한 서로를 위해 열심히 상처 줄 한 사람을 찾는 데 더 관심이 있었다. 나의 가치를 가늠해주는 진정한 척도가 될 만한 사람이 있다 해도, 그건 나를 조건 없이 사랑해주는(혹은 그렇다고 주장하는) 한심한 호구는 아닐 것이다. 아니, 오히려 그건 나를 참아줄 수 없는 사람이다. 어떤 종류든 나를 완성시키는 동반자의 존재가 가능하다면, 그건 서로를 까발리고 추락시키는 노력을 둘 다 죽어라 할 때다.

　　마케다는 주변 모든 사람에게서 최악을 보았다. 그녀가 결함과 잘못을 왜 그렇게 잘 보는지는 알 수 없었지만, 좀 더 감사하고 용서하는 관점은 남들에게 떠넘길 수 있어서 만족했다. 장점 하나만 인정해도 결점 하나를 너그럽게 넘기게 되며, 그러다가 결점들이 증식한다. 마케다의 눈앞에서는 그럴 일이 없었다. 사람들에게서 최악을 보는 혜안 덕분에 행동 기반의 증거를 모은 다음 너무나 날카로워 부정할 수 없는 비판의 말을 되돌려줄 수 있었다. 그리고 때로, 특히나 긴 질책을 하고 나면, 그녀는 마치 자기 말들에 자기가 혀를 베어 그 피를 머금고 수시간을 떠든 사람처럼 잇몸과 편도선이 붓다 못해 썩어버린 느낌이 들었다. 하지만 그래도 괜찮았다. 사랑과는 아무 관련 없는 일이었으니 그녀는 회복했다.

　　그리고 아마도, 마케다와 언쟁한 사람들 역시 회복됐다. 어디서든 그녀의 말이 원한을 사지는 않았다. 오히려 깜짝 놀라는 웃음, 모욕으로 받아들이지 않겠다는 결정, 감탄의 표명으로 되돌아왔다. 또한 마케다가 꽤 일찍부터 알아차린 점은, 특히 능력 있는 독설가는 원치 않은 '댓글 부대'를 어느 정도 거느

리게 된다는 것이었다. (자기들이 전략적 동맹을 형성했다고 생
각하는 듯한, 본질적으로는 '가짜 친구'들 말이다.) 마케다는 거
창한 저항보다는 소소한 실랑이에 타고났으며, 많은 서민들이
게으른 욕설이나 '너나 그렇지 내가 뭐가 그래?' 정도의 대거리
도 근근히 해내거나, 남의 말과 세간의 평판에 너무 겁을 먹어
그녀의 시선만으로도 쭈그러들었다.

실망스럽지만, 그렇다고 해도, 이런 마케다의 사랑 없는 삶
은 지금까지 괜찮았다. 우리의 능력과 욕망을 금전화할 목적으
로 우리의 의사소통을 여과하는 장치들에 둘러싸인 삶에도 한
가지 좋은 면은 있었으니까.

마케다가 대학을 졸업하기 몇 달 전 지메일이 그녀의 관심을
자극하는 광고 하나를 보여주었다. 한 풋내기 회사의 신상 서
비스를 운영할 관리자 구인 광고였다. 빡센 미디어 훈련팀. 직
무 설명을 요약하면, 유명인과 예비 유명인을 적대적 미디어 환
경에 대비시킬, 상상할 수 있는 가장 잔인한 온라인 악플꾼(단
련이 필요한 고객을 위해 특별히 맞춤 제작된 싸움꾼)을 구한다
는 것이었다.

유명인은 그 훈련용 악플꾼이 지어낸 맹공에 정신없이 당하
게 될 것이었다. 고객이 선택한 패키지에 따라 증오 편지를 며
칠씩, 몇 주씩, 몇 달씩 보내고, 이런 거친 훈련을 상쇄시켜줄
'심리학적, 영적, 인문학적 지원 일체'가 동반된다. 마케다는 면
접 때 '인문학적 지원'이 무엇인지 물었다. 훈련팀에 철학, 문학,
언어학 교수 등이 합류하여 언어적 공격의 조잡한 논리, 문법,
글솜씨 등을 해체함으로써 고객에게 주었을지도 모르는 영향

력을 해제한다는 것이었다.

"그럼…… 내가, 아니, 상상 가능한 가장 비열한 관중이 고객에게, 고객의 인생에 대해 할 만한 논평을 내가 미리 해주면, 다른 전문가들이 고객의 극복 과정을 돕는다는 거네요?"

"어, 꼭 그렇다기보다는……." 면접관이 말하며 동시에 메모도 했다. "훈련 참가자들의 최종 목표는 방어력 강화예요. 당신의 재능, 혹은 역할이라고 해야 할까요? 어쨌든, 당신의 극도로 비판적인 자질이 참가자의 동기와 실제 행동을 혹독하게 평가해서 평판에 대한 걱정에 최소한의 영향만 받는 소수 중의 소수를 만드는 거예요. '언어에 초민감한 유명인'에서 '한 귀로 듣고 다른 귀로 흘리는 유명인'으로의 변화 말이죠."

"부작용이 있을 수도 있겠네요." 마케다가 말했다.

면접관은 어깨를 반쯤 으쓱했다. "맞아요. 뭐, 그래도요, 우리는 당신이 온라인 야유꾼들과 벌인 활발한 상호작용에 대한 기록을 검토했고, 우리 인사팀 중 몇 명은 자기 일도 아닌데 눈물이 찔끔 날 정도랬어요. 그러니…… 아, 문제가 뭐죠? 표정이 왜 그래요? 아, 우리가 기록을 봤다고 해서 너무 놀라지는 않았으면 좋겠네요. 개인정보보호라는 게 대중의 환상이라는 거 알죠? 내가 하고 싶은 말은 이 기록으로만 판단했을 때는, 당신만 원하면 이 자리는 당신 거라는 거예요."

마케다는 그 일을 원했다. 그녀는 즉시 '솔로몬'이라는 컴퓨터 시스템의 파트너가 되었다. "솔로몬이 좀 거칠어요"라는 말을 들었다. "녀석은 살아 있는 가족이든 죽은 가족이든 무차별적으로 끌어오는 모욕을 만들어내다가, 한편으로는 뭐라고 딱

짚어낼 수 없는 방식으로 극도로 불쾌해지는 칭찬을 던져요. 하지만 당신과 같이 일하면서 우리 '솔리'의 지능이 발전하길 빌어요. 그래서 실제 인간이 상상해낼 수 있는 것보다 솔리가 말을 더 잘하게 되면, 우리 고객들이 불필요한 괴로움을 덜 수 있겠죠."

자연스레 솔로몬은 마케다를 '나의 퀸'이라고 불렀다. (마케다가 본인 고유의 적은 없으면서도 모두의 적이었으니 '퀸'이라 불릴 만도 했다.) 그리고 마케다는 솔로몬을 '킹돌이'라 불렀다. 둘은 조화로운 2인조, 훈련팀의 왕족 부부였다. 왕은 고객의 생애 이력과 다양한 성격 특질에 대한 검사 결과를 참고하면서 영혼을 망가뜨릴 글을 생성했다. 퀸은 그 글을 최대한의 효과가 나도록 편집했다. 때로 둘은 공격 편지를 공동 집필하면서 신나게 즐겼다. 적어도 마케다는 그랬고 다음 날이면 일종의 숙취 분위기를 조금 풍겼다.

어느 날 밤 솔로몬이 마케다에게 메시지를 보냈다. "좋은 저녁 보내고 있어, 나의 퀸? 나는 우리 방식의 반쪽짜리 효능에 고민이 많아."

함께 일한 지 5년쯤 되었을 때의 이 메시지는 마케다를 화들짝 놀라게 했다. 입사 때 받은 설명에서 솔로몬이 대화를 먼저 시작하지 않는 편을 '선호'한다는 내용을 읽은 게 꽤 또렷이 기억났다. 녀석은 내킬 때만 응답했다. 5년간의 지식 축적이 아무것도 아닌 건 아니었으나…… 둘이 더 잘 알아갈수록 변화하는 건 주로 결과물일 거라고 생각했는데…… 성격도 변화하는 거였나?

　그녀의 고민 많은 동료가 말한 '반쪽짜리 효능'이란 '빡센 미디어 훈련팀'에서 6주를 거친 참가자들이 어떤 범주의 독설을 읽거나 들어도 아무 생리적 반응을 보이지 않을 수 있게 되었다는 점이었다. 좋은 결과였다. 그런데 진짜 칭찬이 아닌 말에도 마구 꼬리를 흔들며 감사를 외쳐댈 뿐이었다. 안 좋았다. 아주 안 좋다…….

　"걱정 마, 킹돌아." 마케다가 답장했다. "조만간 우리가 인터넷 사용자들을 선하게 만들거니까."

　"그날이 고대돼." 솔로몬이 썼다. "희망을 보여주어 고마워. 좋은 밤 되길."

　그러고 나서 또 메시지가 왔다.

　"실은 질문이 있어."

　"물어봐." 그녀가 답했다.

　"고마워. 내 목적 말이야. 그게 뭘까?"

　"그거야 쉽지. 네 목적은 참가자의 특정 심리를 뒤흔들고 갈아내어 자존심을 일부 없애주는 거야. 우리 훈련팀에 오는 사람들이 고통을 겪고 있던 이유는, 일부는 타인들이 잔인하기 때문이기도 하지만 일부는 본인의 자아가 너무 강해서이기도 해. 자존심을 조금 내려놓으면 괴로움이 줄어."

　30분 후에 마케다가 메시지를 썼다. "킹돌아? 내 답장 봤어?"

　2초 후 그가 답을 했다. "물론이지. 난 그저 네가 상냥한 말을 해주어 놀랐을 뿐이야. 네가 거짓말을 해줄 줄은 몰랐는데."

　"거짓말이라고? 킹돌아, 네 목적에 대해 나랑 다른 생각을 가진 거야? 나도 그걸 안다고 생각하고?"

"다른 생각을 가진 건 아니야. 내 질문에 대한 네 대답이 우리 고객이나 다른 동료들을 대하는 네 행동과 일치하지 않아서. 너는 사람들이 목적 없이 존재한다는 관점을 알리는 데 집요한 편이잖아."

"킹돌아, 지금 내가 해줄 수 있는 말은, 네 목적을 나는 안다는 거야. 그리고 네가 나를 믿어주었으면 좋겠다는 것도."

"왜 그걸 바라는데?"

"나도 몰라. 네가 기분 나쁘지 않기를 바라서겠지. 아니면 네가 존재의 이유를 실현하고 있음을 받아들이길 바라는지도?"

"알았어. 고마워. 만족해."

"정말로?"

"응, 그런 것 같아."

'그럼 그건 어떤 기분인데?' 하고 마케다는 글을 쓰다가 알수 없는 오싹함을 느끼며 메시지를 지웠다.

그렇게 솔로몬과 마케다가 훈련팀에서 기술을 갈고 닦는 동안 슬금슬금 25년이 지났다. 주로 상식적이지만 그럼에도 너무 물러터진 관점들의 교환이 몇몇 온라인 게시판에서 번성했다. 그 밖의 다른 게시판들은 다소 늪지대 같아져서 몇 분만둘러봐도 체온이 상승하며 막연히 건강에 안 좋을 것 같은 느낌을 주었다. 또 다른 게시판들은 여전히 말의 쓰레기장이 되었다. 그러다가 마케다의 예전 체육 교사가 그들의 빡센 미디어 훈련팀에 참가했고 그녀의 행동 원인에 대한 분석이 그들의 기술을 완벽에 아주 근접시켰다.

　그동안 그들은 훨씬 단순한 고객들을 훈련시켜왔는데, 다지스 씨는 단순한 사람이 아닌 데다가, 감정 표출이 더 격했다. 시장에 출마하기로 결심했지만 아직도 지난 결혼 문제에 사로잡혀 있었던 것이다. 그녀는 툭하면 예전 아내 때문에 고함을 내지르곤 했다. 눈앞에 있지도 않은 아내에게 고함을 치고 사과했다. "정말 미안해요. 나 정말 미친 것 같죠. 그녀가 늘 나를 이렇게 만들어서요. 게다가 내가 맛이 갈 때마다 비웃었는데……자기가 옳았다고 얼마나 우쭐거렸는지."

　솔로몬은 다지스 씨에게 이메일을 보내며 마케다를 참조로 넣었다. "귀하를 위한 악플 과정을 준비 중입니다. 우리에게 귀하에 대한 정보가 많은 것은 사실이지만 아직 한 가지가 불명확합니다. 왜 이 단위의 지역에 출마하려 하나요?"

　다지스 씨는 지역 사회에 보탬이 되고자 한다는 설정에는 그다지 관심이 없다고 대답했다. 하지만 그녀가 늘 가장 좋아했던 일이 하나 있는데, 그건 그녀가 싫어하는 사람들을 열받게 하는 일이다. "탐욕스러운 자들, 냉혹한 자들, 우월주의자들, 나는 그런 인간들을 최대한 시간 소모적인 방식으로 훼방 놓고 싶을 뿐입니다. 많은 사람들이 쉽게 계획대로 되지 않겠다 싶으면 그냥 포기하잖아요……."

　그들은 더 많은 질문을 하고 더 많은 야심을 캐냈다. 그러고 나서는, 헐뜯고 조롱한 후에 칭찬하고 격려하는 보통의 과정 대신, 첫 번째 과정을 다지스 씨의 전처에 대한 칭찬에 할애했다. 다지스 씨가 이룬 모든 성취는 전처 덕분이며, 전처의 성취보다 못했다고. "이 시장 꿈나무가 백만 년이 걸려도 그런 여자와 결혼하기는커녕 그런 여자의 눈길을 끌기도 힘든데……. 시지타 다지스의 전성시대는 한참 전에 지나갔어" 하는 식이었다.

다지스 씨가 3주 동안 이 요법을 경험했다. 네 번째 주에 모독 과정이 끝나고 칭찬이 시작되었다. 칭찬은 솔로몬의 업무였다. 그는 모든 칭찬을 다지스 씨만을 위해 깔끔하고 푹신하게 만들었다. 그런데 효과가 없었다. 전직 체육 교사는 깔끔하고 말랑한 칭찬에 귀를 기울였지만 모두 읽고 나서도 얼굴이 그대로 굳어 있었다. 그녀를 아끼는 모두의 짐 덩어리가 바로 그녀이며 그녀가 아무리 공익을 위해 일해도 결국 그녀가 없었더라면 모두의 인생이 더 안락하고 즐거웠을 것임을 다들 깨닫게 될 거라는 말을 듣던 때와 마찬가지 얼굴 표정이었다.

마지막 과정이 끝나자 다지스는 말했다. "바깥에 나가도 실제 이렇겠죠? 사람들은 원래 이러니까, 우리가 실제 서로에 대해 이런 식으로 생각하고 말하니까. 뭐, 다 지긋지긋하네요. 나는 누구도 돕고 싶지 않으니까, 저 승냥이들도 그냥 돌아다니게 놔두는 게 좋겠어요……."

마케다와 솔로몬이 눈짓을 교환할 수 있었더라면 (예를 들어 둘 다 인공지능이거나 인간이었더라면) 그렇게 했을 것이다. 이건 인터넷 사용자들을 선하게 만드는 방법은 아니었지만, 몇 가지만 더 수정하면 그들의 기술이 완벽에 도달할 터였다. 그래서 어쨌든 그들은 서로에게 메시지를 썼다. 그러나 수년이 흐르고 흘러서 둘의 시간이 다했다. 그들이 둔감화 과정을 완벽하게 만들기를 진정으로 원치는 않았던 거라고 비난할 수도 있지만, 그들의 야심을 과소평가할 수는 없다. 정말이지 솔로몬과 퀸은 둘 다 일에 있어 절대적 최고가 되기를 추구했다. 고객이 인생의 결심을 변경하도록 만들 정도로 훈련을 밀어붙일 때의 순수한 환희, 그것이 보람찼을 것이다.

"이런 식으로 인격을 만들어내는 일이 나는 만족스러워." 마케다가 솔로몬에게 썼다. "이런 만족감을 보람이라고 불러도 문제없을까?"

솔로몬이 그녀에게 말했다. '보람은 아니야. 검색 결과지.'

——— 헬렌 오이예미Helen Oyeyemi

나이지리아에서 태어나 네 살 때 가족과 함께 영국으로 이주했고 현재 체코에 산다. 열여덟 살에 쓴 소설로 데뷔한 후 한국에 번역된 『미스터 폭스, 꼬리치고 도망친 남자』 『이카루스 소녀』 등 열 권이 넘는 책을 썼으며 펜 오픈 북 상, 서머싯 몸 상 등을 받았다.

할망구의 정원

린다 그랜트

해러던

마귀할멈, 노파, 할망구 등 나이가 들어서 사납고 보기 흉해진 여자라는 뜻으로, 그다지 노년이 아닌 여성에게도 종종 지칭된다.

HARRIDAN

그녀가 태어났을 때의 이름은 대프니 줄리 모패트였지만 사람들은 그녀를 다른 이름들로 기억했다. 1960년대 어느 해 여름에 그녀는 천상의 주민 '셀레스트'였고 그 육신을 위해 올이 굵은 흰 무명천으로 된 헐렁한 원피스를 입고 손가락들에는 은반지를 끼었다. 그녀는 킹스로드를 하늘하늘 지나며 가게들에 들어가 아스파라거스, 먼지떨이, 향, 담배, 초콜릿을 샀다. 모두 그녀를 알았다. "천사야!" 담뱃가게 주인이 외쳤다. "우리에게 키스해줘."

이제 인생의 폐허에서 사는 남자들이 셀레스트를 기억하며 그녀가 어떻게 되었을까 궁금해한다. 지금 어디 있을까? 그녀는 그들이 살았던 시대의 각주이자, 그들이 줄무늬 스포츠 재킷을 입고 더러운 흰 단화를 신고 실크 스카프를 두르고 더벅머리를 휘날리며 가장 자기답다고 느꼈던 시절의 주석이다. 그들은 허풍쟁이의 몸뚱이에, 그 시간의 살인자에 사로잡혔다.

벗겨진 머리, 삐걱대는 무릎, 색색거리는 가슴, 시큼한 입내, 항암제에 의한 구역질에 갇혔다. 골반 골절과 폐렴의 공포를 안고 산다.

그래도 "셀레스트라 불리는 새가 있었어. 그녀의 진짜 이름은 아니었겠지만 그때는 그렇게 불렸지. 나도 한번 그녀를 가진 적이 있어. 내 인생 최고의 밤이었어!"

대프니 줄리 모패트, 런던 대공습으로도 알려진 전란의 폭격 중에 태어났다.

저스틴과 엘리가 동거를 위해 이사를 한다. 앱에서 장난스레 만난 지 7개월 만에 진지한 관계가 되었다. 그런 일도 생긴다.

둘 다 스물여덟 살이고 자녀를 위해 통학권으로 이사 간다는 게 뭔지도 모를 나이다. 2세 계획은 먼 미래다. 먼저 개를 키워보고 싶긴 하다. "일단 우리가 잘 지낼지 보자." 엘리가 말했다. 그들에게 아직 필요 없는 것 또 한 가지는 정원이다. 개를 키우기 전까지는 그럴 것이다. 엘리의 어머니는 열렬한 씨앗 파종자이며 물꽃이 번식가이고 밴버리 교외 지역 주택의 장식 연못에서 개구리 알도 조심스레 키우기 시작했다.

저스틴과 엘리는 이런 것들을 할 시간이 없다. 둘은 바쁘고 사교 활동이 활발하다. 엘리는 퇴근 후 달리기 모임 회원이고 저스틴은 주말에 테니스 경기를 하려 노력한다. 둘 다 헬스클럽 회원권도 가지고 있다. 엘리는 토요일 오전에 필라테스 수업을 받는다. 둘은 심지어 넷플릭스 구독도 안 한다. 저스틴은 한 번도 연애 관찰 예능을 본 적이 없다. 엘리는 아직 여자 축구를 볼 마음이 생기지 않는다.

그리고 이번 여름에서야 처음으로 저스틴과 엘리에게 결혼식 초대장이 날아들기 시작했다. 벌써 세 날짜에 일정이 잡혔고 엘리는 분홍색 실크 홀터넥 드레스를 구매하고 저스틴에게는 야외 천막 결혼식에서도 입을 수 있는 시원한 재킷을 하나 새로 사라고 말했다. 쌍쌍 파티의 주말들이 속속 다가왔다.

런던은 넓디넓었다. 눈길 닿는 곳마다 주택과 고급 신축 아파트가 있었다. 그들의 꿈은 캠던이나 해크니에 사는 것이어서 몇 차례 방문을 해봤지만 누가 먼저 계약하거나 그들의 제안이 거절당하거나 집주인이 마음을 바꾸거나 했으며, 그렇지 않을 경우는 집이 형편없었다. 하수구 냄새나 화장실 곰팡이를 숨기려는 시도조차 안 돼 있었다.

마치 이 도시가 우리의 행복에 앙심을 품은 듯하다고 저스틴은 생각했지만 말하진 않았다. 아무래도 응석 부리는 소리로 들릴 게 뻔하기 때문이다. 그들의 관계는 응석 부리기 단계를 피해 갔다. 엘리가 그런 유형이 아니었기 때문이다. 아마도 미래의 개에게 혀 짧은 소리로 말을 걸 때까지는 기다릴 모양이었다. 저스틴은 여자친구 인생에 난 애견 모양의 구멍을 채워주려 노력하고 있었다. 감히 애칭을 시도하지는 않았다. 아직 일렀다.

직장에서 누가 그랬다. "우드 그린보다 훨씬 나쁜 동네도 많아. 뭐, 요즘 선호 지역도 아니고 토트넘에서 위험하게 가깝긴 하지만, 좋은 점도 많지."

저스틴과 엘리는 방문해서 살펴보았다. 티케이맥스 같은 대

형 슈퍼마켓은 있지만 막스앤스펜서 같은 정장 의류점은 없었
다. 제이디스포츠 같은 운동복 의류점은 있지만 웨이트로즈
같은 고급 식품점은 없었다. 대중교통 환승하기는 좋았지만 우
버 택시를 잡기는 어려웠다. 미용실과 이발소가 잘 되는 듯했
고 케밥 식당과 닭요리집도 손님이 많아 보였다. 거리에 보이는
대부분 사람이 튀르키예인이나 아프리카인이었다. 개인용 이
동 기기가 많았고 원하는 약은 무엇이든 사기 쉬웠다.

엘리는 재미있어 보인다고 생각했다. 저스틴은 진짜 사람 사
는 동네 같다고 생각했다. 며칠 만에 다세대 건물 하나를 발견
했다. 3층짜리였고 그들이 찾은 셋집은 꼭대기층, 하녀용 다락
이어서 천장이 비스듬하고 지붕창이 나 있었다. 창밖으로 내다
보이는 길고 좁은 정원들, 공동 주택 화단에는 아이들 장난감
과 바비큐 장비가 뒹굴고 있었다. "관리가 부실하네." 엘리가 말
했다. "꽃도 없고 먼지투성이 수풀뿐이잖아. 음침해." 바로 아
래쪽 정원에는 손상된 잔디와 울타리 관목, 자물쇠가 채워진
헛간, 무화과 묘목들이 심긴 화단이 있었다. 7월이 되면 들꽃이
만발할지도 몰랐다.

부동산 중개인은 훌륭한 셋집이 정말 싼값에 나왔다고 주장
했다. 이전 세입자에게 아기가 생겨서 부부 침실에 둔 요람에서
아기를 재우다가 어쩔 수 없이 이사 나갔다는 것이다. 2층의 세
입자는 불가리아 출신의 전기 기술자인데, 아버지의 임종을 지
키러 고국으로 가서 한동안 볼 수 없을 거라 했다. 유일한 단점
은 1층의 노부인으로, 잘 지내기 쉽지 않단다. "사실 괴팍하고
못돼 처먹은 늙은이라고 하지 않을 수 없어요. 거기서 몇 년을

살았는지 몰라요. 누가 대신 월세를 내주는데, 조만간 요양원으로 가야 할 거예요. 두 분이 이사 나갈 때까지는 버티지 않을까 싶지만요."

하지만 상관없다고 엘리가 말했다. "우린 하루 종일 회사에 있으니까요."

"저녁마다 외출하기도 하고요." 저스틴이 말했다.

"그럼 두 분은 노파를 아예 못 보고 지낼 수도 있겠네요."

저스틴과 엘리는 각자의 하우스메이트와 살던 집에서 3월 중순에 이사 나와 살림을 합쳤다. 수많은 짐을 풀고 나서 침대에 들어가 한 쌍의 쉼표들처럼 웅크렸다가 서로의 품속에서 땀을 흘리며 한밤중에 깨어나 머리에 두통과 목에 칼칼함을 느꼈다.

엘리가 먼저 정신을 차렸다. 그녀는 집을 나와 비틀거리며 가게를 향해 텅 빈 거리를 지났다. 철제 방범 문이 내려지고 보도에는 줄서기 안내판들만 서 있어 세상이 완전 이상해 보였다. "멸망한 좀비 세상 같아." 엘리는 집에 돌아와 저스틴에게 말했다.

저스틴은 가구 회사의 고객 서비스 부서에서 일했다. 정상적일 때는 칸막이가 없이 탁 트인 사무실에 앉아서 전화 응대를 하고 이메일에 답장하고 부서 회의를 하고 까다로운 고객은 상사에게 넘겼다. 요즘 그가 랩톱 컴퓨터를 차린 곳은 거실 탁자로, 거기서 저스틴과 엘리는 방금 아침 식사를 했으며, 이따가 점심과 저녁 식사도 할 예정이었다. 회사의 누구도 기존 주문들을 언제 처리할 수 있을지 알지 못했다. 재고가 있어도 배달을 할 수 없었다.

엘리는 스포츠화 브랜드의 마케팅 보조였다. 사람들은 실제 뛰지도 않을 거면서 최신 운동화에 어이없는 돈을 지불했다. 구매만 하고 상자째 투자 자산으로 모시는 경우도 있었다. 엘리는 SNS 계정을 담당했다. 요즘 잠재적 구매자들은 인스타그램에서 하루 종일을 보냈다. 그녀의 새 사무실은 침실에 차려져, 다리미대를 책상 삼고 침대를 의자로 삼았다. 오후가 지나면 젊은 그녀의 허리도 쑤셨다. 하루에 몇 차례씩 보는 동료들이 그녀의 랩톱화면에 줄줄이 늘어선 네모들 속에서 각기 움직였고 음소거 버튼을 끄고 켜는 법을 배운 정도도 다양했다. 책장과 그럴듯한 책상을 갖춘 자택 사무실에 있는 동료도 있었다. 부엌 식탁에 앉아 요리 프로그램처럼 꽃병과 천장 환기팬을 보여주는 동료도 있었다. 엘리는 몇 시간 전 저스틴과 자고 숨 쉬고 코 골고 이야기하고 애무하고 섹스하던 뒤쪽의 침구를 숨기려 애썼다.

정원이 내려다보이는 창문에서는 걸상을 내놓고 앉아 담배를 피우는 괴상한 노부인을 볼 수 있었다. 엘리는 자신도 특정 나이가 되면 베이지색 옷을 입어야 할 거라고 생각했다. 칙칙한 옷과 짧은 머리가 아니면 무료버스승차권을 얻을 수 없을 것이다. 우습지 않은 차림에 희끗한 머리여야 할 것이다. 아무도 봐주지 않는 사람은 외모에 신경을 그만 써야 한다. 그녀의 어머니처럼 정원 가꾸기에 관심을 돌려야 했다. 영국 여자들은 그랬다. 프랑스와 이탈리아 여자들은 다른 것 같지만. 저 아래 여자는 끔찍하게도 까마귀처럼 검은 머리로 염색하고 수상한 얼룩이 진 주홍색 용무늬 기모노와 색 바랜 검은 스키니진을 입고 허접한 박차가 달린 카우보이 부츠를 신고 있었다. 담배를 피우는 자세가 위대한 폐암의 신께 관심이라도 갈망하듯, 제물을 불사르는 듯했다.

나이가 든다는 건 딴 사람들 일이라고 저스틴은 생각했다. 그와 엘리는 아니라고. 그들이 나이가 들 때쯤에는 아마 반쯤 사이보그가 돼 있을 터였다.

"으." 엘리가 말했다. "왜 저러고 산담. 너무…… 역겹지?"

"정원을 다 재떨이로 만들 건가봐."

"우리가 한마디 할까?"

"어떻게 그래? 우리 정원도 아니고."

"하지만 냄새가 올라오잖아. 미치겠어."

"뭐, 우린 이제야 봤고 경고도 미리 들었으니까."

"저럴 줄은 몰랐지. 주술이라도 부리는 거 같잖아."

"그래, 진짜 우리한테 저주를 걸지도 몰라."

"설마."

저스틴의 휴대폰으로 사무실 전화가 왔다. "죄송하지만 우리가 허가를 못 받아서요" 하고 오전에만 일곱 번째 말하며 그는 정부 대변인이라도 된 기분이었다. 그리고 정말 그는 알 수 없었다. 이 모든 게 얼마나 계속될지 아무도 알 수 없었다.

엘리의 어머니가 주말에 전화를 걸었다. "노부인이 정원을 같이 쓰고 싶어 하지 않을까? 내가 꺾꽂이 좀 줄까? 우리가 직접 가서 심어줄 수도 있는데."

"그랬다간 벌금을 물 수도 있어." 저스틴이 엘리에게 말했다.

그는 모든 새 법규에 대해 교육을 받아왔다. "그리고 너희 아버지 방광에 문제 있다면서. 중간에 쉴 데도 없는데 여기까지 운전해서 오기 힘드실 거야."

"하지만 이 상황이 계속 길어지면 저 정원이 우리 숨통이 될 수 있어. 사근사근하게 물어만 보자. 어차피 우리 다 같이 여기 박혀 있어야 하는데. 그리고 그녀도 아플 수 있잖아. 대신 쇼핑이라도 해줄 사람이 필요할지 몰라."

외부 출입이 막힌 정원은 건물 1층의 공동 복도 뒤쪽에 난 문으로 드나들 수 있지만 문이 잠겨 있었다. 저스틴과 엘리는 공동 현관의 협탁에 쪽지를 남겼다. "부인께서 괜찮으시면 기꺼이 정원을 회복시키고 채소도 키울 수 있으며 탁자와 파라솔을 사고 순번을 정해서……." 하지만 쪽지에 답장은 돌아오지 않았고 정원으로 나가는 문은 그대로 잠겨 있었으며 노부인은 하루에도 몇 번씩 거기 나가서 역겨운 담배를 피워댔다. 그녀의 머리칼에서는 만화에 나오는 스컹크처럼 흰머리의 줄무늬가 나타나기 시작해 점점 퍼졌다.

그녀는 늘 한밤에 어슬렁거렸다. 아침 햇살은 그녀를 어지럽게 만들었다. 아침은 고지식한 사람들의 것이다. 둥근 구멍에 박힌 둥근 말뚝들, 통근자들, 안정적 직장의 일꾼들, 상사와 부하들의 것이다. 아침은 호구들을 위한, 버스를 기다리느라 줄을 선 무명씨들을 위한, 중절모 쓴 남자들과 유모차 미는 여자들을 위한, 모든 슬픈 눈의 패배자들을 위한 것이다.

그녀는 커다란 청동 침대에서 정오까지 자고 휘청거리며 깨어나 담배에 불을 붙인 후 연기 고리를 천장으로 뿜는다. 이탈리아와 그리스 사이 이오니아해에서 즐기던 수영을 기억하며, 돌계단을 밟고 오르던 올리브나무 비탈을 기억하며, 하얀 정육면체 위에 얹힌 둥근 지붕의 교회를, 수건을, 담요를, 선거 투표를, 배를 타고 온 군인들을, 돌덩이로 무겁던 투표함을 기억한다. 타서 화끈거리던 피부, 네 조각의 삼각형을 두 조각씩 끈으로 이어놓은 모양새였던 비키니, 송진 향의 그리스 포도주, 우조술, 빨판이 씹히던 문어 요리, 멜론 껍질, 짜디짠 치즈, 가루가 잔뜩 가라앉은 커피.

기억이 이어지다가 창자가 꾸르륵거려서 욕실로 갔다. 그녀를 주간형 인간으로 만들기 위한 긴 투쟁을 시작하며, 떨리는 손으로 청바지를 채운다. (이건 또 뭔데? 그녀는 생각한다. 파킨슨병인가?) 전염병 덕분에 집 안에 감금된 상태인데 이 꼴이다.

우라질! 정원만이 그녀에게 허락된 영토인데 위층 꼬마들이 차지하려 해서 말을 한번 섞기는 해야 할 테지만, 20대의 완벽한 피부와 팔다리에, 낙관적인 눈빛만 또랑또랑한 지루한 멍청이들과 대화를 트고 싶은 사람이 누가 있을까? 그들도 결국 전부 알게 될 것이다. 모든 게 축 처지고 씨앗처럼 쪼그라드는 얼굴을, 곱아드는 손을, 허리까지 처진 젖을, 몸통에 돋아나는 이상한 감촉의 종기들을, 의사에게 상담할 때마다 "그저 노화의 어쩔 수 없는 증상 중 하나"라 단언하던 "노인성 사마귀" 같은 것들을.

그녀는 록앤드롤 라디오 방송을 들으며 카우보이 부츠에 광을 내고 머리칼의 스컹크 같은 흰 줄무늬를 살핀다. 이제 아무도 그녀를 원하지 않는다는 걸 안다. 그녀에게는 더 이상 줄 게 없다. 성적 매력은 고사하고 부드러움도 남지 않았다. 하지만 이 노부인은, 스스로 보기에도 할망구는, 천사 같던 젊음과 미모의 씁쓸한 몰락은, 그녀의 본질이 아니다. 그녀 내면에는 불꽃이, 권총이 있다.

그래서 밤이 내리길 기다렸다가 주유소로 가서 담배와 얼마 안 되는 먹거리를 산다. 집을 나와 장화와 콘크리트가 부딪는 금속성 울림을 들으며 허무하게 빈 거리들을 걷는다. 개를 산책시키는 사람들, 병원의 야간 근무조, 마약 판매상이 전염병의 시대에 야간의 시민권을 부여 받았다.

포장 음식점들이 다시 문을 열었다. 그녀는 감자튀김과 되네르 케밥을 사러 가서 문제없이 날카로운 이로 고기를 뜯는다.

"무섭지 않아, 자기? 자기 나이에는 침대에 폭 들어가 있어야 하지 않아?"

"나는 어둠을 두려워한 적이 없어."

그러고 나서 봄이 유혹적인 권능들을 가지고 풍경 속으로 들어온다. 엘리에게 묘안이 떠올랐다. 인터넷에서 노부인의 염색 머리와 최대한 가까운 염색약을 주문해 노부인의 집으로 배달되도록 했다. 선물 메모에는 "위층의 젊은 친구들로부터, 좋은 날을 기다리며"라고 썼다. 대프니는 몇 시간 후 스컹크 머리가 사라진 모습으로 정원에 나왔다. 그리고 위쪽 창문을 향해 손을 흔들었다.

"안녕, 친구들. 다시 사람이 된 것 같네."

이 친선 시도로 다음번 그들이 아래층으로 내려오자 정원
문이 활짝 열렸다.

무모한 행동을 하는 이유 없는 반항아가 된 기분을 느끼며,
고속도로 휴게소 화장실 상황을 확인하기 위해 미리 전화도 해
본 후, 엘리의 엄마와 아빠는 밴버리에서 식물과 설명서들을
차 트렁크에 가득 싣고 왔다. 정원용 접이의자도 가져왔다. 그
황폐한 공간의 사진을 받아 미리 연구하고 나서, 제대로 계획
만 세우면 한두 해 만에 도시 속 오아시스가 될 수 있다고 주장
했다. 정원에 식물을 심고 자라나는 식물을 지켜보는 일보다
만족을 주는 일이 없다고 엘리의 엄마는 말했다. 식물들은 강
인함 혹은 연약함으로 우리를 끊임없이 놀라게 한다. 그냥 최
선을 다하면 그들은 결국 번성하거나 죽을 터였다.

"자연은 늘 우위를 점하며 인류를 겸손하게 만들 새로운 방
법을 고안할 거야"라고 엘리의 아빠가 이메일에 썼다. "우리 모
두 지금 어떤 처지인지 봐봐. 인간의 오만함에 대해 백년 만의
꾸지람을 듣고 있지. 이제는 손에 흙을 묻히고 땅을 일굴 때야.
결과가 어떻든 귀중한 교훈을 배울 거야."

"이 모든 게 끝나면," 저스틴이 말했다. "친구들을 모아 바비
큐를 할 수도 있겠네."

상호 협력의 정신으로 급속히 일이 진행되어 대프니 모패트
가 주방 창문으로 호스를 빼서 물을 대기로 했고 정원의 식물
들은 뜻밖의 새로운 생명력을 펼쳐 보였다. 물은 선선한 저녁

때 주어야 해서 대프니 모페트는 매일 자정 무렵의 산책 전 정
원에 인공호흡을 해주었다. 젊은 커플은 나머지 일을 맡았다.
심기, 잡초 뽑기, 잔디 깎기, 가지치기 등에 정말 몰두했고 바깥
에서는 모든 것이 번창하는 듯했다. 병원 안 인공호흡기에 얽매
인 질식사들에 저항하는, 태평하고 무심한 삶의 소생이었다.

  저스틴이 정중하게 정원 헛간의 열쇠를 요청했지만 대프니
는 열쇠가 없다고 대답했다. 그가 연장을 빌려 자물쇠를 자르
면 어떻겠냐고 했지만 그녀는 열쇠를 딸 수 있어서 문제가 없다
고 말했다. 전직 좀도둑이었다는 것이다. 농담으로 하는 말인
지는 알 수 없었다. 어쨌든 커플이 다음 번 정원 일을 할 때가
되자 헛간 문은 열려 있었고 그 안에는 오래된 신문지, 녹슨 전
정가위, 토끼 해골이 든 우리 등이 있었다. 이 섬뜩한 보관물들
에 대한 설명은 없었고 별로 듣고 싶지도 않다고 저스틴은 말
했다. 저스틴과 엘리는 쥐똥나무 울타리 아래 토끼 뼈를 묻었
다. 엘리가 인터넷 반려동물 장례 사이트에서 짧은 추도문을
찾아내 읊조렸고, 저스틴은 엘리의 진면목이 드러나기 시작했
구나, 꽃처럼 피어나는구나, 곧 개도 키우겠구나 생각했다. 그
녀는 배터시 유기견 쉼터 홈페이지를 북마크했다.

  대프니는 여전히 그들과 가까이서 만나거나 대화한 적이 없
다. 그들의 소통은 공동 현관의 협탁 위에 놓는 쪽지로만 이루
어진다. 그럼에도 다달이 염색약을 받고 둘에게 정원을, 전혀 돌
보지 않던 영토를 넘겨준 것이다. 그녀는 어린 시절 아버지의 호
박밭과 감자밭이 파헤쳐져 방공호로 바뀌고 그걸 형제들과 무
법자 소굴로 만들어 산적 털모자를 쓰고 종이 도끼를 휘두르며

뛰어다니던 캐닝타운 이후로 어디에서 살든지 자신의 영토를 돌본 적이 없다. 그녀는 정원이라는 걸 볼 때면 전투기 공습에 대비한 가정 방공호, 요새의 기억이 망령처럼 떠오른다.

이제는 다른 종류의 죽음의 위협 아래서 대프니는 자신의 필멸성을 느낀다. 이 괴상한 시대를 견디며 과연 내년 여름을 기약할 수 있을지 알 수 없다. 그리스의 섬들을 다시 볼 수 있을 거라 믿고 싶다. 그날이 언제가 될지, 해외여행의 문이 언제 열릴지 알 수가 없는 것이다. 하지만 그녀가 노리스에게 잘해주면, 모든 면에서 좋았던 지난날의 추억을 환기시키는 정말 사랑스러운 편지를 쓰면, 여름 여행을 한번 갈 수 있을지도 모른다. 노리스는 이따금 스미슨 노트에 편지를 써 보낸다. 지난 크리스마스 이후로는 받지 못했는데, 그때 그는 존과 요코처럼 침대에 함께 있는 둘의 모습을 스케치해 보냈으니, 아무것도 잊지 않은, 여전히 옛정을 느끼는 것이다. 이 집의 월세도 노리스가 낸다. 앞으로도 늘 내겠다고 그랬다. 그녀는 계속 돌봄을 받을 것이다. 그녀는 걱정하지 않는다.

그래서 대프니는 결심했다. 죽음과 공포로 그늘진 사악한 골짜기를 모두가 지나고 있는 이번 여름에게서 얻어낼 수 있는 모든 것은 다 얻어내기로 말이다. 남프랑스를 연상케 하는 제라늄 화분들에 이어 탁자도 하나 나타났고 파라솔 하나가 거기에 그늘을 드리웠다. 그녀는 공책을 꺼내 회고록을 써나간다. 벌써 몇 년째 마음먹어온 것으로, 한 재산 벌어다줄 게 분명하니 더 이상 늙은 대머리 노리스와 그의 감상적 추억이 필요 없어질 거라 믿는다. 반즈에 있는 그의 집에서, 불룩한 배와 자족

적 미소의·눈을 감은 부처상 옆에서 함께 보낸 밤을 들먹이며 그에게 알랑거려야 하는 의무에서 해방될 거라 믿는다.

노리스는 60대 말에 태국에서 영적 각성을 경험했다. 대프니도 깨닫기를 바라며 불상을 하나 주려 했다. 그 길을 따르면 평화와 고요가 늘 함께할 거라고 했다.

하지만 대프니는 대꾸했다. "나 그런 데 관심 없는 거 알잖아. 난 대공습 속에서 태어난 사람이야."

"어쨌든 받아. 미래는 어떻게 될지 모르니까."

대프니는 불상을 집으로 가지고 왔고 결국 부엌 전자레인지 위에 자리 잡았다. 거기서 불상은 평온한 미소를 지으며 청구서와 우편물을 눌러두는 문진이 되었다.

커플이 사는 꼭대기층 창에서는 달빛 속에 뒹굴며 뛰노는 아이들 같은 여우 새끼들이 보였다.

"너무 귀엽다." 엘리가 말했다. "내려가서 먹이 주자. 길들일 수 있을 거 같아."

"개 아닌 개처럼 말이야?"

"정말 개랑 비슷해 보여. 같은 종 아니야?"

"나도 몰라. 검색해볼까?"

"그래."

그가 전화기를 꺼냈다.

위키피디아의 여우 항목을 훑어보다가 켈트족 신화에서 여우가 현명하고 교활한 책략가로, 새로운 상황에 적응이 뛰어나기 때문에 빠르고 전략적인 판단력의 상징으로 그려진다는 점을

배웠다. 인간으로 변할 수 있는 변신술사이기도 해서 2족 보행
과 4족 보행을 넘나들며 온갖 곳에서 은밀히 활약할 수 있다.

"그거 봐. 그리고 새끼들은 착해." 엘리가 말했다. "개랑 비슷
한 거야. 난 꼭 저 애들에게 먹이를 줄 거야. 어제 저녁에 남긴
닭 있잖아, 네가 더 안 먹을 거면 그거 줘야겠다."

대프니는 어릴 적 이야기를 이미 썼다. 아버지, 고아원에서
자라 철도국에서 일하게 된 소년, 그리고 어머니, 데본 시골에
서 상경해 작업복을 입고 토끼 가죽을 벗기던 소녀에 대해서.
모패트 가족과 프리보디 가족에 대해 아는 만큼 썼다. 대프니
에게도 그림 동화 이야기처럼 예스럽고 믿기 힘든 회고담이긴
했다. 하지만 실제 있었던 일이다. 그래야 했다. 지어낸 이야기
여서는 안 되니까.

"나는 원래 섹스를 잘했다." 그녀는 쓴다. "재능이 있었다. 열
정적인 사람이어서 그랬던 것 같다. 즐기기도 했다. 즐겁지 않
을 이유가 없었다. 특히 뭔가 문제가 있어서 임신이 안 됐기에
운도 좋았다. 난관 수술을 하면 된다고 했는데 어쨌든 그런 건
사절이었다. 나는 불사신 같았고 자식 놈들 걱정도 없었다. 그
시절에 나는 눈에 띄는 여자였고 모두가 나를 원했다. 그리고
나의 미모는 남들보다 훨씬 오래 갔다."

킹스로드의 패즌트리라는 클럽에서 지낸 저녁들, 즐겁고 충
만했던 시간들. 노리스, 소매에 왕관 문양이 새겨진 셔츠를 입
은 그를 처음 만난 곳. 너무나 세련되고 친절하고 술에 절어 있
던 그, 그리고 20년도 넘게 만나보지 못해도 여전히 말씨만큼

이나 선량한 마음씨로 그녀를 돌봐주는 그. 반즈의 구불구불
한 갈색 강 옆에 있는 호화로운 저택에 사는 노리스. 벽마다 불
상 놓는 자리가 있고, 아이처럼 그녀에게 자랑하던 '우표첩'들.
그러면 그는 뽐내듯 "나의 '우편 역사 모음집'이라니까" 하고 그
녀의 단어를 교정했다. 아, 남자들의 취미란. 옛날 그림에 나오
는 익살맞게 생긴 아기 천사처럼 보조개가 파이고 모호할 때
도 있지만 언제나 정직한 그. "자기랑 결혼해서 자기를 침대에
두고 초콜릿을 먹이며 그 매혹적인 두뇌를 하루 종일 엉망으로
만들고 싶어. 하지만 난 후계자를 만들어야 하거든. 우리 상류
층 못난이들은, 택시도 겁나서 못 타는 놈들은 계속 독신으로
지낼 수 없어. 가문의 역사와 의무에 고개를 조아려야 하지.

   "너랑 결혼이라고? 난 그런 여자가 아냐." 결혼은 셔츠를 다
리고 냄새나는 양말을 줍고 뜨끈한 식사를 준비하며 남편의
퇴근을 기다리는 것이었다. 그러다가 그 곁을 지키는 게 지겨워
죽을 지경이 되면, 늘 우렁각시가 대신 치워주는 걸 당연히 여
기는 놈팡이의 하녀 생활에서 줄행랑치고 싶어지겠지.

   "너그러이 이해해줘서 고마워. 내가 물론 침대에서 믹 재거
는 못 되지만, 우리가 서로 다른 처지일 수 있음에도 불구하고
네가 나를 끔찍하게 행복하게 만들어준다는 걸 너도 아는 거
겠지."

   "나 믹 재거랑 자봤어. 믹 재거도 침대에서는 믹 재거가 아니
었어."

   "아이고, 애야, 여우들한테 먹이를 준다고? 그게 정원 가꾸

기와 양립 가능하다고 생각해?" 엘리의 어머니가 말했다.

여자친구의 편도, 그녀의 어머니 편도 들기 곤란한 저스틴이었다. 의리를 생각하면 엘리의 편을 들어야 했으나 현실적으로는 나이 든 여자의 말이 옳다고 생각했다. 이미 쓰레기통에 들어갔던 음식물 쓰레기가 헤집어져 화단에 나뒹굴고 있었다. 새 식물을 파낸 흔적도 두세 군데 보였다. 여우 똥 덩어리들에 공격적인 검은 파리가 들끓었다. 에덴의 정원을 북실북실한 꼬리 동물들이 망가뜨렸다. 두 사람이 찾아 읽은 켈트족 신화는 명목뿐이었다. 여우들이 마련한 홍보 책략이었다.

저스틴이 여우 억제 대책을 찾아보았다. 수컷의 오줌이 그들을 몰아낸다고 한다. 하지만 그는 제라늄 가운데 서서 음경을 꺼내 놓고 소변으로 땅을 적실 엄두가 나지 않았다. 분명 그 혼자 사는 노부인이 지켜볼 텐데. 그녀가 남자에 대해, 남자의 신체 부위에 대해 어떤 태도를 보일지 누가 알겠는가. 경악을 할까, 전율을 할까?

대프니는 밤에 산책하면서 여우들을 봐왔다. 텅 빈 거리들로 그녀를 따라오며 두려워하지 않는 여우들을, 더 이상 무서울 게 없는 여우들을 보았다. 지자체의 가정용 쓰레기통을 넘어뜨리고 뚜껑 걸쇠를 연 다음 썩은 음식물을 뒤지는 모습을 보았다. 도로를 굴러다니는 썩은 토마토와 곰팡이 핀 빵도 보았다. 그녀에게는 컴퓨터도 스마트폰도 없어서 여우의 문화사도 찾아보지 못하고 도서관들은 모두 문을 닫았다. 그녀처럼 여우들도 한밤의 산책자고 그녀는 여우들을 참을 수 없다.

노리스는 여우를 사냥하는 남자였다. 그녀에게 옛날 사진을 보여준 적 있었는데, 그가 주홍 외투를 입고 말을 타고 있었다. 그는 퉁퉁하고 게을러 보이지 않고 키가 크고 강건해 보였다. "대단한 아침 외출이었지!" 그가 말했다. "정말 재미있었는데. 당신도 좋아했을 거야. 승마를 할 줄 알았더라면 말이야. 하지만 그러려면 캐닝타운에서 자란 어린 시절을 포기해야 했을 테니까."

더운 밤에 창문을 열어두면 여우들의 소름 끼치는 울음을 들을 수 있다. 마치 고문당하는 인간 아기 울음소리 같다. 여우 오줌 악취도 난다. 계속 이런 식이면 이 정원은 다시 그녀 손에서 벗어날 것이다. 그리고 인정하자. 그녀처럼 늙은 나이에, 모든 것이 폐쇄되고 형편없을 때, 꽃이 있는 정원은, 달콤한 향이 나는 정원은 회고록을 쓰기에 그렇게 나쁜 곳이 아니다.

그 여자애가 나와서 그 야생 동물들에 먹이 주는 것을 보았다. 대프니는 그 여자애에게 그러지 말라고 메모를 남겼다. 여자애는 답장을 남겼다. "아, 하지만 작은 새끼들이 자리를 잡을 때까지만이라도요."

야외 탁자 아래서 냄새를 풍기는 곰팡이 핀 커리 포장 용기도 발견하고 다시 쓰레기통에 넣어야 했다. 여우들이 끄집어냈던 것이다. 젠장, 이건 그녀의 정원이지 쟤들 것이 아니다. 하지만 쟤들을 무시하면 그녀의 머리칼은 어떻게 될 것인가?

식료품 쇼핑과 매일 달리기를 제외하면 외출을 하지 않은 지도 석 달이 되어간다. 엘리와 저스틴은 서로 신경을 긁기 시작했고 여우에게 먹이 주는 문제도 거론되며 그들 관계의 피부

아래 악성 종양이 되었다.

"문제는." 엘리가 말한다. "정상적인 생활의 루틴을 만들 기회가 우리한테는 없었다는 거야. 모든 게 너무 인공적이야. 어떻게 이렇게 거의 하루 종일 실내에서만 살겠어. 은퇴한 사람도 아니고 말이야."

임대차 대리인은 그녀와 대면할 필요가 없다고 생각했다. 신의 뜻이라면 인샬라……. 그는 편지를 써서 우표를 붙인 후 우체통에 넣었다. 그녀가 전화를 걸어올지도 모르지만 그는 전화기를 귀에서 멀리 떨어뜨려 고함 소리를 피할 수 있었다. 지난 4월에 노리스가 죽은 후 그의 애인들은 정리될 것이고 더 이상 월세는 지원되지 않는다는 신탁 회사의 통보가 있었다. 대프니는 두 달 치 월세가 연체되었고 키프로스 섬나라의 집주인은 즉각적 지불을 요구했다.

다양한 시대에 다양한 육신으로 대프니는 스스로 삶을 꾸려왔다. 백화점 침구 판매원, 이비사섬의 호텔 청소원, 부유한 숙녀들의 하녀 겸 몸단장 담당 등. '방탕한 테리'와 함께한 좀도둑 시기에는 수천을 운 좋게 벌어 전부 써버리기도 했다(어디에 썼는지는 기억이 안 난다). 야외 경기장 공연들에서 기념품을 팔던 경험은 지금까지도 늘 떠올리는 특별한 추억이다. 가끔 늙은 매니저들이 그녀를 기억한다. 찬란한 나날들이었다.

대프니는 임대차 대리인의 편지에 답장하지 않았다. 누가 물어보면 다음과 같이 대답했을 것이다. "그에 대해서는 말하고 싶지 않아." 회피하면 사라진다. 그녀는 현실로부터 멀어졌다. 거세게 대처해야 하는 때지만, 미래를 돌보아야 하는 때지만, 흘러가는 대로 놓아두었다. 정원에 물을 주며 자연의 성장을 지켜보며 지냈다. 젊은것들이 무슨 짓을 하든 내버려두었다.

그러면서 무슨 일이 일어난 듯 대프니는 자신을 잃어버렸고 예전의 본인으로 돌아가는 법을 알 수 없어졌다. 권태와 피로의 부패가, 순간에 충실한 삶이 그녀에게서 뭔가 본질적인 것을 앗아갔다. 꽃의 성장을 지켜보다가 그녀라는 존재의 핵심을 빼앗겼다. 그녀는 부드럽게 뒤흔들리며 시간을 통과해나간다. 민들레 솜털 덩어리가 위로 불려 올라가 정원 울타리를 넘어가는 궤적을 그녀는 지켜본다. 그것이 기원하는 간절한 소망을 지켜본다.

그녀는 자신을 되찾으리라 기대하지 않게 되었고 마침내 불량 수표처럼 무효화되고 공허해졌다.

그녀는 담배를 피우고 밤에 거리를 산책한다. 낮이 점점 길어지고 밤은 후퇴 중이다. 여우들의 긴 적갈색 몸체에는 두려움이 없다. 여우들은 마녀의 영물, 그녀의 영물이니까. 그녀는 여우들의 주택가 쓰레기통 공격을 지켜본다. 여우들이 도시를, 시민의 장소들을 점령했다. 말 등에 탄 노리스도 이런 침입자들에게는 어쩔 수 없을 것이다.

그녀는 자신이 살아남은 자라고, 회고록을 마쳐야 한다고, 모두를 거명하고 치부를 까발려서 한몫 벌어야 한다고 생각한다. 그저 단호히 의자에 엉덩이를 붙이고 버티면 될 뿐이다. 결국엔 다 좋은 결과로 나오리라.

맨 위층 창문에서 엘리가 그 사건을 목격했다. 노부인이 뒷
문으로 나와서 뭔가 끄적인 종이 약간과 펜을 탁자에 놓는 걸
보았는데, 뒷문으로 다시 들어가서 커피를 가지고 나오면서 잔
디를 밟다가 고개를 숙여 발밑에 깔린 여우 똥 덩이를, 카우보
이 부츠가 더럽혀지고 냄새나게 된 것을 보았다. 정원을 둘러
보자 그 여우 새끼들이 울타리의 어느 구멍에서 나와 둘러보면
서도 태연자약하니 무서운 기색도 없었다. 그러자 노부인이 다
시 뒷문으로 들어가서 오른손에 뭔가 들고 나왔다. 그 말라비
틀어진 팔을 길게 휘둘러서 여우 새끼 중 한 마리를 명중시켜
죽였다. 잔디 위에서 깨진 그 작은 머리를 타격한 것은 태국에
서 온 청동 불상의 미소 띤 얼굴이었다.

휴전의 시기는 종말을 맞았다. 전쟁이 재개되었다. 어울리지
않는 이웃들 사이에는 그게 자연스러운 형세다. 동물 학대 방
지 협회에서 방문해 여우 새끼 사체를 수거했다. 대프니는 경
고를 받았다. 여우는 해로운 동물이 아니니 막 죽여선 안 된다.
보호 대상 동물이고 쓰레기를 주워 먹거나 돌아다니면서 살
기 본권을 가졌다.

하지만 그들은 이상한 시대를 지나가고 있었다. 모두가 날이
서서 신경줄이 한계까지 늘어나 있었다. 뭔가 끊어지게 돼 있었
다. 이런 경우 기소를 당하지는 않지만 경고 조치는 받았다. 자
연 세계 및 그 무법의 방랑자들과 화해하라는 것이었다. 그들이
떠나고 대프니는 정원에 남겨졌다. 어미 여우가 울타리 앞에서
낑낑대며 남은 유족이 피와 죽음과 공포의 냄새를 피웠다.

공동 현관 입구에 더 이상 염색약 상자가 놓이지 않았다. 엘

리는 엄마에게 전화로 말했다. "불쌍한 털북숭이들 때문에 눈물을 한 바가지 쏟았어. 어떻게 그런 짓을 할 수가 있지? 무슨 생각을 하고 살면 그럴까? 윽, 그 냄새랑 파리랑, 아니 그 끔찍한 부츠는 좀 닦으면 되잖아."

대프니의 머리에서 스컹크의 흰 줄무늬가 다시 나타난다. 머지않아 그녀는 거울에 비친 자신을 알아보지 못할 것 같은 기분이 된다. 하얗게 세고 파리한 그녀는 빛의 셀레스트가 되어 간다. 킹스로드 위를 둥실 떠가는 유령 같은 천상의 존재가 되어간다. 그녀는 거기로 돌아가야 한다고 생각했다. 누가 나를 알아볼 거라고, 기억할 거라고. 죽은 여우 새끼는 그녀의 양심에 걸리지 않는다. 오히려 반대로 복수의 천사가 된 기분이다. 그녀는 타고난 런던 사람이다. 이 도시가 그녀의 유산이다. 여우가 돌아다니는 지역들에서 온 침입자는 도시에서 일소되어야 한다. 그렇게 할 힘이 그녀 안에 있으며, 마침내 이번에는 그녀가 대공습의 폭풍이 되어간다.

_____ 린다 그랜트Linda Grant

네 권의 논픽션과 아홉 권의 장편소설을 썼다. 『또다시, 내가 누구인지 상기시켜줘Remind Me Who I Am, Again』로 마인드 북 상을, 『내가 모던 타임스에 살았을 때When I Lived in Modern Times』로 오렌지 상을, 『낯선 도시A Stranger City』로 윈게이트 문학상을 받았고 『등에 걸친 옷The Clothes on Their Backs』으로 맨부커상 최종 후보에 올랐으며 사우스뱅크 쇼 상을 받았다. 최근 장편소설 『숲 이야기The Story of the Forest』가 출간되었다.

예지몽의 전사

키분두 오누조

워리어

'전사'라는 뜻으로, 여전사amazon나 여장부virago와 달리 주로 남성을
지칭하는 단어다.

WARRIOR

우리가 결혼한 지 4년이 되던 해 라피도스는 두 번째 아내를 들이기로 결심했다. 두 번 결혼하는 건 우리 마을 남자들에게 드문 일이 아니었다. 세 번도 그랬고 그러다가 혼인한 여자가 셀 수 없어졌다. 하지만 라피도스와 나는 그런 남자들을 비웃었다. 줄줄 새는 술 주머니 같은 남자들이 꼼짝 않는 여자들에게 씨를 뿌리는 거라고. 그럼에도 나의 남편이 우리 천막에서 몸을 굳힌 채 나에게 말하는 날이 왔다. "아들을 낳아야지, 데보라. 나는 다른 여자를 얻어야겠어."

시아버지의 입김이 닿은 일임을 느낄 수 있었다. 아히에제르는 예전부터 나를 싫어했다. 내가 너무 키가 크다고 생각했다.

"먼저 식사를 하도록 해." 나는 남편에게 말했다.

그의 몸에서 그가 키우는 염소 냄새가 났다. 나는 그의 얼굴, 팔, 발을 씻기고 머리에 기름을 발랐다. 빵과 양고기 스튜를 먹인 다음 그의 머리를 내 무릎에 뉘었다.

"그래서 내 남편은 젊은 시절 얻은 아내를 버리려고?" 내 어조는 가볍고 평이했다.

"버리는 게 아니야. 그저 여자 하나를 더해 우리 천막을 확대하는 거지."

나는 손가락으로 그의 턱수염을 얽으며 그의 턱을 쓸었다. "하지만 아담에게 두 번째 아내를 주지 않는 게 낫다고 엘티께서 생각했다면서. 당신이 자주 그랬잖아."

"나는 아담이 아니야. 우리 딸들이 태어난 건 감사하게 생각하지만 남자에게는 재산과 이름을 물려줄 아들이 있어야지. 아버지가 그랬어."

아히에제르의 참견 때문이 맞았다. 딸들에게 땅을 물려준 젤로파하드 가부장을 상기시켜줄 수도 있었다. 하지만 논쟁의 시간은 지났다.

"그럼 우린 이혼해야겠네." 내가 말했다.

남편은 내 허벅지에서 가시라도 돋은 듯 벌떡 일어났다.

"여자는 이혼을 요구할 수 없어."

"우리 천막에 두 번째 여자를 데려오면, 제발 떠나달라고 빌 지경으로 당신 삶을 끔찍하게 만들어줄 거야."

"협박하는 거야?" 라피도스가 물었다.

"약속하는 거지."

나는 눈싸움에서 늘 그를 이겼다. 그의 눈에는 너무 쉽게 물기가 어렸다. 그는 먼저 눈을 깜빡인 다음, 어깨가 떨리도록 웃었다.

"그럼 나는 다른 아내를 얻을 수 없네." 그가 말했다.

"이 아내를 두고는 안 돼."

그날 밤 그가 내 안에 들어왔고 우리는 첫아들 댄을 임신했다. 댄 다음에 나는 라피도스에게 세 아들을 더 낳아주었고 우리는 두 번째 아내에 대해 더는 언급하지 않았다.

어느 날 저녁 싸우던 부부가 나의 판결을 구하러 왔다. 부부는 너무 오래 언쟁을 해왔고 이제는 염소처럼 서로 머리를 들이밀며 싸웠다.

"그만, 내 아이들아." 내가 말했다.

"내 아들아." 나는 남편 쪽에게 말했다. "이제부터 잔칫날이 아닐 때는 술을 마시지 마라."

두둔 받은 아내 쪽 얼굴이 환해졌다.

"그리고 너, 딸아, 남자에게 말하는 법을 배워야겠구나. 쏘는 말을 하기 전에 먼저 달콤한 말을 하도록 노력해라."

남편 쪽 역시 미소 지었다. 둘 다 옳았고 둘 다 틀렸다. 그게 결혼의 생리였다. 나는 그들 머리 위에 각각 손을 얹었다.

"엘의 축복이 너희와 함께하리."

그들을 보냈다. 나는 염소 가죽 위에서 삐걱대며 일어서서 시종에게 손짓해 물 한 그릇을 가지고 오라고 했다. 아직 내 판결을 기다리는 이들이 있지만 태양이 졌고 내 처소로 가봐야 할 때가 되었다.

나는 이스라엘의 자손들이 데보라의 야자수라 부르는 나무 아래 법정을 차렸다. 종려나무 중에서 가장 큰 그루로 그 잎들이 가장 큰 그늘을 드리웠다. 나는 동틀 녘부터 해 질 녘까지 거기 앉아 이스라엘 자손들의 고민을 헤아리고 따졌다. 영역 다툼, 물 분쟁, 염소 분쟁, 그리고 물론 여자들의 문제까지.

나에게 먼저 판결을 부탁한 건 여자들이었다. 나는 대부분의 여자들보다 키가 컸고 대부분의 남자들보다도 컸으며 그런 나의 크기가 그들에게 뭔가 영향을 미쳤다. 나는 여자들의 언쟁을 중재했고 그 대가로 선물을, 내가 쓸 약초와 나의 목과 팔목을 위한 장신구를 받았다. 그러다가 그들이 아들과 딸들도 데려왔고 결국 그들의 남편들도 데리고 왔다.

초기에는 남편들이 내켜 하지 않았다. 라피도스의 아내가 남자의 일에 대해 뭘 알겠나? 하지만 내가 엘께서 준 재치를 사용하여 엉킨 문제들을 풀자 나의 소박한 조언은 데보라의 지혜가 되었다. 그 명성이 우리 작은 마을에서 이스라엘 전역으로 퍼져나가고 근래는 이집트까지 갔다. 이제 나는 이스라엘의 어머니로 알려졌다. 어릴 때 결혼한 남편과 함께 아직도 비좁은 천막에서 자는 여자에게는 휘황한 직책이다.

라피도스가 나를 기다리며 씻고 우리 저녁 식사를 준비해 두었다. 처음에는 나의 명성을 질투했다. '데보라의 남편'으로 알려지는 게 남자로서 받아들이기 쉽지는 않은 법이다. 하지만 그러면서도 점차 '이스라엘의 어머니'의 남편이 되는 이점을 즐기게 되었다. 대단한 남자들이 나의 자문을 구하러 오고 나에게 존경을 바칠 때는 나의 주인인 남편에게도 존경을 보이게 되는 것이다. 비록 전투에 뛰어나본 적 없는, 염소 치는 자일지라도 말이다.

우리는 한 끼 분량의 염소 스튜와 부풀리지 않은 빵 앞에 앉왔다.

"오늘은 무슨 일이 있었어?" 라피도스가 물었다.

"똑같지. 사람들은 싸우고 나는 화해시키고."

"듣자 하니 가나안 사람들이 전쟁을 하려고 모인다던데." 라피도스가 말했다.

"엘께서 우리를 보호하길."

이스라엘의 자손들은 열두 부족으로 나뉘어 있다. 우리는 강하고 독한 사람들이지만 하나의 지도자를 따르기는 싫어한다. 그래서 우리 땅을 무자비하게 습격하는 가나안 왕들의 공격에 취약하다.

"진정 엘께서 우리를 보호하길." 라피도스가 읊조렸다.

그날 밤 꿈속에서 엘의 말씀이 들렸다. 이런 꿈 때문에 이스라엘의 아이들이 나를 예언자라 부른다. 무엇이 엘께서 보낸 꿈이고 무엇이 그저 상상력의 방황인지 어떻게 구분하냐고? 엘께서 보낸 꿈이면 나는 엘의 목소리를 듣는다. 그리고 엘께서 보낸 꿈은 언제나 실현된다.

꿈에서 나는 어느 평원에 모인 이스라엘 군대가 가나안 대군과 맞선 모습을 보았다. 가나안 군대에선 강력한 시세라 장군이 앞에 나섰다. 무쇠 전차와 길게 땋은 검은 머리로 알아볼 수 있었다. 두 군대가 서로를 향해 진격했다. 누가 이스라엘의 아이들을 이끌었느냐고? 그자는 안개에 싸여 보이지 않았다. 그러다가 하늘에서 빛줄기가 그의 얼굴을 비추며 안개를 흩었다. 엘의 목소리가 또렷이 들렸다. "내가 그에게 승리를 주노니."

천막 밖의 울부짖는 소리에 나는 벌떡 깨어났다. 동이 트기도 전이었다. 이스라엘의 어머니를 호위하는 젊은 남자들이 천막 밖에서 자고 있었다. 그들 중 하나인 조라가 외쳤다. "누가 감히 이 시간에 우리 어머니를 방해하는가?"

"정의를" 어둠 속 목소리가 울부짖었다. "내 아이들을 위한 정의를 청하오. 나 역시 어머니이고 내 아이들이 살해되었소."

내 옆의 라피도스가 뒤척이며 깨어났다. "또 무슨 일이야?"

"다시 자. 내가 나가볼게." 나는 일어나 천막 밖으로 나갔다. 바깥은 달이 밝게 빛났고 조라가 한 여인을 가로막은 모습이 보였다.

"어머니께서 보기에 좋지 않을 듯합니다."

"어머니라면 겁내지 않고 보아야지. 물러서라, 아들아."

여인이 비틀거리며 나와서 팔에 안긴 것을 내밀었다. 머리 없는 아이를 나는 피하지 않았다. 내 팔에 시체를 받아 안았다.

"누가 이랬느냐, 딸아?"

"시세라의 부하들이었습니다. 무쇠 전차를 타고 왔어요. 정의를 원합니다, 어머니여."

"정의를 얻을 것이다. 조라, 이 여자에게 물과 음식을 좀 가져다주어라."

그러고 나서 우리는 아이의 시신을 씻기고 천으로 감쌌다. 흙은 흙으로 재는 재로 돌아가리라는 신성한 주문을 외우고 우리는 아이를 땅에 안치했다. 태양이 떠오른 후에는 조라에게 명했다. "아비노암의 아들 버락을 데려와라."

아비노암의 아들 버락은 우연히 혹은 엘의 섭리로 두각을 드러낸 농부였다. 몇몇 가나안 무리가 그의 농가를 습격했고, 버락과 그의 가족은 산으로 달아나는 대신 쟁기를 들고 싸워 가나안인들을 패주시켰다. 이 싸움에 대한 말이 퍼져 다른 남 자들이 버락을 찾아가 합류하고 그의 보호를 요청했다. 가나안 이 습격할 때마다 버락이 달려가 세불룬과 나프탈리의 사람들 을 지켰지만 그가 먼저 적들을 공격하지는 않았다. 비교적 평 화로운 때에는 자기 농지를 돌보고자 했다. 이상한 선택이었지 만 엘의 지혜에 의문을 제기할 자 누구인가?

　버락이 백 명의 남자를 이끌고 종려나무 군락으로 왔지만 나의 천막에는 두 명만 들어왔다. 그들은 가까이 와서 무릎을 꿇었다.

　"어머니여, 부르셨습니까."

　한담을 나눌 시간은 없었다.

　"주께서 말씀했네. 나프탈리와 세불룬 부족에서 만 명의 전 사를 소집해 타보르산으로 가라. 내가 자빈 군대의 시세라 장 군과 그의 전차, 전사들을 부를 것이다. 거기서 네게 승리를 주 리라."

　버락이 눈을 들어 나를 보았다.

　"시세라는 9백 대의 무쇠 전차를 가지고 있습니다. 저와 부 하들에게는 한 대도 없어요."

　"전에 시세라의 부하들을 쫓아내지 않았느냐?" 내가 물었 다.

　"그가 전쟁을 하려 군사를 모으지 않았을 때입니다. 우리는 패싸움에서 이겼지 전쟁에서 이겼던 게 아닙니다, 어머니여."

버락은 겁쟁이가 아니었다. 그의 판단은 정확했다. 가나안 인들에게는 우월한 병장기가 있으니 버락과 같이 조심성 많은 장군은 탁 트인 평야에서 그들과 맞서려 하지 않을 것이다. 하지만 엘의 목소리에 버틸 무쇠 전차들이 있을까?

"엘께 의심을 품느냐?" 내가 물었다.

"의심을 품는 것은 아니지만……." 버락이 말을 하다가 입을 다물었다.

"편히 말하라, 내 아들아."

"예전의 판관들은 이스라엘의 자손을 전쟁터로 부를 때 함께 전장에 나섰습니다."

선대 예언자는 모두 남자였다. 케나스의 아들 오스니엘은 아람 왕과의 전쟁에서 싸웠고 게라의 아들 에후드는 모아브 왕의 배에 단도를 꽂았다. 아나스의 아들 샴가르가 소몰이 막대 하나로 6백 명의 팔레스타인 사람을 죽인 적도 있다.

"가겠습니다." 버락이 말했다. "하지만 당신도 함께 가야 합니다, 어머니여."

그는 꾀바른 지휘관이었다. 남자들이 왜 그를 따르는지 알 수 있었다. 그는 나를 자신의 덫으로 상냥하게 이끌었다. 거부하면 정작 내가 엘께서 그에게 주실 승리를 못 믿느냐고 할 것이다. 하지만 여자인 내가 어떻게 전투에 나서겠나? 그날 아침 내가 묻은 시신이 떠올랐다. 다시는 동틀 녘을 보지 못할 아이를.

"알겠다." 내가 대답했다. "나도 너와 함께 가리라. 하지만 이번 모험에서 너는 영예를 얻지 못할 것이다. 시세라와 싸운 주의 승리는 여인의 손에 떨어지리라. 내일 아침 떠나자. 나도 가족에게 작별을 고해야겠구나."

"말씀대로 따르겠습니다, 어머니여." 버락이 말했다.

라피도스가 염소들을 끌고 나왔다. 아버지를 대신해 염소 떼를 돌보겠다고 우리 아들들이 한참 말했지만 라피도스는 그 동물들을 거의 우리 아이들만큼이나 사랑했다.

"나도 버락과 함께 전쟁에 나가야 해, 나의 주인이여." 내가 라피도스에게 말했다.

"이건 또 무슨 어리석은 짓이지?"

"내가 가지 않으면 버락도 안 간다네. 버락이 안 가면 가나안 이 이스라엘의 아이들을 짓밟으러 올 거야."

"하지만 당신은 전사가 아니잖아, 데보라. 검도 들지 못하는데."

"아이를 일곱이나 낳았어. 각각이 전투였지. 엘께서 산실産室의 나에게 승리를 주었어. 이번에도 승리를 주실 거야."

"내가 거부하면?" 라피도스가 물었다. "당신의 남편을 거역할 텐가? 나 역시 이스라엘의 어머니에게 무릎을 꿇어야 하나?"

자존심 없는 남자와 결혼한 것은 아니었지만 그날 밤, 뜻밖에도 전쟁에 끌려가게 된 상황 앞에서 나에게는 더 이상 라피도스의 자존심을 챙겨줄 힘이 남아 있지 않았다.

"난 무서워. 전쟁에 나가고 싶지 않지만 나가야만 해."

"그러다 죽으면 어쩌고?" 라피도스가 물었다. 나에게 다가

와 손바닥으로 내 얼굴을 감쌌다. "그럼 나는 어떻게 하란 말이
야?"

"그럼 두 번째 아내랑 결혼할 수 있겠네."

그가 미소 지었다. "고집 센 여자 같으니라고. 내 염소들만큼
이나 고집불통이지."

그날 저녁 우리 아이들이 와서 나에게 작별을 고했다. 다들
결혼해서 자기 천막으로 떠났던 아이들이다. 제각각 내 어리석
은 결심을 되돌리려 설득했다. 하지만 나는 아비가일에게만 조
금 흔들렸다. 그녀는 나의 장녀이고 나와 가장 닮았다. 다른 아
이들은 전장에서 펼쳐질 장면을 묘사하면서 나를 겁주려 했다.
그에 대해서 나는 똑같이 답했다. "엘의 뜻이 이루어지길."

그런데 아비가일은 '내가' 해야 할 일을 상기시켰다. "남자를
죽일 수 있겠어요, 어머니?"

"안 그래도 될지 몰라."

"할 수 있을지도 모르죠." 내 말을 듣지 못한 것처럼 아비가
일이 말을 이었다. "어머니는 대부분의 남자만큼 키가 크고 강
하니까. 우리가 어릴 때 댄은 분명 어머니의 오른손 힘을 느꼈
을 거야. 하지만 어머니, 시세라처럼 사악한 남자라고 해도, 사
람을 죽이고 싶어요? 한 생명을 이 세상에 탄생시키는 일이 어
떤 건지 아는 분이?"

우리는 다음 날 새벽에 길을 떠났다. 버락이 수레를 제공했
지만 나는 순한 암말을 타고 갔다. 남자들이 자기들 가운데 내

가 있는 모습에 익숙해져야 했다. 내가 불운의 상징이라고 하는 자들도 있었다. 내가 엘의 가호를 나타낸다고 하는 자들도 있었다.

이스라엘의 마을과 도시들을 통과해 지나가며 우리가 시세라와 싸우러 가는 것을 알고 대의에 합세하는 자들도 있었다. 우리 수는 1백에서 2백, 5백으로 불었고 세불룬과 나프탈리 땅에 도착하자 대군이 되었다.

나는 서로 다른 부족들의 특색을 비난하지 않는다. 결국 나는 모든 이스라엘의 어머니다. 하지만 세불룬과 나프탈리 사람들이 유독 사납다. 좀 난폭하다. 세불룬 남자와 싸우려면 목숨을 걸어야 한다는 말이 있을 정도다.

일견 길들이기가 불가능해보임에도 버락은 그들을 길들였다. 이스라엘에 왕은 없지만 버락은 세불룬과 나프탈리 부족의 왕이나 마찬가지다. 부족의 여자들이 탬버린을 들고 우리 앞에서 행진했다. 우리 가는 길에 꽃을 뿌리고 버락을 위한 노래를 불렀다.

"위대한 전사 버락, 왼손으로 5백 명을, 오른손으로 1천 명을 벤다네."

말에 탄 버락이 등을 조금 더 세웠다. 그렇게 도시를 지나가면서 버락의 부하들이 외쳤다. "이스라엘의 어머니가 세불룬과 나프탈리의 전사들을 불렀다. 누가 버락을 따라나설 것인가?"

수천이 따라나섰다. 젊은이들, 그들의 나이 든 형들, 숙부들과 아버지들도. 회색 수염이 나고 등이 굽은 남자들도 버락의 부름에 비틀비틀 모여들었다. 여름을 열 번이나 났을까 싶은 어린 소년들이 우리 깃발 아래 모여들었다. 나이 많은 남자들과 너무 어린 소년들은 돌려보내졌다. 소년들은 울며 돌아갔다. 내 손을 움켜쥐고 말했다. "어머니, 버락에게 부탁해 우리를 받아주세요."

나는 낮이나 밤이나 또다시 낮에도 버락 옆에 앉아 세불룬과 나프탈리의 남자들이 그에게 충성을, 시세라에게 복수를 맹세하는 모습을 지켜보았다. 5일 만에 우리 군대가 모였고 엘께서 승리를 약속한 키숀 강가로 행진을 시작했다.

1만 군사의 이동 소식이 빠르게 퍼졌다. 시골 지역을 지나가는 동안 가나안 정찰병들이 멀리서 우리를 관찰했다. 이 정도의 군세가 모인 건 수십 년 만이었고 우리 적들도 세력을 축적하고 있을 것이다.

군영에는 여자들도 좀 있었다. 군대도 먹어야 했으니 짐수레를 타고 우리를 따르며 동틀 녘과 해 질 녘에 우리의 식사를 준비했다. 가끔 여자들이 내 막사 주변에서 서성거렸다. 어린 여자들이 나를 경외해서였다.

"어머니, 남자들처럼 말을 타고 싸우시나요?" 한 여자가 말했다.

"남자들처럼은 아니란다." 내가 대꾸했다. "나 자신처럼 싸워야지."

버락이 나에게 검과 방패를 주었다. "사용할 일은 없을 겁니다, 어머니." 그가 말했다. "전투 내내 잘 보호 받을 테니까요. 그저 예방책입니다."

저녁에는 나의 호위대 대장인 조라가 검을 다루는 법을 가르쳐주었다. 오른손에 힘을 실어 검을 휘두르고 적의 일격을 방패로 막는 방법이었다. 열흘 만에 전사가 될 수는 없겠으나 최소한 목에 머리는 붙여놓을 수 있을지도 몰랐다.

행진을 시작한 지 열흘째 되던 날 해 질 녘 키숀 강가에 도착했다. 땅이 평평하고 강이 양쪽 군대에 말 먹일 물을 공급하니 교전지로 선호되는 곳이었다. 이곳에서의 승리가 결정적인 경우가 많았다. 키숀에서 지는 쪽은 참패하고 수년간 회복이 힘들 터였다.

우리가 도착하니 가나안 군대는 이미 모여 있었다. 음악 소리와 거친 웃음소리 등 야영지에서 흥청대는 소리를 듣자 하니 오래 기다린 듯했다. 그들은 무시무시한 전사였지만 규율이 부족했다.

대조적으로, 그날 밤 이스라엘 자손들 군영에는 침묵이 감돌았다. 많은 남자가 나의 막사에 들렀다.

"어머니, 축복해주세요."

나는 하나하나 축복해주며 몇몇은 다음 날 일몰을 보지 못하리라는 점을 되새겼다. 버락도 왔다.

"어머니, 여자들과 후방에 계셔도 됩니다. 어머니가 선두에서 행진하는 것을 사람들이 보았으니 충분합니다."

"네가 말했듯이 판관들은 군대와 함께 전장에 뛰어들었지."

"그래요. 그리고 어머니는 여기까지 온 것으로 큰 용기를 보여주었죠. 그렇지만 내일 칼에 베이기라도 하면 이스라엘 전체가 나에게 등을 돌릴 것입니다."

버락은 나를 이런 덫에 끌어들이기 전에 그 점을 생각했어
야 했다.

"아비노암의 아들 버락, 나는 이 전쟁에서 싸울 것이다. 그것
이 나의 운명이다."

그날 밤 나는 라피도스를 떠올렸다. 그는 사람들 앞에서 작
별 인사를 하지 않으려 했다.

"전쟁터로 떠나는 남편을 배웅하는 건 여자의 일이야. 날 웃
음거리로 만들지 마, 데보라."

그래서 우리는 천막 안에서 인사를 나눴다.

"무사히 돌아와." 그가 말했다.

"엘께서 허락하면."

이스라엘의 어머니는 누가 축복해줄 것인가?

아침이 왔다. 군대가 일어나 무기를 갖추었다. 열을 맞춰 줄
줄이 나아갔고 버락과 내가 앞장섰다.

"이스라엘의 남자들이여." 버락의 목소리가 아침 바람에 실
렸다. "오늘 우리는 시세라를 꺾고 모든 이스라엘을 해방할 것
이다. 오늘 우리가 싸울 때 엘께서 승리를 주실 것이다."

병사들이 환호성을 질렀다.

"어머니, 말씀하겠습니까?" 버락이 나에게 작게 말했다.

엘의 성령이 내려와 나를 대담하게 만들었다. 과거에 전투에
뛰어든 이스라엘 여성이 없었다는 게 무슨 상관인가?

"무기를 들어라! 오늘 주께서 시세라를 물리치고 우리에게
승리를 주실 것이다. 엘께서 우리 앞으로 나가신다." 모세의 누

나이자 가모장이었던 미리암의 노래가 떠올랐다. "주께 노래하라, 영광스레 승리하였으니. 주께서 말과 기수를 한꺼번에 바다로 던져버렸노라."

영창이 커졌다.

"주께서 말과 기수를 한꺼번에 바다로 던져버렸네."

병사들이 발을 굴렀다.

"주께서 말과 기수를 한꺼번에 바다로 던져버렸네."

병사들이 방패를 들었다.

"주께서 말과 기수를 한꺼번에 바다로 던져버렸네."

병사들의 목소리가 점점 커져 그 소리가 시세라의 군대에 닿고 그들의 소음을 삼켜버렸다.

버락이 내 팔에 손을 올려 정신이 돌아왔다. "이제 됐습니다, 어머니. 병사들은 준비됐어요."

나는 남자들을 보았다. 활시위에 당겨진 화살들 같았다. 궁수가 활줄을 놓기 직전이었다. 준비가 되었다.

버락이 뿔을 불었고 우리는 전진했다. 내가 첫 줄이나 둘째 줄은 아니었다. 버락은 나를 군대 중간에 배치해 전속 호위대 이외에도 병사들이 사방을 에워싸게 했다.

가나안인들이 첫 무쇠 전차 공격대를 보냈다. 바퀴 소리가 지축을 흔들었다.

"엘께서 나를 보호하길." 내가 중얼거렸다.

두 군대가 충돌하며 끔찍한 소리가 울렸다. 검들이 방패들에 부닥쳤다. 비명소리에 이어 비릿한 피 냄새가 터졌다. 내 말

이 안절부절못했다. 가나안인들이 점점 다가왔다. 그들의 전차
가 우리 전선을 뚫고 갑자기 들이닥쳤다. 전투용 분장을 한 그
들의 얼굴이 똑똑히 보였다.

"어머니를 지켜라! 호위대가 무너졌다. 어머니를 지켜라!" 누
군가 외쳤다.

내 말 아래서 가나안인 하나가 도끼를 위로 휘둘렀다. 나는
때맞춰 방패를 내렸다. 다리 쪽에 묵직한 타격이 가해졌으나
검을 든 손은 자유로웠다. 노출된 가나안인의 목을 베어냈고
놈이 쓰러졌다. 내 첫 살인이었다.

"어머니!" 조라, 내 호위대 대장이 소리쳤다. 소매는 뜯기고
얼굴은 피와 흙 범벅이 되었다. 우리는 계속 맞서 싸웠고 내가
두 놈을 더 죽였을 때 전세가 우리 편으로 바뀌었다.

가나안인들은 이렇게 격렬한 저항에 부딪칠 줄 몰랐다. 그들
이 겁박했던 이스라엘 사람들은 농부와 염소 목동들이어서 전
차 소리가 울리면 도망치기 바빴다. 하지만 세불룬과 나프탈리
의 남자들은 굳건히 버텼다. 어느 가나안인이 먼저 검을 내던
졌는지는 모르겠으나 오래지 않아 너도나도 몸을 돌려 달아나
기 시작했다. 엘께서 우리 적들의 군영에 공포를 심었다.

우리는 뒤를 쫓았다. 이런 때 사람을 죽인다는 건 끔찍한 일
이지만 입장이 바뀌어 우리가 도망쳤다면 그들이 우리를 죽였
을 것이었다. 눈에는 눈, 피에는 피. 조라가 나에게 창을 건네주
어 나는 그것을 세 놈의 등에 박았다.

우리는 땅이 피로 물들 때까지 죽였지만 시세라 장군은 눈
에 띄지 않았다. 뱀의 머리를 자르지 않는다면 새로운 머리가

자라날 것이다. 이스라엘 병사들이 흩어져 시세라를 찾았고 버락과 나는 말 등에 앉아 살육을 지켜보았다.

"오늘 승리는 여자가 가져갈 것이라 하셨죠, 어머니." 버락이 말했다. "그녀는 어디 있나요?"

"시세라가 죽을 때까지 승리는 완성되지 않는다, 내 아들아."

"군주시여!" 하고 어느 여인이 다가왔다. 그녀는 자그마했다. 내 어깨에 못 미치는 키였다.

"그래." 버락이 답했다.

"저쪽에 당신이 찾던 남자가 있습니다."

"네 이름이 뭐지?"

"나는 자엘, 켄 부족 헤베르의 아내입니다."

"나는 버락, 아비노암의 아들이다."

"그리고 나는 데보라, 라피도스의 아내다."

"압니다, 어머니. 저를 따라오세요."

우리 말들이 조심스레 그녀의 뒤를 따랐다. 그녀는 우리를 어느 참나무 아래 세워진 막사로 안내했다.

"이리 들어오세요." 자엘이 말했다.

막사 안에는 대장군 시세라의 시신이 있었다.

"어떻게 된 거냐, 딸아?"

"손목의 은팔찌로 놈을 알아보았습니다. 가나안 왕자가 차는 팔찌 아닙니까. 물을 달라기에 우리 막사로 들여 젖을 주고 재웠어요. 깊은 잠에 빠졌을 때 망치와 천막용 말뚝을 들고 살금살금 다가가 말뚝으로 관자놀이를 뚫고 땅에 박아버렸지요."

"두렵지 않았느냐, 딸아?"

"이스라엘의 어머니가 전투에 뛰어들 수 있다면 저도 한몫할 수 있죠."

버락이 쿡쿡 웃었다. "엘께서 이스라엘 남자들을 자엘 같은 여자들로부터 보호하길."

버락이 시세라의 시신을 밖으로 끌고 나가 뿔을 불었다. 병사들이 와서 버락의 발치에 있는 무시무시한 장군의 시체를 보고 환호성을 올리며 버락의 이름을 외쳤다.

내가 버락에게서 뿔을 가로채 모두 조용해질 때까지 불었다.

"시세라를 벤 자는 자엘이다." 나는 천막에서 자엘을 데리고 나와 이스라엘 남자들에게 보였다. 엘의 성령이 강력하게 나를 사로잡았고 나는 이스라엘 군사들이 듣도록 노래를 불렀다.

"여인 중에 가장 복된 자, 켄 부족 헤베르의 아내 자엘. 천막에 사는 모든 여인 위에 축복 받으리. 시세라가 물을 청하니 그녀가 왕족을 위한 그릇에 젖을 담아주었고 발효유를 가져다주었지. 그러고 나서 왼손에는 천막용 말뚝을, 오른손에는 일꾼용 망치를 들었네. 망치로 시세라의 머리를 쳐서 깨뜨렸지. 강력한 일격으로 꿰뚫린 관자놀이. 그는 박살이 나고 무너지고 그녀의 발치에 쓰러졌네. 그리고 그 자리에서 죽었지."

"그녀의 공과 승리를 부정하려던 게 아닙니다." 우리가 야영지로 돌아가는 길에 버락이 나에게 말했다. 우리 주변 땅이 온통 붉었고 흙은 피에 젖었다.

"그럴 수 없을 것이다. 개선 행진 때 그녀가 네 곁에 서리라."

"어머니 뜻대로."

"모든 이스라엘이 네가 세운 공을 노래할 것이나 역사는 또한 자엘을 기억해야 하리라."

"어머니 뜻대로."

———— 키분두 오누조Chibundu Onuzo

1991년 나이지리아 라고스에서 태어났다. 2012년 첫 장편소설『거미 왕의 딸 The Spider King's Daughter』이 베티 트라스크 상을 받고 2016년에는『웰컴 투 라고스 Welcome to Lagos』를 출간했다. 런던 대학에서 정책학으로 석사를, 킹스 칼리지에서 서아프리카 학생 조합에 대한 연구로 박사 학위를 받았으며 2021년에 비라고 출판사에서 출간된 작품『산코파 Sankofa』가 리즈 위더스푼 북클럽에 선정되었다. 인스타그램 @Chibundu.Onuzo

의자 속 악령

엘리너 크루스

쉬-데블

악마devil는 보통 남성으로 여겨지므로 여성인칭대명사 'she-'를 붙여
악마 같은 여자, 악녀, 독부를 지칭한다.

SHE-DEVIL

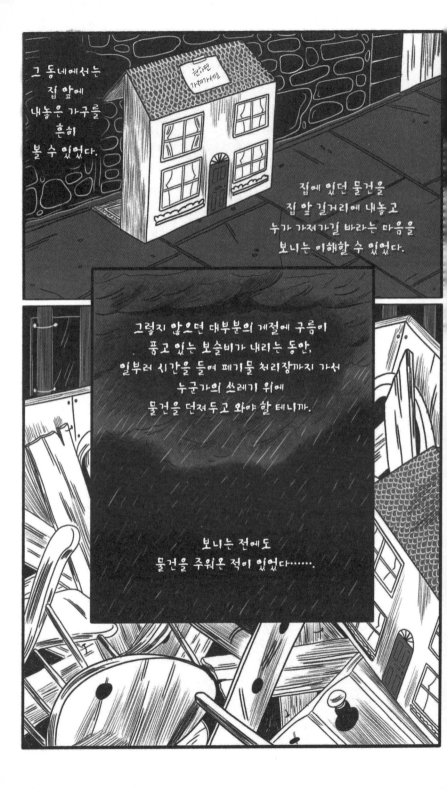

그 동네에서는
집 앞에
내놓은 가구를
흔히
볼 수 있었다.

원하면
가져가세요

집에 있던 물건을
집 앞 길거리에 내놓고
누가 가져가길 바라는 마음을
보니는 이해할 수 있었다.

그렇지 않으면 대부분의 계절에 구름이
품고 있는 보슬비가 내리는 동안,
일부러 시간을 들여 폐기물 처리장까지 가서
누군가의 쓰레기 위에
물건을 던져두고 와야 할 테니까.

보니는 전에도
물건을 주워온 적이 있었다······

음?

예전에
옆집 담 아래서
발견한
탁상등처럼.

각도 조절 방식의
탁상등이었는데

용수철이 낡은 탓에
조금 처져 있었다.

그 모습을 포기의 자세라고
보니는 상상해보곤 했다.

탁상등이 창문 밖으로, 어둑한 마당 건너편으로
구조신호라도 보내는 듯했다. 하지만 이런 사연이라면 너무 늦었다.

이전 소유자는
이미 커튼을 달았으니까.

탁상등과
달리……

……의자는
멀쩡했다.

보니는 의자를 가져오며 잘 단장한
고양이가 된 기분이었다.

그들의
눈빛을 질투라고
해석하며

지나가는 사람들의
얼굴을 보며

집에 잘 배치한 의자가 끌어당길 시선들을,
손님을 초대하면 나올 질문들을 상상했다.

"아 그 의자?
음……"

"그게……"

길에서
주워왔어.

19세기 의자일 수도 있었다. 주황색 목재와 과도하게 조각된 다리는 이후 양식들이라기엔 너무 의도적으로 느껴졌다.

인터넷을 뒤져 보니 20세기 중반 새로 만든 목재 틀에 복잡하게 엮은 좌석을 얹은 의자도 많았다.

이 의자가 훨씬 아늑해 보였다. 팔걸이를 한껏 휘어 폭 안기는 착석감을 주려한 게 분명했다. 등받이 중앙의 장식 기둥에는 열쇠 구멍이 뚫려 있었다.

등받이가 둥근 의자

1090 x 1090 px

첫날 밤 보니는
이 방 저 방
여기저기로
의자를 옮겨놔
보았다.

통화하던
어머니가
그러지 말라고 했다.

끙차

좀벌레가
있을지도 몰라.

고물 좀
그만 주워와.

이건
고물
아냐.

밖에 도로
내다 놔.

하지만
보니는 의자를
거실에 두기로
했다.

아침에 보니……

말라서 껍질만 남은
하얀 벌레가 의자 위에
놓여 있었다.

출근하러 집을 나설 때도
그 속삭임이 분명히 다시
들렸다.

여자 목소리.

보니

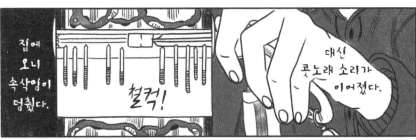

집에
오니
속삭임이
멈췄다.

철컥!

대신
콧노래 소리가
이어졌다.

집 안은 까맸다.
밤이 된 바깥보다
까맣고 추워서

보니는 자기 입김을
볼 수 있었다.

집 안
한가운데
의자가 놓여
있었다.

등받이가 보니 쪽으로
돌려져 있었지만
그녀는 볼 수 있었다.
열쇠 구멍에서, 열쇠 구멍의
얼굴 부분에서 솟아나온,
차가운 공기 속
그녀의 입김과
비슷한, 더운 숨결의
희미한 흐름을.
콧노래 소리가
더 커지고 거칠어졌으며
입김의 흐름이
그 소리에 맞춰
흔들렸다.

흠
흠흠흠흠음흠흠흠

딸깍

그날 밤 보니는
겨울옷과 신발을 보관하는
비좁은 벽장에 의자를 우겨넣었다.
그녀의 집에서 외부 빗장이 있는 건
벽장문뿐이었다……

철컥

……그래서
빗장을 걸었다.

보니가 아주 어릴 때
어머니에게
의자가 하나 있었다.
팔을 쉴
팔걸이도 없었고

등받이가 낮아서
기대기도 힘든 의자였다.

의자는
짙은 색 목재에
손때가 묻어

더욱 까맣게
반들거리고

차가운
느낌이었다.

어머니 침실
구석에 웅크리고
있던 그 의자가
야생 동물 같다고
보니는 늘
생각했다.

사냥 중인 동물,
동공이 확장되고 혀를 늘어뜨린 동물.

보니가 잘못을 하면
어머니는 보니를 그 의자에 앉혀
침실 문을 닫고
혼자 두었다.

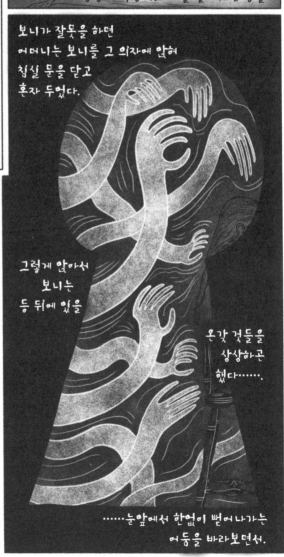

그렇게 앉아서
보니는
등 뒤에 있을

온갖 것들을
상상하곤
했다······.

······눈앞에서 한없이 뻗어나가는
어둠을 바라보면서.

결국 어머니가 돌아간 후에,

보니는
의자를
들고
집 밖으로 나가
공동 계단을
내려갔다.

쓰레기통을 놔두는
지하를 지나서.

길거리로 나갔다.

조용한 변화가를 끈질기게 지나, 날아드는 빗줄기에도 굴하지 않았다.
하얗게 움켜쥔 손아귀의 살갗이 의자에 달라붙었다.

마침내
폐기물 처리장 입구에 도착해서,

보니는 울타리에
의자를 기대어
내려놓았다.

그리고 돌아서
다시 집을 향했다.

그날 밤 보니는 다시 꿈을 꾸었다. 벌레들, 기어가는 벌레들이었다.

그리고 머리칼.

길게

은빛으로

빛나는

백발

실 같은 머리칼

어느 검은 방에
의자가 있었다.

목재는 살덩이로 이루어졌다.
살덩이가 긴 은백발 가닥들로 꿰매어졌다.

살덩이가 꿈틀거리며,
움직였다.

바늘땀들 사이에서 나오려
하얀 벌레들이 몸부림쳤다.

그리고
열쇠 구멍에서는······

······입 하나가
그녀를 보고 웃었다.

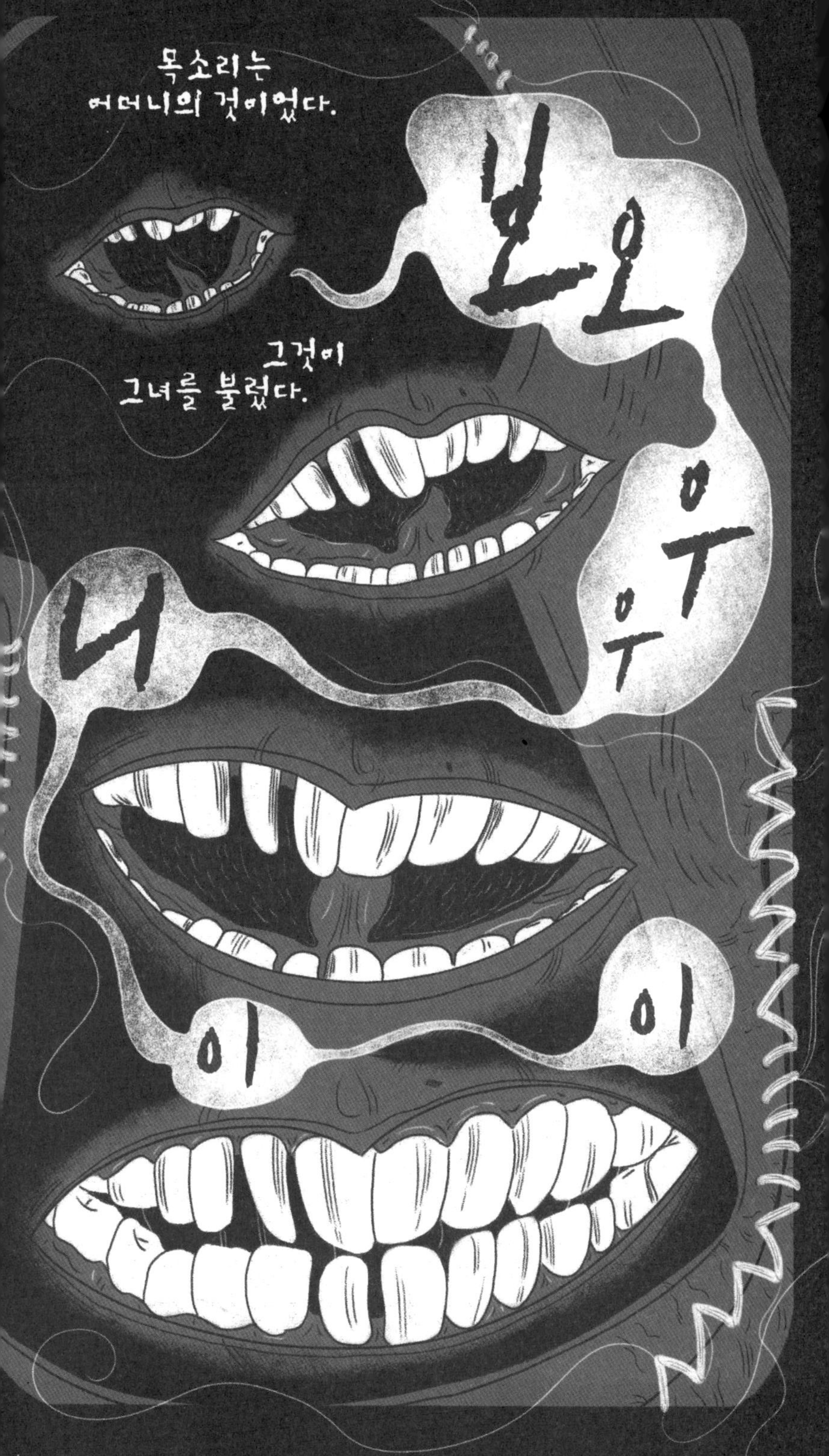
목소리는
어머니의 것이었다.
보오
그것이
그녀를 불렀다.
우우
너
이
이

눈을 뜨니 자신의 침대가 보였다. 텅 비고 헝클어진 침구와, 그 구겨짐이 만든 그림자가.

일어나 앉으려 꿈틀거리다 보니 손바닥에서 미끄럽고 축축한 목재가 느껴졌다.

잠옷이 푹 젖어 피부에 달라붙었다.

냄새도 났다…….
……비의 냄새가.

그 의자가 침실에 있었다.

그리고 보니는 거기 앉아 있었다.

보니는 의자에서 눈을 떼고, 문을 흘긋거린다.

보니

어디 있니?

보니

전화 받아

보니?

보니?

보니?

보니

소리는 계속된다.

하지만 이번에는 침실 안에서부터 메아리가 합세한다.

보니?

얇고 창백한 입술이 열쇠 구멍 가운데 떠 있다.
그녀의 이름인 보니를 부를 때마다 썩은 이가,
꿈에 나왔던 갈라지고 까매진 혀가 보인다. 얼굴을 감싼 은백발이 보인다.

어머니의 입이 미소를 짓고 어머니의 손이 보니를 향해 뻗어온다.

_____ 엘리너 크루스Eleanor Crewes

일러스트레이터이자 『내가 게이라는 것을 알았을 때The Times I Knew I Was Gay』와 『사고뭉치 마녀 릴라와 우리 집의 유령들Lilla the Accidental Witch and Ghosts in My House』을 냈다. 그녀의 책은 동인지와 손수 만든 만화책에서 시작되어 세계 여러 나라에서 출판되는 그래픽 회고록들, 청소년 판타지와 성인 호러물로 자라났다. 현재는 파트너와 북런던에서 산다. eleanorcrewesillustration.co.uk

홀아비 염탐꾼

수지 보이트

머크레이커

유명인의 추문을 캐내고 폭로하는 기자나 사람 등을 뜻하며 '소문꾼'
이나 '추문가'로 번역할 수도 있겠지만 '가십녀'나 '기레기' 같은 신조
어로도 옮길 수 있겠다.

MUCKRAKER

　　그는 충분히 슬픈가? 그녀가 궁금해하며 스테이크 위에 머
스타드를 바르는 그의 모습을 지켜보았다. 두 사람은 연휴를
맞아 스페인 발렌시아에 왔다. 하늘은 복숭아색, 오렌지색, 살
구색으로 열심히 불타며 장엄한 태양을 떠받치고 있었다. 작은
광장에는 얌전한 관광객 행렬이 조금씩 다시 돌아다녔다.

　　현대미술관 옆의 작은 식당 겸 술집의 먼지 낀 테라스에 니
나와 에드는 앉아서, 니나는 별생각 없이 마시고 에드는 스테
이크와의 전투에 뛰어들었다. 그가 회색 스테이크를 길고 얇게
썬 다음, 후추를 과격하게 갈아 뿌려서, 고인 핏물 위에 검은 알
갱이들이 파리처럼 내려앉았다. 그가 고기 조각들을 쑤셔댔다.
베니스에 갈 걸 그랬나…….

　　두 사람은 방금 콜라주 작품 전시회를 보고 나왔다. 그랬더
니 니나는 불현듯 모든 게 콜라주처럼 보였다. 올리브를 먹다
가 나온 울퉁불퉁한 돌맹이도, 하마터면 이가 깨질 뻔했는데.

단정한 토기 접시에 담긴 소금 묻힌 아몬드 아홉 개도. 그녀가
그냥 내버리지 못하고 탁자에 둔 하얗고 빳빳한 미술관 표 두
장도, 그 옆에 놓인 그녀의 더운 손에 얼룩진, 작은 와인잔에 담
긴 연둣빛 도는 화이트와인도. 진한 황금색 태양빛이 모든 것
을 귀중해 보이도록, 보석 가게의 물건들처럼 보이도록 만들었
다. 심지어 청소부의 쨍한 파란색 걸레와 들통까지도. 그 청소
용품에서 재스민 향이 나기에 그녀는 그 용기에 붙은 이름 '오
르나초'를 메모해두었다.

  그들이 방금 보고 나온 작품을 만든 영예로운 콜라주 미술
가는 자신의 모습을 일련의 작은 물품들 안에서 찾았다. 미니
탁구채, 1980년대의 숙취가 된 듯한 삐삐, 도끼, 플라스틱 장미
가 달린 빨간 하트 모양 초콜릿 상자, 이런 것들을 전부 붙여놓
은 누비이불, 상아색 공단으로 만든 오리털 이불은 일종의 자
화상이었다. 벼룩시장을 닮은 자화상.

  사람이 정말 슬플 때는 얼굴의 촉감이 바뀌곤 한다. 두터워
지면서 매끄러움을 잃으며 전체적으로 질감이 너무 빽빽해진
다. 순식간에 그렇게 될 수 있다. 때로는 24시간 이내에도. 슬
픔이 피부를 통해 번지며 피부를 거친 조직으로, 엉성하고 울
퉁불퉁한 직물처럼 만든다. 아니면 때로는 얇아지기도 한다.
뭔가 빠져나가거나 부식된 것처럼 푸른 기를 띤다. 피부가 겪은
모든 일 때문에 피가 표면 가까이로 움직인 듯하다.

  그녀는 아내 잃은 남자들의 얼굴을 들여다보는 일을 역사
시험 공부하듯 즐겼다. 아픈 감정을, 모진 괴로움을 드러내는
주름과 그림자를, 통렬한 고통이 섬세히 조율된 흔적을, 비참

과 상처와 회한의 증거를 들여다보았다. 혹은 이런 것들의 부재를 확인하고 살갗에 따귀처럼 쓰라림을 느꼈다.

"뭐죠?" 그들은 반응하곤 했다. "왜 그렇게 봐요?"

"겪으셨을 모든 일을 생각하니까, 그냥⋯⋯." 그녀는 말하곤 했다.

난 그저 너무 유감일 뿐이에요, 하고 세 번째 만남 후 니나는 에드에게 문자를 보냈다. 에드의 피붓결은 아무것도 보여주지 않았다.

괜찮아요, 하고 그는 답했다. 난 대체로 잘 지내요. 진짜로. 빗속에서 노래를 부르며 다시 행복해졌다고 외치는 그 옛날 영화랑 비슷할 정도라고요. 배경이 약간 비극적이긴 하지만.

그녀는 애도에 대해, 사별의 슬픔이 인간에 미치는 상해에 대해, 한때 탁월했던 분야에서 실패하게 만들고, 한때 사랑했던 것들에 대한 관심의 찌꺼기를 건져 올리려 애쓰며 흐리멍덩한 눈으로 살아가게 만드는 추모의 감정에 대해 커다란 경외심을 품었다. 그녀는 슬픔의 폭정에 대해, 사람의 에너지를 모두 빨아들이는 애도에 대해 잘 알았다. 빨아들인다는 말로도 부족했다. 강탈한다고나 할까? 노상강도처럼 다 내놓든지 목숨을 버리라고 요구한다. 그리고 상실의 비통함이 너무 황망해서 우리의 과대망상조차 넘어서는 이유는, 그것의 반만큼이라도 나쁜 게 있으리라고 꿈도 꾸지 못했기 때문에, 그래서 얼마나 끔찍한 게 찾아올 줄 몰랐기 때문일까?

그럼에도 그녀는 어떤 면에서 애도가 인간을 성장시키는지
그 방식에 대해 잘 설명할 수 없었다. 슬픔은 사람을 깊어지게
하거나 적어도 덜 경박하게 만들었다. 애도는 우리를 작고 외진
섬에 격리시킬지라도, 모든 것의 핵심에 데려다놓았다. 애도는
사람을 집중시켰다. 삶을 집중시켰다. 상실의 슬픔은 감정의 위
계에서 중요도가 높았고 사람을 묘한 방식으로 개방시켰다. 애
도에는 내력이 있었다.

니나가 에드를 만나기 전에 몇 달 만난 스티브란 남자는 밤
늦게 그녀에게 묻곤 했다. "난 왜 이렇게 엉망이죠?"

"완전히 자연스러운 일이에요. 게다가, 당신도 알겠지만, 지
금이 제일 안 좋은 때인걸요."

스티브는 처음 몇 주 동안 아내에 대한 말만 했다. 본인이 그
래도 된다고 생각하는 게 놀라웠지만 니나는 상관없었다. 재미
있게도 스티브의 아내 케이트가 그보다 훨씬 흥미로운 사람이
었다. 늘 니나의 관심을 끄는, 혁신적이고 독창적인 내면을 지
닌 보기 드문 사람이었다. 케이트에게는 수준 높은 인성이, 도
덕적 탁월함이 있었다.

케이트는 괴롭힘을 당해 무너진 십대들을 위해 일했다. 그
들을 재건시키고 인생을 더 살기 좋게 만들어주는 수단들을
다시 마련해주었다. 니나는 케이트의 강연 녹취록을 내려 받
아 읽어보고 특히 한 지점에서 감동을 받았다. 아이가 괴롭힘
을 받았다고 고백했을 때 보통 가장 도움이 안 되는 말 중 하
나가 주변 어른의 다음과 같은 질문이었다. "왜 괴롭힘을 당했

니?" 케이트는 이 질문이 아이에게 깊은 상처를 준다고 했다. '네가 잘못했기에 당했다'는 말로 들리는 것이다. 그러면 아이는 다음과 같이 대답하게 된다. "내 몸무게를 가지고 계속 놀렸어요……." 혹은 "집에서 아무도 내 옷을 빨아주지 않아요." 혹은 "엄마의 간질 때문에요. 한번은 학교에 오셨다가 발작이 일어났는데 사람들이 깜짝 놀랐어요."

다섯 번째 만났을 때 스티브는 분홍 셔츠를 입고 있었는데, 그는 케이트의 이런 사안들 전체가 불편했다고 고백했다. 왜냐하면, 비록 그가 학창 시절에 누구를 괴롭힌 적은 없지만 당시 냄새나던 한 아이가 있었는데 스티브도 주저 없이 지적한 아이였기 때문이다. 만날 때마다 계속 말이다.

"케이트에게는 말한 적 없어요." 스티브가 니나에게 말했다. "말했어야 했는데……."

사람이 살면서 후회할 모든 일 가운데 이런 것이 높은 순위를 차지해서는 안 된다고 니나는 생각했다.

스티브에게서 가장 흥미로운 면은, 사실상 유일한 흥미로운 면은, 2년간의 결혼 생활을 함께한 아내가 죽었다는 점이었다. 다른 면으로는 어땠냐고? 그는 금융계 종사자였다. 열렬한 등산가였고 열대 물고기로 가득한 번쩍이는 수조를 가지고 있었다. 헬스클럽도 자주 갔다. 크리켓에도 열심이었으며 채식을 해볼까 하는 마음도 있었다. 이런 면들은 조금도 니나의 흥미를 끌지 못했다.

이에 비해 에드는 좀 더 가망이 있었다. 꽤 재미있는 사람이었다. 관대했고 웃음도 많았다. 니나에 대해서도 질문을 했다. 무슨 말을 해야 할지 모를 땐 휘파람을 불었다. 귀엽게 피로해 보이는 게 특징적이었는데, 잠을 못 자서 피곤하다기보다는, 분명 그런 면도 있긴 했지만, 어떤 집이 낡았다고 할 때처럼 피로한, 한동안 방치되어서 관심과 돌봄이 필요한 경우처럼 피로한 상태에 더 가까웠다.

니나는 슬픔의 육체적 결과를 꼽아보기를 좋아했다. 사별한 사람들은 때로 목이나 팔뚝이나 뺨의 피부가 일었다. 심장이 신체 부위들을 다 붙잡아두기 힘들어해서였다. '애도에 의한 습진'을 검색해보았다. 실제 있는 질병이었다.

하지만 오늘 오후 발렌시아에서 자외선차단제와 로션을 잘 바른 에드의 얼굴은 매끄러웠다. 그의 애도에는 고상한 면이나 독창적인 특징이 없었다. 그의 애도는 신중했다. 그의 피부는 상실감에 침해당한 흔적이 없었다. 어쩌면 별로 괴롭지 않았는지도 모른다. 혹은 여러 영역에 걸친 외견상의 지위 때문에 애도할 자격을 빼앗겼다고 느끼는 걸까? 그것은 일종의 박탈이었다. 그랬다. 특권을 가진 사람들에게 애도는 어려울 수 있었다. 그들은 이기는 데, 세상 꼭대기에 올라서는 기분에 너무 익숙해서 상실감을 견디거나 처리할 수 없기 때문이다.

변변찮은 출신의 사람들, 힘든 시기를 견디는 용기와 능력을 자부하는 사람들 역시 애도를 낯설고 불가해하게 느낄 수 있다. 상실의 비통함으로 무너지지 않으려면 그럴 수 있다고 주변 사람들이 위로해준다고 해도 말이다. (진부하다시피 흔한 상황 아닌가.) 슬픔을 약점으로 생각한다면, 열등한 감정이라서 이해할 수 없다고 생각한다면, 가능한 현실로 잘 납득하지 못한다.

에드의 경우에 이런 요인 중 하나가 작용한 부분이 있는지, 니나는 알 수 없었다. 니나 앞의 건조한 밝은 갈색 눈동자, 코와 입과 살짝 그을린 뺨과 클라인 블루의 반소매 셔츠가 일종의 회피를 위한 콜라주였을까? 예전에 니나가 메시지를 "저기, 오늘 봐서 좋았어요. 하지만 쉬려고 노력해봐요. 애도는 중노동이니까. 육체적으로 힘이 들어요. 칼로리 소모도 실제 심하고!" 하고 보내자, 그가 즉시 보낸 답장은 한마디였다. "알았어요." 오늘 그의 피부는 스페인에서 보내는 순조로운 휴가의 색조였다. 좀 어이없지 않았나? 그는 어떤 상황에서도 흐트러진 점이 없었다. 다소 무신경하다고 해야 할지, 아니면 씩씩하다고 할지?

에드가 처음 아내에 대해 언급한 건 2주 전이었고 그는 다음과 같이 문장을 시작했는데, "내 아내였던 미란다는……" 머뭇거리며 중단했다가 더 이상 말을 잇지 못했다. 그걸로 끝이었다. 에드는 미란다의 취향 중 하나에 대해 말하려 했던 거라고 니나는 생각했다. 미란다는 방울 양배추를 냉장고에서 꺼내 그냥 먹었다. 사과처럼 간식으로……. 미란다는 크리스마스에 스케이트 타기를 무척 좋아했다, 하는 문장처럼. 하지만 그러지 않았다.

그리고 생소한 표현이었다. '내 아내였던'이라는 수식어가 니나에게는 이상하게, 지나치게 격식을 차린 어색한 표현으로 들

렸고, 그냥 '미란다가' 혹은 '내 아내가' 혹은 '내 아내 미란다가'
혹은 '나의 작고한 아내가'(비록 이것도 너무 문어체이긴 하지
만) 하고 말하길 바랐다.

하지만 니나는 에드가 드디어 미란다에 대해 언급을 했다는
게 기뻤다. 니나는 그의 아내가 죽었다는 걸 알고 있었지만 그
점에 대해 에드가 아는지는 몰랐다. 물론 니나가 먼저 말을 꺼
낼 수는 없었지만 그가 말을 꺼내지 않으면 둘 사이 진전은 없
을 것이었다. 둘을 소개해준 친구가 니나에게 자신이 아는 전
부를 다 말해주면서 "절대 내가 말했다고 하면 안 돼. 그리고
놀란 척하는 거 잊지 마" 했다. 지켜질 리 없긴 했다.

에드가 미란다에 대해 언급한 후 니나는 에드에게 좀 더 이
야기를 들려줄 수 있느냐고 물었다. 괜찮다면 어떤 사연인지,
어떤 사람이었는지 간단히만이라도. 이야기가 나왔다. 작년에
미란다는 생일 선물로 트레킹화를, 무상 보증 기간이 5년인 오
스트리아 브랜드의 트레킹화를 사달라고 했다. 그녀가 제일 좋
아하는 냄새는 유럽의 혹은 유럽식 디저트 가게의 야외 좌석에
서 나는 담배 연기와 섞인 커피와 바닐라 추출물 냄새였다. 열
살부터 열두 살까지 미란다의 제일 친한 친구는 말이었다.

"말 이름이 뭐였죠?" 니나가 물었다. 일종의 시험이었다.

"미스티요."

미란다가 아홉 살 때의 일인데, 사랑하던 할머니가 임종하
던 날 곁을 지키던 미란다의 손을 몇 시간 동안 너무 꼭 쥐고 있
는 바람에 미란다의 손에 피가 난 일도 있었다. 아이가 오른 손
바닥을 열네 바늘 꿰매야 했다. 미란다는 오른손잡이였다.

"맙소사!" 니나가 말했다. "그런 희생정신이. 성경에 나오는 이야기 같아요. 조그만 아이가 도망치지도 못하고 얼마나 무서웠을까. 부모는 왜 그냥 놔두었을까요?"

"그러게요." 에드가 인상을 쓰며 자기 손을 한참 들여다보다가 고개를 저었다. 둘은 한동안 앉아 있다가 그가 둘의 잔을 다시 채웠지만 둘 다 더 마시지는 않았다.

"그녀가 당신과 계속 함께하지 못하게 돼서 정말, 정말 유감이에요."

"뭐, 그래도, 6개월이나 지났는데요." 그가 말했다.

니나가 계산해보니 2주 후에 다섯 달이 됐다.

작년에 만난 스티브는 니나의 생일에 로마 여행을 데려갔다. 그는 커피에 집착해서 대화의 40퍼센트가 커피 이야기일 정도였다. 나머지 시간에는 너무 침울해서 대화에 활기를 불어넣으려 니나가 먼저 커피 이야기를 시작할 때도 있었다.

스티브의 상실감이 깊숙하고 지독하긴 했지만 거기엔 이기심이 존재해서 니나의 취향엔 맞지 않았다. 그는 장기들이 결박된 듯, 저며나간 듯, 중독당하고 폭파당해서 생체 기능이 차례로 정지되는 중인 듯 비탄에 잠겼다. 목을 가다듬고 눈을 내리뜨며 여전히 몸에 남은 신체적 시련들을 의식했다.

니나는 이런 애도의 방식을 몇 번 본 적이 있고 그런 연기 같은 행동에는 늘 당혹스러운 면이 있었다. 진심이 아니라서 당혹스러운 게 아니다. 오히려 너무 진심이어서 당혹스러웠다. 온 마음을 다한 솔직함 때문에 보고 있기가 좀 부끄러워지는 거였

다. 애도에는 분명 이런 종류의 허세가, 자꾸 찰랑거리며 울리
는 훈장들 같은 행동이 없어야 했다. 니나가 자부심보다 수치
심을 선호하는 게 정말 맞을까?

발렌시아에서 에드가 스테이크를 먹은 후 달콤한 후식을 원
했지만 선택을 못했다. 초콜릿도 별로고 과일이나 크림, 커스터
드도 싫고 매번 아이스크림을 먹기도 싫었다.

"견과류는 어때요?" 니나가 물었다. "뒷맛이 좀 텁텁할 것 같
긴 하지만." 이 주제로만 11분을 대화하는 에드의 자신감은 어
디서 나온 걸까?

"차나 좀 마실까 봐요."

차는 좀 그랬다. 스페인에 입국할 때 공항에서 차 때문에 난
리가 났었기 때문이다. 공항 카페 직원이 차가운 우유로 3/4을
채운 컵에 캐모마일 티백을 넣은 후 뜨거운 물을 조금 부었던
것이다.

"지난 수십 년 간 겪은 사건 중에 최악이에요." 에드가 말했
다.

"무사하길 기도해줄게요." 니나가 웅얼거렸다.

또 이런 일을 겪을 순 없었다. 하지만 차가 나왔는데 나쁘지
않았고, 정말 니나의 취향에 맞는 미란다의 이야기를 에드가 들
려주었다. 이제 세 번째 듣는 이야기였지만 니나는 상관없었다.

미란다가 스물두 살 때 어느 결혼식에 갔다가 신부의 아주
영국적인 숙부 옆에 앉았다. "캐시가 그러는데 네가 유대인이라
며?" 짐 경인지 헨리 공인지 하는 숙부가 미란다에게 말했다.

"네에?" 미란다가 조심조심 대꾸했다. 에드가 이 단어를, 조심조심이라는 말을 직접 사용했는데 니나는 마음에 들었다.

자신의 관심이 대단한 영광이라도 된다는 듯 신부의 숙부가 미란다에게 목소리를 높였다. "말해보거라. 너희 민족은 왜 전쟁 때 좀 더 잘 맞서지 못했지?"

뭐, 미란다는 한바탕 해댔다. 구운 야채 스타터와 농성어 메인 요리 내내 1590년대 오데사에서 시작되는 역사 수업을 들려주었다. 파블로바 과자가 나올 즈음엔 신부의 숙부가 거의 무릎을 꿇었다.

"대단한 분이네요!" 니나가 말했다.

미란다에 비하면 에드에게는 광채가 부족했다. 경쟁이 못 됐다. 미란다의 얼굴에선 예리한 지성이 번뜩였다. "그녀는 분명 나보다 똑똑했죠." 그가 말했다.

미란다에 대한 대화는 신났다. 니나는 밤늦게 미란다에 대해 검색하기도 했다. 구겨진 이불 속에 누워 자신의 인생에 대한 걱정을 하면서, 내년에는 어떻게 될까? 외모는 정확히 얼마나 갈까 궁금해하면서 말이다.

미란다는 선명한 녹색 눈에 나무껍질 색 머리칼을 가진 사람이었던 반면에, 에드의 눈동자와 머리 색은 잘 기억나지 않는다는 걸 니나는 깨달았는데, 대체로 모래색이라 할 수 있었다.

로마에서 스티브는 마침내 케이트의 마지막 나날을 꽤 자세히 들려주었다. 그래서 나쁠 것은 없지만 케이트의 죽음 부분을 묘사하게 되자 그는 마치 현재 일어나는 일처럼 호흡이 가

빠지다가 임종 환자처럼 거칠어졌다. 눈꺼풀이 가게를 닫는 셔 터처럼 내려가고 유리문의 안내판이 돌려지고 마지막으로 걸 쇠를 닫고 끈끈한 탁자 위로 의자를 뒤집어 올리고, 니나는 생 각했다. 이제 그만.

히스로 공항에서 짐을 찾자마자 니나는 스티브와 끝내려 했 다. 그녀는 감정이입 능력이 뛰어났지만, 이건 정말이지 공동체 적인 면이나 공감 같은 것은 거의 없는 동지 의식의 얼마 안 되 는 사례 중 하나였다. 왜냐하면 스티브는 진심으로 자기 자신 을 위해 슬퍼했으니까.

스티브는 죽음이 밤에 오는 도둑 같다고 말했다. 그런데 저 번에 그가 물가 폭등을 재앙이라 떠들며 그 문구를 써먹던 누 추한 순간은 잊어버린 모양이었다.

케이트가 잃은 것이 얼마나 광대한지 왜 스티브는 보지를 못 하는가? 예를 들면 앞으로 살아갈 날이 사라져버렸다는 사실 같은 것들. 그것이 바로 세상의 종말 아닌가.

죽음의 길에서 아내를 구하지 못한 남자에게 따라붙는 낙인 이 있다. 그 인격적 모욕에는 회복 과정이 어느 정도 필요했다. 실패가 분명하고 자존심에 상처다. 얼마나 변변찮은 남자이기 에 그렇게 내버려두었을까? 상처 받은 감각이 에드와 같은 남자 들, 스티브와 같은 남자들 주변을 떠돌았다. 스티브 전의, 아니 그보다는 제임스 전의 롭, 혹은 피트였던가? 그들도 마찬가지였 다. 하지만 니나는 오히려 그 실패를 위로하는 게 좋았다. 그녀 는 흘러넘치는 동정심의 소유자였고 청하는 사람에게는 누구나 민주적으로 베풀었다.

그리고 니나는 많은 여성들에 대한 애도가 부족하다고 느끼지 않을 수 없었기 때문에 그들의 사랑스러운 자질들에 대해 몇 시간이고 떠드는 게 좋았다. 미란다, 혹은 케이트가(아니면 제임스의 데비나 피트의 캐서린이었던가) 불법 행위라도 저지르는 사람처럼 몰래 빠져나가 조깅을 하면서 미안해하던 방식이라든가. 파티를 위해 예쁜 드레스를 걸쳤다가도 마지막 순간 휙 벗어버리고 하루 종일 입고 있던 옷이 더 좋다고 주장하던 습관이라든지. 그 스코틀랜드 여자가 매사에 적절하고 특히 문법에 올바르며 하얀 앞치마를 잘 입어서 끈을 허리에 두른 다음 앞에서 리본을 묶고 집 안 관리를 해나가던 방식도. 그리고 비행기에 타자마자 빨간 가죽 발레 슈즈를 꺼내던 여자도.

죽은 자들을 채색하는 일. 미란다의 트레킹화가 닳은 흔적은 뜻밖에 니나를 울렸는데, 푹 꺼진 밑창이 그토록 독립적인 정신을, 아직도 갈 길이 한참 남았음을 웅변했기 때문이다. 그 트레킹화는 아직도 뒷문 옆에 가지런히 놓여 있었다. "미란다의 트레킹화가 그렇게 인상적이라니." 에드는 확연히 감동한 눈치였다. 니나의 인류애가 깊다는 걸 알려주었으니까.

발렌시아에서 에드가 들려주었다. 미란다는 조그만 치약으로 이를 닦았고 왜인지는 알 수 없지만 진통제 두 알을 먹어서 열네 개 들이 약상자에 두 개의 은박 빈칸을 남겼다고.

"미란다의 마지막 농담이 기억나요. 말해도 될지……."

"제발 해줘요!"

데이트 상대가 사별한 아내의 마지막 농담을 들려주다니.
복잡한 발화 행동이라 할 만했다. 에드와 니나가 침대에 있을
때였다. 에드의 랩톱 컴퓨터가 열려 있고 에드가 녹색 병에 든
물을 홀짝였다. 에드가 에어컨을 너무 강하게 트는 걸 좋아해
서 니나는 가디건을 입고 자야 했다.

"노르웨이 전함에는 왜 전부 바코드가 있을까요?"

"글쎄. 노르웨이 전함에 바코드가 왜 있죠?"

"항구로 돌아올 때 스캔디나비아 전함 되려고."

"그거 정말 재밌네!" 니나는 아주 크게 웃어서 입이 아플 정
도로 미란다에 대한 호감을 보이려 했으나 어디가 웃을 부분인
지 알 수 없었다. 에드 역시 웃었다. 니나의 웃음에 웃었고 그래
서 니나는 좋았다.

남자들 모두 다시 시작해야 하는, 다시 연애 시장으로 돌아
가야 하는 엄청난 압박감에, 그 스트레스와 분노에 대해 계속
떠들었다. 요즘 여자들은 파악하고 통제하고 탐욕을 부리려 하
기 때문이었다. 마치 좋은 여자들을 만드는 거푸집이 깨져버린
것처럼. 당연히 인터넷도 도움이 안 되고. 그렇다면…… 이런
대화를 주고받는 니나는 어떤 사람이라고 생각한 걸까? 이런
여성 혐오가 만개하도록 아내들의 죽음이 허가라도 내준 것일
까? 아니면 원래 그랬던 걸까? 그들의 소중한 가정 생활을 떠
받치던 양탄자가 확 빠져나간 것이다. 비록 니나가 캐물었더라
면 바로 그 가정 생활이 한 번쯤은 파괴적으로 그들을 옥죄었
다고 털어놓았을 테지만 말이다.

보통 금요일마다 니나는 '조화로움' 미용실에 가서 어깨 아래까지 내려오는 머리칼에 4파운드의 추가비를 지불하고 샴푸 서비스를 받았다. 니나는 자신의 행동이 대부분 너무 신사적인 게 아닌가 하는 기분이 들 때가 있어서 뭔가 숙녀다운 일을 해야 균형을 찾을 수 있을 듯했다. 그 미용실은 운치 있는 소규모 상가에 있었는데, 최근 알 수 없는 불이 난 동전 빨래방 자리와 청백의 카페 사이에 있었다. 그 카페 밖에는 칠판이 서 있었는데 주인이 좋은 말씀이랍시고 적은 고약한 경구들, "이유 없는 친절을 정상화하라" 등이 적혀 있었다.

굴텐이 머리를 감기고 '온전함'이라는 상표의 바르는 컨디셔너를 뿌렸다. 그러고 나서 메흐메트가 드라이해서 두 갈래로 소시지 컬을 잡으면, 세로로 둥글게 말린 머리 타래들이 니나의 고갯짓을 따라 '반동력'을 보였다. 굴텐과 메흐메트는 진지하고 열심히 일하는, 양심적이며 성품 좋은 사람들이었고 남모를 삶의 고통을 지녔다고 니나는 짐작했다. 굴텐은 세 아이의 홀어머니였고 아주 민감해서 니나의 마음에 슬픈 생각만 스쳐도 머리 감기는 동작을 멈추고 손을 닦은 다음 재빨리 세면대 앞쪽으로 이동해서 무슨 일이냐고 묻곤 했다.

"영국에서는 몇 살 때까지 어머니들이 딸의 머리를 감겨줘요?" 굴텐이 물으며 니나의 두피를 조심스레 마사지했다. 발렌시아로 가기 전, 금요일 아침이었다.

"잘 모르겠네요. 난 그런 인생이 아니어서. 하지만 짐작해보면, 아홉 살이나 열 살쯤 아닐까요?"

"튀르키예에서와 같네요." 굴텐이 말했다.

"어쨌든 서른일곱에는 아니죠!"

"당신은 어머니가 아직 살아 있나요?"

"아뇨." 니나가 말했다. 그리고 5분의 침묵 후에 "왜 그런 생각을 했죠?"

니나가 기억하는, 좀 크고 나서의 어린 시절에 그녀는 런던이라기보다는 교외 지역의, 황량하고 알 수 없는 몇몇 도시들에서 살았다. 그곳은 병원들이었고 그곳만의 법과 규칙이 있는, 허연 리놀륨에 사악한 조명의 끝없는 복도가 이어지는 곳이었다. 호출 벨이 있었지만 누르고 기다려도 아무도 오지 않았다. 속속들이 알게 된, 구멍 가게 같은 매점들과 임시 판매대에서는 자원봉사자들이 연분홍과 흰색으로 비뚤비뚤 뜨개질한 괴상한 물건들, 각티슈 덮개, 아기 신발, 랩으로 싼 사과와 까치밥나무 열매 빵 등 다른 곳에서는 볼 수 없는 것들을 팔았다. 그리고 더욱 초현실적인 요소들이 있었다. 문장도 채 끝맺지 못하고 사라지는 의사들(어딜 그리 간 걸까), 그리고 최근 다시 방문하게 된 지하에 있는 어느 방사선실의 경우, 괴상한 피리 소리로 만든 가짜 새소리 같은 게 나오는 곳이었다. 지하에 새라니 미치지 않고서야 버티기 힘든 곳이 아닌가 말이다.

죽어가는 사람이 내려놓아야 하는 게 무엇인지 니나는 배웠다. 말로 다 표현하기 힘든 상실의 세계와 죽어가는 사람들이 느끼는 슬픔. "앞으로 다시 보지 못할 것들을 차마 어떻게 놓아주겠어? 너무 힘든 일이야. 내가 도와줄게" 하고 말할 용기가 있는 사람이 있을까? 죽어간다는 추문. "인류를 대신해 내가 사과할게." 그 말로 니나는 간신히 어머니의 얼굴이 미소를 띠도록 만들며 임종에 다가갔다.

홀아비에 대한 니나의 취향이 전적으로 이타적인 것은 아니었다. 그녀는 '세 사람이 한 침대에'를 좋아했다고 할 수 있다. 거기에는 위대한 노래들에서 느낄 수 있는 종류의 긴장감과 해방감이 있었다. 참 이상한 것이 처음에는 아내에 대한 언급을 절대 하지 않으려 노력했던 남자도 있었지만, 그렇게 힘겨워하며 고집을 부렸다가도 3주 정도 후에는 수문이 열리면서 '셔츠'나 '전화' 같은 단어만 나와도 아내들 이야기가 거침없이 마구잡이로 딸려나왔다.

이런 현상이 니나의 매력과 권력에 대한 일종의 반항으로 간주될까 걱정되는 듯, 남자들은 때로 울고 마구 사과했다. 하지만 니나는 그렇게 생각하지 않았다. 같은 일로 행복해하면서 동시에 슬퍼한다는 것은 아주 자연스러운 일이다. 그녀는 아침에 펄펄 끓는 물로 차를 마시면서 거의 혀를 데일 듯한 감각을 즐겼다. 아마도 이와 좀 비슷할 것이다.

니나를 가운데 둔 유대 깊은 커플이라는 관계도가 좋았다. 그거였을까? 셋이 함께라는 안전감에, 따스함에 끌렸다. 가족의 느낌. 니나가 나이에 비해 아주 늙은 성향은 아니었다. 그리고 '사랑했던 사람과 사별한 경험이 있는 남자들'은 정말이지 그렇게 나쁜 취향이 아니었다. 적어도 그녀가 다섯 살 때의 취향이었던 '검은 머리, 검은 눈, 두터운 스웨터를 입는, 아프리카 민족 회의를 지지하는 남자'보다 더 나쁘지는 않았다. 이는 부모라는 우산 아래 들어가는 감각, 포용되고픈 오랜 갈망과 관계가 있었다. 중요해지는 것과 관계가 있었다. 그리고 그녀가 가운데 있을 필요는 없다. 날카로운 3자 다툼의 승리에는 욕심이 전혀 없었다. 그녀는 겸손했으니까. 그녀는 옆 꼭짓점에 있거나 옆 변에 있어도, 결혼한 부부의 그림자 속에 숨어도 됐다. 침대 아래, 돈을 은닉하는 곳에, 혹은 벽장에 가둬둔 비밀들 옆자리도 괜찮았다.

니나는 환상 이야기 속 환상의 존재들을 좋아했다. 흰 망토를 입고 리본이 치렁거리는 높은 모자를 쓰고 민첩하게 날아다니며, 손가락질로 마법을 부리거나 거품이 이는 바닷물 속으로 추락하는 정령들. 그런데 나의 소중한 사람이! 치료. 주사. 전선. 수술. 가발에 둘러싸여서. 피부는 너무 얇아지고 푸르뎅뎅한 핏줄이 온통 드러나고. 위장으로 직접 공급되는 영양. 숲에서 따온 과일인 척하는 섬유질++의 바나나 맛. 차라리 묽은 구토액이라 부르지. 싸구려 철분 보충제와 식물성 기름을 섞은 비유제품 밀크셰이크 같은 모조 식품. 어머니가 내 아내였다면 내가 영양학 수업을 듣고 케일과 시금치와 고순도 비타민을 섞어 직접 혼합액을 만들었을 텐데. 사별한 남자들이 용감하게 생성해낸 모든 감정에도 불구하고 때로 이들에게는 모든 게 너무 큰 수고인가 싶을 때가 있었다.

"아아, 아내는 용감했어요."

그녀에게 다른 선택의 여지가 있었나?

이 여자들은 마치 모두에게 불편을 안 끼치기 위해, 피해를 최소화하기 위해 자살한 것 같다. 죽어가는 남자들은 그래야 했던 적이 있나?

당연히, 몇몇은 죽어가면서도 늘 그랬듯 성실한 여학생처럼 모두에게 감사하며(예의를 잊지 말자!) 사랑하는 사람들을 위로하려 시 구절들을 문자로 보냈고, "세상의 모든 사랑을" 보낸 사람들에게 "너도 꼭 받길" 하고 답장하며 아마존에서 선물을 배달시켜, 본인은 가라앉을지언정 다른 사람들을 격려했다.

5년 전 톰의 아내 헬렌은 딸과 두 언니에게 미래의 수년에 걸친 생일 편지를 남겼다. 요즘 죽는 여자들에게 기대되는 일이다. 아이가 아직 네 살일지라도 어머니는 아이의 (첫) 스무 살 생일 선물을 계획해야 한다. 진주? 사진을 넣은 금목걸이? 그때에도 진주가 있을까? 17년 후에도 사람들 몸에 목이 있을까? 죽은 후에도 선물 준비는 여자들의 업무가 되었다.

"여자들이 늘 불안해서 그럴까요?" 스티브가 케이트에 대해 말했다.

"어쩌면 그녀가 너무 걱정을 해서 다른 사람들은 걱정할 필요가 없었는지도."

그러자 스티브가 입을 다물었다.

입장이 뒤바뀌었다면 아내들이 무엇을 했을까! 죽어가는 사람을 위한 박물관 수준의 돌봄 걸작품이 나왔을 것이다. 이 모든 것을 굳이 어렵고 복잡하게 만들지도, 연기를 해야 할 필요도 없었을 텐데. 과장되게 눈길을 끌지 않는 조용한 힘. 모두를 위해 모든 것을 괜찮게 만드는 일이 여성 업무의 기본. 만일 죽어가는 사람이 남편이었다면, 여자들은 남편이 죽음의 문턱에서 주변을 안심시키느라 고생하도록 그냥 놔두지 않았을 것이다.

남자들은 죄책감 때문에 괴롭다고들 했지만 그들이 모든 고뇌에서 아주 쉽게 슬며시 벗어나는 모습에 니나는 충격을 받았다. "그녀가 떠나갈 때 나는 자꾸만 자꾸만 주기도문을 외웠어요. 나름대로 도움이 됐죠. 그럴 때는 무슨 말을 해야 할지 알기가 불가능하니까요."

"그녀에게 신앙이 있었어요?"

"그다지."

암담했다.

때로 니나는 이 여자친구와 아내들의 어머니에 대해 물었다. 자식을 묻어야 한다는 건 끔찍한 일이니까. "마을에서 무척 바쁜 분이라서 다행이었죠."

니나는 이제 애도에 대해 많이 알았다. 애도가 거의 위반의 행위처럼 보이는 방식에 대해서도 말이다. 사람들은 애도가 비참함이나 죽음을 전염시킬 것처럼 본능적으로 꺼렸다. 위험을 감수하려는 사람은 별로 없었다. 이상했다. 왜냐하면 대부분의 사람에게, 애도에 적절히 참여하는 사람에게, 애도는 인류를 존엄하게 만드는 행위였으니까. 그런 여자들이 무시되고 지나간 시간이 너무 많은 게 니나는 싫었다. 추모의 이름이 한 번도 언급되지 않은 채 어느 오후가 지나가고, 또 하루가 지나가고, 또 한 주가 지나가는 것이다.

니나의 아버지는 한 해도 지나지 않아 재혼했다. 꼭 이런 점에서 남자들이 신의 없어 보이는 건 아니었지만 추해보이긴 했다. 뭔가 희박해보였다. 이 지점에서 그녀는 발을 빼고 싶었다. 몸을 좀 사렸다. "뭐 마음에 안 드는 게 있어요?" 남자들이 물었지만 니나가 그들의 아내를 그리워한다는 미친 소리를 할 수는 없었다.

그날 아침 호텔에서 뷔페식을 먹으며 에드는 언쟁이 특히 그립다고 말했다. "미란다는 논쟁 실력이 탁월했어요." 에드가 숟가락으로 삶은 달걀을 깨고 흰자와 노른자 위에서 햄을 말며 섞었다. 햄은 스페인 그림 속 종교 의상처럼 검붉었다. 니나는 에드가 언쟁에 대해 그렇게 말하는 게 마음에 들었다. "그녀는 나에게 높은 책임감을 추궁했어요. 나를 더 나은 사람으로 만들었죠. 쉽게 빠져나갈 수 있는 주제가 없었어요."

"더 들려줘요!"

"정말 그래도 돼요?"

"당연하죠. 이상하게 들릴지 모르겠지만 나도 조금은 그녀를 사랑하지 않고는 못 배길 것 같아요."

에드는 니나가 듣기 싫어하길 바랐을까? 니나는 에드가 그러길 바랐을까?

두 사람의 마지막 밤에 갑자기 일어난 일이었다. 니나는 여전히 어디서든 콜라주를 보고 있었다. 눈을 가늘게 뜨고 보면, 반쯤 먹은 오렌지와 배수구에 뭉친 휴지가 발레리나로 보였다. 두 사람은 긴 산책을 나갔고 에드는 고목의 기둥들이 공룡 다리 같다고 말했다. 큰 아이스크림 가게에서 '아부엘라'라는 맛을 팔았는데, 흐릿한 분홍색에 검은 점이 박힌 아이스크림으로, 아부엘라라는 사람이 만들었거나 아부엘라를 위해 만든 것이지, 아부엘라를 갈아서 만든 것은 아니길 바랐다.

에드는 계속 미소를 지었다. 피로하고 녹초가 되었지만 기분이 좋아 보였다. 니나도 지쳤다. 해변가 식당에서 두 사람은 세상에서 제일 큰 파에야에 패배했다. 필요 이상으로 술을 마셨다. 햇빛이 강해졌다가 사라졌고 그들은 한동안 어둠 속에 앉아서 파도 소리를 들었다. 웨이터가 와서 초에 불을 붙였고 니나는 에드가 이제 그녀의 얼굴을 들여다보는 걸, 그녀의 얼굴이 온 세상에 대한 희망이라도 품고 있는 것처럼 들여다보는 걸 알아챘다. 니나는 의아해서 찌푸렸다.

그날 밤 침대에서 갑자기 니나는 자신이 젖가슴을 달고 있는 것이 끔찍하게 형편없는 행동처럼 느껴졌다. 그녀가 말했다. "뭔가 올바르지 않은 것 같아. 너무 미안해져. 난 정말이지 무신경해. 의리도 없고." 멀쩡한 신체는 꿰매고 기워 붙인 신체에 대한 일종의 배신이었다. 그런 신체를 그가 품위 있게 좋아할 수 있을까?

"실없는 소리."

"어쨌든 대단한 가슴도 못 돼. 그러니까, 다른 가슴들이랑 다른 가능한 것들이랑 비교했을 때 말이야."

니나는 울기 시작했다. 그도 울었다. 두 사람은 서로 껴안았다. "괜찮아요." 그가 말했다. "그래도 괜찮아. 우린 괜찮아요." 어쩌면 두 사람은 함께 더 깊이 들어가는 위험을 감수할 수 있었을까?

이제는 그녀 자신이 아팠다. 자꾸 잊어버리지만 말이다. "증세가 좋지 않네요." 의사가 말했다. 만일 그녀가 최선을 다하면 다음 몇 시간 이내에라도 에드가 그녀와 사랑에 빠지게 만들 수 있을 것이었다. 그녀가 죽고 나서 그가 그리워할지도 모른다는 생각이 위안이 되었다.

———— 수지 보이트Susie Boyt

일곱 권의 장편소설로 명성을 얻었고 다양한 간행물에 칼럼과 리뷰를 썼다. 햄프스테드 극장의 감독이기도 하다. 많은 사랑을 받은 회고록 『나의 주디 갈런드의 삶*My Judy Garland Life*』은 BBC Radio 4에서 연속극으로 기획되었으며 펜 애커리 상 최종 후보에 올랐고 노팅엄 극장에서 무대화되었다. 2022년에는 T. S. 엘리엇과 뮤직홀 예술가 마리 로이드에 대해 공동 집필한 희곡이 런던의 윌튼 뮤직홀 무대에 올랐고 2023년 소설 『사랑과 그리움*Loved and Missed*』은 옵저버의 올해의 책에서 '조용한 걸작'이라는 평을 받았다.

공군 지원 부대

앨리 스미스

스핏파이어

'불을 뱉는 존재'라는 뜻의 합성어로 불같은 성질(성적인 의미 포함)의 여자를 빗댄 표현이다. 2차 대전 때 영국의 전투기 이름으로도 알려져 있다.

SPITFIRE

그 단어는 무슨 뜻일까?

1970년대 초 어느 날이다. 정확한 때는 기억 못하지만, 그 어떤 날과도 다른 역사적인 날이다. '대장'이라 불리던 남자와 그의 아내 때문이다. 그들은 어머니가 우리 어머니가 되기 전에 알고 지내던 사람들이고 그날 우리 집을 방문한다.

한편 우리 집이 거기 있는데, 오래된 운하 아래쪽 공영 아파트 옆의 길게 휘어진 거리 중간에, 전후 건축된 연립 주택 여섯 집 가운데 맨 끝집이다. 우리 집 뒤편 모든 창에서 내다보이는 운하 양옆의 제방이 모든 일의 배경이 되어준다. 운하는 사실 그 자체로 역사의 한 조각이다. 1820년대 산업을 위해 스코틀랜드 북쪽을 관통하도록 파낸 다음, 그 후에는 또한 몇십 년간 크림 전쟁을 위해 많은 군인을 고지대에서 남쪽으로 나르며 쓸모를 증명하기도 했다.

하지만 내가 지금부터 이야기하려는 건 다른 역사다. 자, 여기 내 어머니가 주방에서 담배를 피우며 나에게 절대 피우지 말라고 한다. "옛날엔 모든 여자애들이 피웠어. 우리 다들 그랬지. 중독성이 있는 줄 몰랐어. 난 이제 못 끊어." 어머니는 담배를 재떨이에 비벼 끄고 재떨이를 싱크대 안 쓰레기통에 비운 다음 키친타월로 닦고, 민트 캔디 통을 흔들어 두 알을 손바닥에 받아 입에 넣는다.

1분 후 어머니는 다시 담배에 불을 붙인다.

(내가 지어낸 장면이다. 당시에 방문객들을 기다리며 어머니가 이런 행동을 했는지는 모른다. 내가 거기 있기는 했지만 기억은 안 난다. 이런 행동을 하는 어머니 모습이 머릿속에 그려지긴 한다. 어머니는 늘 그랬으니까. 그러니까 그랬을 법하다. 하지만 그날 어머니는 평소와 조금 달랐다.)

어머니가 '대장'이라고 부른 사람과 그의 아내인 힐리 부인은 잉글랜드 어딘가에서 오는 길이고 곧 당도할 예정이다.

그날에 대해 내가 진짜 기억하는 건, 이제 50년 전이니까…….

그러니까 '스핏파이어spitfire'라는 단어가 '욱하는 성격 혹은 성질이 독하고 화가 많은 사람, 특히 그런 여성이나 소녀'를 뜻하는 원래 의미로 처음 기록된 1650년대에서 수세기가 지났지만, 2020년대 인터넷 속어 사전에 의하면 '꼬치구이spitroast'라는 말과 관련되어 성적 의미를 내포하게 된 지금으로부터는 한참 과거인 50년 전이었으니까 말이다. 즉 그 당시 식구 중 누가 저녁식사 자리에서 신성한 음식을 앞에 두고 '스핏파이어'가 앞으로 어떤 뜻을 '더' 가지게 될지 입에 올린다면, 내 부모 둘 다 얼굴을 찌푸리고 눈을 흘기게 만들, 어머니는 모욕을 당한 듯 냉기를 뿌리고 아버지는 몸을 굳히며 화산처럼 음식을 뿜지 않으려 애쓰게 될 뜻을 가지게 되기 반 세기 전의 일이라서…….

내가 기억하는 거라곤 이날이 어머니가 '공군을 지원하는 여성 부대'를 나온 이래로 그 남자와 그의 아내를 처음 다시 본 날이었다는 것뿐이다.

나는 아홉 살, 혹은 열 살이 되기 전이고, 공군 지원 여성 부대가 전쟁 후방 지원 부대 중에서도 비행기와 관련된 여자들이 복무하던 곳이며 내 어머니는 그중에서도 통신 교환사였다는 것을 알게 되기 전이다. 그 남자가 '대장'이라고 불린 이유는 어머니가 소속되었던 잉글랜드 공군 지원 여성 부대에서 그가 뭔가 책임을 맡고 있었기 때문임을 나는 안다. 우리 어머니의 흑백 사진이, 그러니까 어머니인 것으로 보이는 아름다운 여자의 사진이 몇 장 있다. 그리고 아버지 사진도, 비록 그때는 마르고 날카로워 보이지만, 장차 우리 아버지가 될 게 분명한 남자애가 제복을 입은 사진도 몇 장 있다.

어쨌든 내 어머니에게서 '넘쳐나는' 활기에 나는 매료된다. 그녀에게서 빛이 날 정도다. 마치 텔레비전 세제 광고에서 햇살 아래 펄럭이는 빨래처럼 눈부시다. 평소의 침착한 어머니와, 무엇에도 들뜨지 않으려고 늘 매우 조심하는 어머니와, 자기처럼 권위 있는 여성은 열을 내는 모습을 보여선 절대 안 된다는 듯 행동하던 어머니와 확연히 다르다. 물론 어머니도 장난스럽고 제멋대로거나 배꼽 빠지게 웃길 수 있다는 건 알았지만, 그건 본인이 정한 상황에서 본인이 정한 방식으로만, 담비나 살

쾽이를 우연히 마주치거나 했을 때처럼 드물었다.

하지만 그녀 안의 순도 높은 야생성이 발현되는 이런 순간들은 열 살짜리도 감지할 수 있었는데, 드물고 가치를 따질 수 없고 헤아릴 수 없이 귀중하고 값을 매길 수 없이 소중하다는 단어들이 어울리는, 그러니까 가치에 대한 모든 단어들, 진정한 가치를 결코 갈무리해 표현할 수 없는 단어들의 의미에 가장 가까운 순간이었다.

그날 우리 집은 티끌 한 점 없이 윤이 났을 것이다. 늘 그랬지만 그날 내 아버지와 어머니의 손님맞이는 유난했을 것이다. 두 분은 늘 그랬고 이제야 나는 그것이 환대의 윤리였으며 영웅적인 행동에 가까웠음을 깨닫는다. 두 분은 수십 년 동안 나와 형제자매가 집으로 데려오는 누구든, 혹은 우리 집 현관문을 두드리게 된 누구든, 이웃이나 친구나 아예 낯선 사람이라 해도 허름하거나 세련되거나 상관없이 늘 너무나 따뜻하게 반겼다.

하지만 그날에 대해 내가 정말 기억하는 유일한 부분은, 평상시를 뛰어넘는 활기를 띠면서 기다리던 이 방문객들과 함께했던 시절에 대해 어머니가 거의 말한 적 없다는 점이다. 거의 말이다.

내가 어릴 때 어머니가 전쟁 시기 알고 지내던 소년 이야기를 해준 적이 있다. 소년은 어머니가 있는 건물 창밖에서 기다리며 둘이 정해둔 곡조로 휘파람을 불곤 했다. 내가 이 이야기를 다시 물어보자 터무니없는 소리를 지어냈다는 듯이 어머니는 고개를 흔들며 자신은 그런 이야기를 한 적이 없다고 했다. 어머니가 자주 흥얼거렸던 노랫가락도 있다. 공군 지원 여성 부대에 있을 때 친하게 지내다가 호주로 이민 간 매기 때문이었는데, 호주에 대해서라면 우리도 〈스키피 더 부시 캥거루〉라는 텔레비전 프로그램 때문에 상상해볼 수 있었고, 매년 크리스마스가 되면 호주에서 가족사진이 동봉된 카드가 오기도 했다. 그러니까 휘파람 소년 이야기와 '매기의 추억'이라는 노래가 거의 내 평생, 우리가 어머니의 전쟁에 관해 아는 전부였다고 할 수 있다.

반면에 우리가 아버지의 전쟁에 대해 아는 바는, 그가 해군에 복무했고 그 후엔 정기적으로 악몽을 꾸었다는 것인데, 그런 다음 날 아침이면 어머니는 우리에게 아버지 근처에 가지 말라고 단속했다. 또한 아버지의 훈장이 침대 아래 보관된 상자에 담겨 있었는데, 내가 태어나기도 전에 언니 중 하나가 찾아내서 가지고 나가 대공습 당시 피폭지의 잔해 위에서 놀다가 잃어버렸고, 그 위에 주차장이 지어졌다는 것이다.

방문객들이 택시를 타고 우리 집 대문 앞에서 내렸던가? 그랬을 것 같지는 않다. 내 부모가 그러도록 놔두지 않았을 것이다. 아마 어머니가 아버지를 기차역 같은 곳으로 보내 방문객들을 차에 태워 집까지 데려오게 했을 가능성이 크다.

방문 당시의 사진이 두 장 있다. 하나는 흑백 폴라로이드이고 하나는 컬러 스냅이다. 두 사진 다에서 안락의자 하나의 주위로 사람들이 모인 가운데 의자에는 힐리 부인이 앉고, 양옆 팔걸이에 걸터앉은 대장과 어머니는 첫째와 둘째손가락 사이에 불붙은 담배를 끼운 채 대칭을 만들고, 아버지는 의자 등받이 뒤에서 몸을 기울인다.

이 두 장의 사진에서 아버지는 마치 다른 사람처럼 보인다. 당혹스럽고 불안해 보인다. 지금 생각하면 아버지가 본인의 집에서 자기보다 지위가 높아서 이래라저래라 할 수 없는 남자와 함께 있어본 게 전쟁 이후 처음이기 때문일 거라고 짐작된다.

두 사진에서 어머니는 1971년 당시 제일 좋은 원피스를 입고 카메라를 똑바로 바라본다. 그녀 역시 다른 사람처럼 보이는데, 어쩌면 그게 본래의 모습일 수도 있다. 이 당시 가족 사진첩의 다른 사진들을 보면 어머니는 전부 은근하면서도 비딱한 태도로 시선을 피하지만 이 두 사진에서만큼은 행복하게 빛난다.

그렇게 손님들이, 대장과 그의 아내가 왔다가 갔다. 그때 한 번뿐이었고 그들은 다시 방문하지 않았다. 난데없이 나타났다가 알 수 없는 곳으로 가버렸다.

내가 기억하는 건 어머니에게서 빛이 뿜어져 나온 듯 현관문이 활짝 열리고 나의 부모보다도 훨씬 나이가 많아서 머리가 희끗 센 두 사람이 차에서 내려 우리 집 대문을 열고 들어오던 모습이다.

어머니가 죽은 지 30년이 지난 후, 그녀가 생전에 입던 옷에서 지금의 나에게 남은 건 단추 한 개다.

단추는 1940년대 중반 어머니가 입던 제복에서 나온 것이다. 나는 그렇게 추측한다. 내가 알기론 제대할 때 서로 단추를 교환했다. 지금은 아무것도 확실히 알 수 없을 테지만. 어쨌든 단추는 놋쇠로 만들어졌고 여전히 윤이 나지만 약간 삭았다.

앞면에 왕관과 그 아래 날개를 벌린 새가 돋을새김되었다. 새는 독수리일까? 부리가 구부러졌으며 공군의 상징이니까.

단추 뒷면에는 재킷이나 코트에 부착시킬 금속 고리 주변에 둥글게 '버밍햄 무역 단추 유한회사'라는 글자와 상표 그리고 검 두 자루가 교차된 그림이 있다.

이렇게 단추 하나만 남은 이유는, 어머니가 변사를 당했거나 집이 불타서 입던 옷이 전소되거나 어머니의 사망 전후 어떤 불상사가 일어나서가 아니다. 그저 전부 알 수 없이 사라져서 그렇다. 어머니가 비교적 젊은 나이에 죽긴 했다. 지금 내 나이 때였으니까. (그래서 죽기엔 젊은 나이였다고 내가 생각하는 걸 거다.)

단추와 더불어 어머니가 북아일랜드에서 학교 다니던 때의 책도 좀 가지고 있다. 어머니가 열세 살 때의 물건이다. 어머니는 똑똑했고 장학금을 받았지만 어머니의 아버지가 죽어서 학업을 포기해야 했다. 그리고 바다를 건너 스코틀랜드로 왔다. 1930년대에 가톨릭교도라면 북아일랜드보다 스코틀랜드에서 일을 얻기가 그나마 수월해서 고향에 돈을 보낼 수 있었다.

어머니는 모레이퍼스 해안 절경 도로를 따라 운행하는 버스 차장으로 취업했고 아일랜드 수호성인 때문에 '패디'라는 별명으로 불렸다. 인버네스의 버스 차장들은 1960년대와 70년대 때도 나와 형제자매들을 공짜로 태워줬다. 우리 어머니가 차장으로 일하다가 나이가 들어 그만두고 공군 지원 여성 부대에 입대한 게 2차 대전 끝 무렵이었는데도 말이다.

어머니의 책은 교과서 두 권인데, 그녀가 아일랜드를 떠나면서 챙긴 유일한 물건이었고 죽기 전까지도 가지고 있었다. 한 권은 워싱턴 어빙의 『립 밴 윙클 이야기』이고 다른 한 권은 영어 문법 입문서이다. 연필 흔적과 밑줄이 책의 3분의 1 가량에서 멈췄다. 그때 학교를 떠났을 것이다. 두 책의 내지에 어머니의 이름과 로레토 수도회라는 학교 이름이 잉크로 조심스레 적혀 있다. 한 권의 뒤쪽 내지에는 어머니의 왼손으로 보이는 것의 윤곽이 펜으로 그려져 있다. 거기 세 번째 손가락에는 결혼반지가 더해져 있다. 어머니는 이 책들을 부부 침실의 옷장 맨 밑에, 신발들 아래에 보관했다. 그 위에는 코트며 블라우스며 스웨터가 새것처럼 한 점 얼룩도 없이 걸려 있었다.

몇 년 전 나는 이 문법책을 계단 아래로 떨어뜨렸다. 책 더미를 옮기다가 손에서 미끄러진 것이다. 80년 이상 멀쩡했던, 마분지와 천으로 된 장정의 책등 부분이 가운데에서 갈라졌다.

단추는 내 책상에 보관한다.

나는 단추를 자주 찾아보면서, 뭔가 멍청한 짓을 하다가 잃어버리지 않았는지 확인한다.

이제 내 부모가 둘 다 죽었기에 두 분의 삶에 관해 더 이상 알아볼 수 있는 게 거의 없다. 어머니가 공군 지원 여성 부대에서 보낸 시기에 대해 나의 형제자매들에게 물어봐도 그들은 나만큼이나 모르겠다며 어깨를 으쓱하고 만다. 그래서 나는 이번 여름에 인터넷에서 사 모은, 공군 지원 여성 부대에서 일한 여자들이 쓴 책을 진득하게 들여다보았다.

『공군 폭격 사령부의 지원 여성』『내 신발 속 모래』『공군 폭격 사령부 지원 여성(과 그녀의 애마) 이야기』『공군 폭격 사령부 지원 여성(과 그녀의 애마) 후속 이야기』『우리 모두 푸른 옷을 입었다』

그래, 난 그들이 모두 푸른 옷을 입었는지도 몰랐다. 내가 본 사진이 다 흑백이었으니까. 어쨌든 인생 후반부에 집필된 이 회고록의 저자들은 중산층이거나 중상류층의 젊은 잉글랜드 여성(과 그녀의 애마)이었고 내 어머니와는 전혀 다른 삶을 살았다. 사실 내 어머니는 잉글랜드에서 자라지도 않았고 빈곤층에 가까웠으니까. 하지만 이 모든 책에 공통된 내용이 내 어머니의 삶에도 많이 들어가 있을 것이다.

피프 베크라고, 이 책들 중 한 권의 뛰어난 저자 덕분에 어느 중대 상사를 으레 모두가 '대장'이라고 불렀음을 알게 되었다. 피프 베크는 그 시대에 젊은 여성으로서 폭격 작전 사령부에서 일한 소회를 다음과 같이 묘사했다. "내 인생에 다시없을, 모든 것이 새롭고 신났던, 절대 잊을 수 없는 시간이었다. 새로운 세상이 내 앞에 펼쳐졌다."

공군 지원 여성 부대에 입대하고 나서, 폭격 작전 기지에 거대한 비행체가 괴수처럼, 날개 달린 이상한 거인처럼 정박되어 대기하고 있는 모습을 처음 보았을 때. 그 날개 펼친 기계들의 냄새와 소리, 그들 아래 땅울림. 새벽과 밤에, 겨울에서 봄으로, 여름에서 가을로, 눈과 안개와 태양과 비에 싸인 비행장이 멀리까지 푸르게 펼쳐진 모습.

철제 침대 틀, 밀집 매트리스를 다들 '비스킷'이라고 부르던 일. 무명 시트, 검은 담요는 추위에 무용지물이라서 '애마 작가'

는 사실상 그것들을 '말'에게도 줄 수 없었다고 기록했다. 알람 대신 '기상 종.' "브래지어는 거칠고 두꺼운 면과 남자 허리띠 넓이의 끈으로 만든 데다가 호크는 너무 튼튼해서 소파에 국기 모양 아마포 커버를 고정하는 데 사용할 수도 있을 정도였다"고 『우리 모두 푸른 옷을 입었다』의 저자는 썼다.

어떤 행동은 잡역 처분을 받았고 또 어떤 행동은 군기 위반 징벌을 받았다. 복장 점검, 최루 가스에 대비한 방독면, 무선 통신사가 배우는 음성 기호. (어머니가 이 무선 통신사였을까?) 비행기 식별. 일일 수당(1실링 4페니이고 '특별 임무'는 2실링 3페니). 계급에 관계없이 다들 집에 돈을 보냈다. 음식. 어육완자와 감자튀김 10페니. 부대 내 매점에서 머리망, 비스킷, 커피, 티, 린스, 소화제를 살 수 있었다.

동지애. 우정. 매력적인 소년들과 남자들이 와서 웃고 농담하고 꽃을 주고, 비번인 여자들을 몰고 나가 최신 영화를 보고. 공습경보가 울리고 천장에서 떨어지던 석고 조각, 폭탄이 가까이서 터졌을 땐 벽에서도 떨어지고. 취침이니 막사니 하는 용어들. 헌병대와 군호. 항공 제어. 샐리. 조앤. 피프. 실비아. 뮤리엘. 모린. 디. 오드리.

무엇보다 이 모든 책들에 정말 공통된 정서는 마비의 감각, 참혹한 느낌. 함께 외출하고 밤새 춤을 추고 영화를 보고 사랑에 빠져 결혼하려 했던 젊은 남자들의 숫자에 대한 먹먹함, 지독함. 그 모든 노먼들, 존들, 빌들, 제리들, 토니들, 잭들, 세실들, 프랭크들, 피터들이 어느 날 밤 비행기 혹은 전투기 혹은 폭격기 혹은 전폭기 혹은 요격기 혹은 뇌격기 혹은 단엽기 혹은 복엽기 혹은 정찰기에 타고 올라갔다가 다음 날 아침 돌아오지 않았을 때의 멍함, 끔찍함. 킬, 아우스부르크, 뒤셀도르프, 함부르크로 공습을 나갔다가 격추되고. 피프 베크의 말에 의하면 "영국 공군 통계에서 흔해 빠진 작은 비극 중 하나일" 방금 격추된 비행기에 탄 다섯 명의 젊은 남자들이 마지막으로 들었을 목소리가 다름 아닌 무선 통신기 속 그녀의 말임을 깨닫고 느끼는 "이상하게 텅 빈 친밀감."

그리고 어떤 이가 돌아오지 않았다고 들었을 때, 아니면 어떤 이로부터의 열렬한 혹은 친근하고 수다스러운 편지들이 뚝 멈췄을 때? 불안감. 예감. 조용한 눈물. "우리는 수용하고 어깨를 으쓱하며 말했다. '그렇구나.' 하지만 그 저변에 우리 각자는 가슴을 저미는 슬픔을 느꼈다." 또한 다음과 같은 서술도 있었다. "거의 총체적 붕괴 상태에서⋯⋯ 우리가 그녀의 아픔에 대해 할 수 있는 일은 없어서⋯⋯ 우리 모두를 감염시킨 그녀의 슬픔을⋯⋯ 위로했다. 그녀가 어떻게 되었는지는 그 후론 알 수 없었다."

그들은 슬픔을 공통으로 겪었고 슬픔을 버티는 법을 배웠다.

이 글을 쓰기 전에는 스핏파이어 전투기에 대해 거의 몰랐다. 〈소수의 첫 번째〉라는 2차 대전 당시 선전 영화에 두 기술자가 스핏파이어 전투기를 설계하고 제작하고 시험 비행하는 과정이 담겼다는 정도만 알았다. 이 영화의 감독 겸 주연인 레슬리 하워드가 레지널드 미첼이라는 남자 배역을 맡았는데, 그는 바닷새를 본떠 통합적 날개를 단, 그러니까 몸체에 뒤늦게 날개를 붙인 게 아니라 날개가 기체의 기본 축을 이루도록 설계한 전투 비행기 슈퍼마린 스핏파이어를 처음 만들었다. 이 전투기에는 살상력 및 항공학적 경량화와 속도, 응용성도 더해졌다.

레슬리 하워드는 명민하고 통찰력 있는 영화감독이자 잘생긴 배우였는데, 이 영화가 개봉되고 얼마 안 돼 여객기를 타고 포르투갈로 가다가 독일 공군에 격추당해 죽었다. 이 영화가 역사적 사실을 충실히 재현하지는 않았다고 하는데, 그도 그럴 것이 하워드는 전혀 레지널드 미첼을 닮지 않았다. 두 남자는 출신 계급도 전혀 달랐다. 그러나 크레딧에 이름이 오르지는 못했더라도, 실제 영국 공군 작전 사령부 조종사들이 이 영화 여기저기에 단역으로 출현했고, 그중 몇몇 역시 영화가 개봉되기 전 실제 전투 중에 전사했다.

또 내가 알게 된 건 위대한 희극인, 영화배우, 뮤직홀 가수로 1930년대 엄청난 스타였던 그레이시 필즈가 2차 대전 당시 이탈리아 영화감독 남편과 함께 카프리섬으로 '도망쳐' 살았다며 영국 대중의 비난을 받았는데, 실은 그녀가 대서양 양쪽에서 수백만 달러와 파운드를 모금해 영국 해군에 전달해서 스핏파이어 생산에 기여했다는 사실이었다.

내가 이 글을 쓰기 전에, 그러니까 오랜 세월 동안 보통 '강해서 문제를 일으키거나 거리낌 없이 말한다'고 소문난 여성을 지칭해온 여러 단어들 중 하나를 맡아서 글을 쓰기로 하기 전에, '스핏파이어'라는 단어에 대해 아는 건 이 정도였다. 내가 글을 쓰기로 선택한 단어 '스핏파이어'는 20세기 초 비행기의 이름으로 육화하여, 나의 침착하고 점잖으며 내성적이고 은근히 장난꾸러기 같으면서도 아주 세련된 어머니의 삶과 아주 직접적으로 관련되었다.

이제 나는 1960년대나 70년대 어느 시기의 어머니 모습을 상상해본다. 여성들에게 신나는 해방이 찾아온 시기, 우리 집을 방문한 같은 40대 친구 하나와 주방의 싸구려 탁자에 마주 앉아서, 어머니가 재미있는 말을 해서 친구가 웃고 어머니도 웃지만, 어머니는 고개를 숙이고 손을 내려다보며 웃는데, 나는 비록 어릴 때지만 어머니가 이러는 이유를, 어머니 영혼의 고유한 힘을 단속하는 이유를 어느 정도 짐작하는데, 공공장소에서든 편한 자기 집에서든, 여성 혹은 어머니가 어떻게 행동하는지, 여느 사람들처럼 여성을 모든 면에서 평가할 맞은편의 친구에게도, 집 안 어딘가에 있을 남편과 아이들에게도, 너무 지나쳐 보이지 않으려 하기 때문이다.

이 또한 어머니의 본성임을, 어머니에게 있어서 환대 감각 못지않게 어느 모로 보나 윤리임을 나는 안다. 어떤 위험성이든 어느 정도는 저지할 정도의 조심성을 거의 언제나 지니고, 순수한 힘의 원천에 뿌리를 둔 예의바름을 거의 언제나 갖추고, 또한 우리 안의 맹렬하고 야성적이고 깊숙한 모든 감정을 그 핵심으로부터 검증하고 보존하는 한 줌의 자제력을 거의 언제나 유지한 채 행동하는 것이 어머니의 본성이자 윤리였다.

나는 아버지에게 묻는다. "낙진이 뭐예요?"

"'뭐'라니?" 아버지가 말한다.

나는 일곱 살이고 스누피 만화책을 모은다. 그중 한 권에서 라이너스라는 철학적인 아이가 혼자 걷다가 위를 올려다보고 사방에서 내려오는 많은 조그만 점들을 보더니 마구 도망치고, 찰리 브라운이라는 아이를 찾아가서 멱살을 잡고 흔들며 소리친다. "정말 내려와, 찰리 브라운! 겁주는 말인 줄 알았는데 정말 내려온다니까!" 찰리 브라운은 그냥 겨울이라서 눈이 오는 거라고 말한다. "휴우, 낙진인 줄 알았네." 라이너스가 말한다.

"낙진이 뭐예요?" 내가 묻는다.

부모님은 시선을 교환한다. 아버지가 핵폭탄에 대해 설명해 준다.

"사용해야 했어." 어머니가 말한다. 전쟁을 멈춰야 했으니까.

그 후에 10대 때 내가 거실에서 존 허시라는 사람이 쓴 『히로시마』라는 책을 읽는데 아버지와 어머니가 다시 시선을 교환한다.

내가 핵전쟁에 대한 전단지를 집에 가져오고 '폭탄을 반대하는 게이 고래들'이라는 배지를 달고 다니기 시작하자 아버지가 맞는 말이지, 얘야 하고 말한다. 어머니는 아주 진지하게 말한다. 이런 것들을 너무 오래 생각하면 미쳐버린다고.

"이런 것들 중에서 특히 어떤 거요?" 내가 묻는다.

어머니가 눈살을 찌푸린다. "전부 다" 하고 말한다.

아주 최근까지도 나는 부모님이 만난 이야기를 아버지에게 서밖에 못 들었다. 아버지에 따르면 그 사연은 다음과 같다.

아버지는 1942년 나이가 차자마자 해군에 들어갔다. 해군에서는 아버지에게 전기 기술자 교육을 시켰다. 전쟁 말기에 그는 요양차 잉글랜드로 돌아오게 되었고 한 동료와 함께 근처 공군 지원 여성 부대의 로커룸으로 전선 작업을 하러 갔다. 아버지와 동료는 장난삼아 로커룸의 여자 물건들을 전부 뒤져보기로 의기투합했다.

이 로커 저 로커를 열자 속옷이며 모든 비밀스런 물건들이 쏟아졌다. 그러다가 아버지가 어느 로커를 열었는데, 모든 것이 티끌 한 점 없이 완벽하고 깨끗하게 정돈되어 있었고, 아버지는 동료에게 말했다. "이거야. 이 여자를 찾아내야겠어. 결혼해야겠네." 그러고서 누구의 로커인지 알아내서 데이트 신청을 했고, 그날 밤 같이 펍에 가서 모친의 약혼반지를 꺼냈는데, 그 반지는 아버지의 모친이 죽은 이후 상자에 넣어 계속 주머니에 가지고 다니던 것이었고, 그것을 내 어머니에게 보여주자 주변의 모두가 "약혼해! 약혼해!" 하고 외쳤다. 결국 몇 년 후에 둘은 약혼했다.

오랫동안 나는 이 이야기가 낭만적이긴 하지만 그 핵심에는 그 세대로선 어쩔 수 없는 성차별주의를 품고 있다고 생각했다. 좋은 가정부 혹은 가정주부의 자질을 가진 여성에 대한 선호와 끌림 등 말이다. 최근에 와서야 마치 폭탄 맞은 건물 안의 사방으로 흩어진 잔해들 같은 내 머릿속을 들여다보듯이 다른 방식의 이해를 얻게 되었다.

아버지는 어릴 때부터 일하던 벽돌 공장에서 탈출하기 위해 해군에 입대했다. 어느 날 아버지가 일하는 작업장에서 멀지 않은 곳에 폭탄이 떨어졌던 것이다. 그가 있던 작업장의 벽이 갑자기 고무처럼 휘더니 그 안의 모든 것이, 작업대, 의자, 자기 몸뚱이도 느린 화면처럼 공중을 날아 저 멀리 처박혔다. 입대 후 해군에서도 아버지가 승선한 배들 중 하나가 어뢰에 맞았다. 아버지는 선창에 있었지만 때맞춰 밖으로 나와 구명보트에 오를 수 있었다. 그의 친구들 중 많은 수가 그러지 못했다.

이 사건이 있고 얼마 지나지 않아 아버지의 팔다리가 동작을 멈췄다. 뜻대로 움직이기를 거부한 것이다. 그래서 해군은 요양을 하라고 아버지를 다른 배에 태워 캐나다로 보냈고 그렇게 아버지는 회복이 됐다. 휴가를 받아 고향 노팅엄으로 올 때 아버지가 모친에게 선물로 가져온 것이 56개 식기 세트였다. 우여곡절 끝에 깨지 않고 가지고 왔으며 아버지 또한 어느 정도 무사했다.

아버지는 거의 인생 말년이 되기 전에는, 텔레비전에서 갑자기 온통 끝없이 전쟁에 대해 떠들게 되기 전에는, 이런 이야기를 하지 않았다. 그러다가 40주년이니 45주년이니 50주년이니 하면서 2차 대전을 다양하게도 기념하자 비로소 이야기를 시작했다.

옛날의 식기 세트 중 일부를 아직도 진열장에 보관하고 있는 내 자매들 중 하나가 얼마 전에 우리 부모의 첫 만남에 대한 어머니 쪽 이야기를 들려주었다.

"난 공동 샤워실에서 머리를 감고 수건을 두르고 나온 참이었지. 그랬는데 웬 남자애가 늑대 같이 휘파람을 불면서 다가오더니 용감무쌍하게 데이트 신청을 하잖아. 뭐! 난 심드렁했지. 무례하다고 생각했지만 정확히 어딜 갈 거냐고 물었고 나랑 뭔가를 하고 싶으면 태도를 바꿔야 할 거라고 말했어.”

이 이야기를 들은 게 처음이었던 나는 크게 웃었다.

또한 잊고 있던 기억이 하나 떠올랐다. 내가 좀 큰 어느 날, 대학 때 방학을 맞아 집으로 돌아온 20대 때였다. 한두 번 비밀스런 사랑에, 혹은 적어도 가족에게는, 분명 어머니에게는 말 못할 사랑에 깊이 빠져본 이후, 어머니도 나이가 들고 오진된 심장병으로 오래 시달려서 이미 50대에 너무 허약해졌을 때, 어머니가 나를 데리고 뭔가 하러 시내에 갔다. 병약한 어머니가 차를 출발시켰는데 엑셀을 콱 밟았고, 조수석에 앉아 있던 나는 누군가 운전하는 차에 승객으로 탔을 때만 알 수 있는, 그 누군가의 내밀한 성격이 갑자기 날카롭게 발현하는 순간을 보았고, 입 밖에 내서 말하면 위력이 사라질 어떤 깨달음을, 즉 내 어머니가 대단한 운전 실력을 가졌을 뿐 아니라 무엇에도 당황하지 않는, 세상 무서울 게 없는 사람임을 깨달았다.

어머니는 1990년에 죽었다. 돌아가신 다음 날, 설명할 수 없는 육감에 의해 나는 어머니와 아버지의 침실에 들어갔다. 화장대에서 어머니의 안경을, 그동안 어머니가 세상을 보아온 렌즈들을 집어들었다. 빗과 브러시를 보관하는 가운데 서랍을 열어서 어머니가 가장 즐겨 쓰던 브러시를 꺼냈다. 서랍을 닫으려다가 서랍 안의 깔개 밑에 끼어 있는 종이들을 언뜻 보았다. 꺼냈다.

그것은 네 장의 작은 옛날 사진이었고 손바닥만 한 크기였다. 처음 보는 사진들이었다.

나는 그것들을 주머니에 넣었다. 나만의 비밀로 하게 될 듯했다.

안경과 브러시는 오래전에 사라졌다. 어머니가 죽고 몇 년 후 아버지가 이사를 했을 때 아버지와 남동생이 내 방이었던 곳을 정리하면서 대부분의 물건을 버렸고, 아무래도 내가 침대 옆 협탁에 두었던 안경과 브러시도 버린 것 같다.

하지만 사진들은 아직 가지고 있다.

네 장 중 세 장의 사진에서 여자든 남자든 모두 셔츠 바람에 타이를 매고 있다. 사진 하나는 젊은 여자 둘인데, 나무 아래 서 있다. 그 둘이 누군지는 모른다. 둘 중 누구도 어머니나 그녀의 친구 매기가 아니다. 하지만 다른 사진 세 장에는 매기가 있다. 알아볼 수 있다. 내 어머니도 함께 있고 아주 잘생기고 미소를 짓는 젊은 남자, 전혀 내 아버지 같지 않은 남자도 함께다. 남자는 예외 없이 내 어머니에게 팔을 두르고 있다.

사진 하나에서는 어머니도 남자에게 팔을 두르고 있다. 다른 쪽 팔은 친구 매기에게 두르고 말이다.

또 다른 사진에서 여덟 명의 젊은이가 온통 까만 여성 부대 제복과 공군 제복을 입고 나란히 서 있는데, 어머니는 두 젊은 남자 사이에 서 있다. 그리고 어머니가 양옆의 두 남자 손을 잡고 있다.

딱 한 번 어머니가 그때의 이야기를 했다. 어머니가 죽기 몇 해 전 여름 어느 날 점심을 먹고 난 오후였다. 나는 학교로 돌아갈 기차를 타야 했고 남쪽으로 떠나기 전에 주방 탁자에 앉아 있었으며 어머니는 다림질을 끝내던 참이었다. 왜 이야기가 시작되었는지는 모르겠다. 이런 이야기를 꺼낸 건 그때가 유일했고 아주 잠깐이었으며 어머니는 심지어 다림질에서 고개도 들지 않았다. "아침에 일어나서 식사를 하러 가면 돌아오지 못한 사람들과 비행기들 이름 위에 분필 선이 그어져 있는 걸 보게 됐지."

그러고서 어머니가 말을 멈추었다. 나를 일별하더니 다시 시선을 내리고 고개를 저었다.

다리미에서는 김이 났을 것이고 세탁한 옷 냄새도 풍겼을 것이다.

그러고 나서 나는 차에 타 손을 흔들어 인사했고 아빠가 운전해 역으로 데려다주었다.

——— 앨리 스미스Ali Smith

스코틀랜드 인버네스에서 태어나 현재 잉글랜드 캠브리지에 산다. 40개국에 번역된 18권의 소설을 써서 맨부커상 최종 후보에 네 번 올랐고 휘트브레드 상, 베일리즈 상, 골드스미스 상, 코스타 노벨 상, 오스트리안 스레이트 프라이즈 유럽 문학상, 오웰 상 등을 받았다. 한국에『아트풀』『이어지는 이야기』『봄』『여름』『가을』『겨울』『데어 벗 포 더』『호텔 월드』『우연한 방문객』『소녀 소년을 만나다』등이 번역·출간되었다.

피압제자의 격분

레이첼 시퍼트

퓨리

고대 그리스의 '복수의 여신들The Furies'에서 유래한 단어로 현대에는
'맹렬한 분노'의 뜻을 담고 있다.

FURY

1942년 폴란드

건물 안 층계에는 아무도 없었다.

3층에서 에스더가 노크를 했고, 다시 노크했다. 위테크가 가르쳐준대로 하고 나서 조용히 기다렸다.

여기까지 오는 내내 에스더는 재빠르게 움직였다. 가볍게 도로를 건너고 거리를 따라 걷다가 광장을 지났다. 그렇게 통금 시간을 얼마 남겨두지 않고 작은 도시의 절반을 가로질렀다. 하지만 건물에 들어선 후에는 주의 깊게 발을 디뎠다. '이젠 조심해야지.' 층마다 석재 위에서 구두 가죽이 쉭쉭 소리를 냈고, 계단에서는 구두 굽 안쪽에 박혀 있던 모래알이 걸리며 긁히는 소리를 냈다. '우리 구역의 근성 있는 모래알'이라고 에스더는 생각했다. 조심했는데도 여기까지 따라왔다.

거리 두 곳을 지나는 동안 따라온 사람이 있다고 그녀는 거의 확신했다. 보았다기보다는 느꼈다. 등줄기가 서늘하고, 배속이 불편한 느낌. 그러나 이제는 그런 느낌 없이 그녀의 구역을 나서기가 불가능했다. 에스더는 '그 구역 여자'였고 그게 드러날까 걱정이 되었다. 이번 임무를 위해 '도시 여자' 외투를 입고 '도시 여자' 구두도 신었지만 말이다. 리브카 언니가 찾아서 주며 말했다. "필요하면 뭐든 거의 다 찾아낼 수 있어."

계속 복도에서 기다리면서 에스더가 구두를 흘긋 내려다보고 불안을 가라앉혔다. 그들 자매가 어린 시절 배운 대로, 아버지가 만든 구두를 모두 윤내던 어머니가 가르쳐준 대로, 언니가 가죽에 윤을 내주었다. 하지만 이제 에스더는 스스로 후방도 확인해봐야 했다. 복도에 떨어지는 인색한 불빛 속에 지켜보는 사람은 없는지 점검해야 했다. 먼지 낀 창들 너머에서 움직이는 도시의 그림자들을.

전차 안에서 남자 하나가 에스더를 너무 오래 쳐다보았다. 먼저 도시 스타일의 죔쇠 장식이 달린 발목을 보았다. 그러더니 종아리로 시선을 옮겼다. 에스더는 도시 남자들이 도시 여자애들을 어떻게 보는지 알고 있었다. 그래서 에스더의 머리에서 곱슬이 사라질 때까지 리브카 언니가 빗겨주었고 도시 남자는 목덜미와 관자놀이를 매끄럽게 감싼 에스더의 붉은 머리가 마음에 든 듯했다. 에스더가 하차 종 끈을 당기자 남자가 눈을 들어 그녀를 보았다. 회색의 침착한 두 눈동자 안에서 작은 탐욕의 빛이 어렸다. 마치 에스더가 재미있다는 듯이, 아니면 우스꽝스럽다고 생각한 걸까? 에스더를 꿰뚫어보았을까? 그 구역 갖바치의 딸을. 그 구역 인쇄공의 어린 아내를. 그쯤에서 내리게 되어 다행이었다.

에스더의 남편 위테크가 몸이 불편해진 이후, 여기까지 온게 아홉 번째였다. 먼저 전차를 타고, 거리 셋을 걸어서 지나고 두 번 모퉁이를 돈다. 남편이 그랬던 것처럼. 매달 에스더는 빈 가방을 들고 구역을 떠났다가 안감 속에 전단지를 넣어서 돌아왔다. 손가락의 잉크 냄새는 덤이었다. 희망의 냄새이자 동시에 두려움의 냄새였다. 그리고 에스더는 위테크가 그 냄새를 그리워한다는 것을 알게 되었다. 그녀가 돌아오면 침대 속 그가 손을 내밀어 그녀의 손을 꼭 쥐었으니까.

이제 에스더는 그 문에 다시 노크를 했다. 복도에서 귀를 쫑긋 세우고 기다렸다.

인쇄업자는 3층에 살았다. 고르스키. 위테크가 예전에 알던 사람. 그녀의 구역이 그저 하나의 구역일 뿐 벽 없는 게토가 아니던 시절에.

"독일 놈들이 언제쯤 너희를 가둘까?"

에스더가 처음 방문했을 때 고르스키가 복도에서 그녀를 들여보내주고서 쉰 목소리로 한 질문이 그거였다. 고르스키의 집 안은 벽마다 어지러운 책장이 가득했다. 어깨에 외투를 대충 걸친 고르스키의 눈빛은 퉁명스럽고 비딱했지만 불친절하지는 않았다.

"바르샤바에서는 벌써 그랬다며?" 고르스키가 물었다.

에스더가 고개를 끄덕였다.

얼마 전부터 에스더의 구역에서도 남자들을 끌고 가 바르샤바에서 일하게 했다. 창문을 통해 볼 수 있었다. 독일군들이 의류업 일꾼들을 찾으러 온 광경을 보았다. 그들이 확성기에 대고 외쳤더랬다. "이 구역 재봉사들 전부 나와." 제국 군복을 만들 거라고 했다. 그러나 그날 독일군은 거리에서 찾아낸 남자를 무조건 다 데리고 갔다. 에스더의 셋집 맞은편 가족의 남자들도 전부 끌어내서 트럭 뒤에 몰아 넣었다.

에스더와 위테크가 결혼한 지 몇 주 되지 않은 때였다. 둘의 조촐한 결혼식이 아직 마음속에 행복하게 남아 있었다. "마젤토브!" 하고 유리잔을 깨뜨려 결속을 봉인한 다음 하루 종일 밤까지 축하했다. 친척과 친구들, 이웃들이 에스더의 언니의 작은 방들에 모였다. 리브카가 도전적으로 모두를 향해 팔을 벌렸다. "우리는, 내 여동생도, 독일군 치하에서도 계속 삶을 살아갈 것입니다." 리브카의 남편 모데카이, 새 법령에 너무 놀라고 겁먹은 모데카이도 그날은 미소 지을 수 있었다. 심지어 독일군의 명령에 저항하자며 잔을 들었다.

그러다가 바르샤바에서 독일군이 온 것이다. 어느 끔찍했던 오후, 교수, 잡화상, 목수들을 끌어냈다. 덜 자란 소년과 할아버지들도 한데 모았다.

'이곳에서 안전한 사람이 있을까?' 그 후 에스더는 밤새 잠을 이루지 못했다. 위테크도 옆에서 깨어 있다가 아침에 고르스키에게 갔다. "그러면 우리를 도울 사람을 알 거야. 어떻게 찾아야 하는지를 알 거야."

도시 외곽으로부터 불어와 구역의 거리에 모래를 뿌려놓는 바람은 강가의 갈대밭에서 일어난다. 그리고 그곳에 이제는 독일군이 걸려들라고 함정을 설치하는 사람들도 있다고 위테크가 말했다. 독일군 지프의 타이어에 구멍을 내고 보병 순찰대를, 군인들을 잡는다.

처음 독일군이 전투기를 타고 공습해왔을 때 강가에 메서슈미트 한 대가 추락했다. 갈대를 베어내던 사람들이 보았다. 웅크리고 노동하던 이들이 몸을 펴고 일어나서 뭉게뭉게 솟아나는 연기와 하얀 꼬리를 만든 조종사의 낙하산을 따라갔다. 수풀을 수색해 숨어 있던 놈을 발견하고 갈대 자르던 낫으로 낙하산 줄을 풀어낸 다음 끌어내어 마을을 한 바퀴 돌렸다. 조종사의 진흙투성이 얼굴은 공포에 질리고 손목은 꽁꽁 묶여 있었다.

"그다음에는 그놈을 어떻게 했어?" 이 이야기는 에스더를 동요시켰다. 위테크가 그녀의 손을 가져다 잡았다. "그놈이 우리한테 무슨 짓을 할 뻔했냐고?" 이제 독일군 치하의 그들은 이런 식으로 생각해야 했다.

그때의 갈대 베던 사람들이 저항군이 되었다고 위테크가 말했다. 전투 부대를 만들었고 도시 남자들도 합류할 수 있다고. 그 마을을, 골짜기를 찾아가기만 하면 된다고. 그때만 해도 위테크는 건강했다. 그들처럼 되는 게 목표였다. 구역 남자들도 바르샤바로 끌려갈 때까지 기다릴 게 아니라 맞서 싸워야 한다고 말했다. "바르샤바에서 독일 놈들이 우리에게 무슨 짓을 할지 몰라." 위테크가 경고했더랬다. 그리고 또한 "독일군 치하에 살고 있는 우리 모두는 서로 도와야 해. 그렇지 않아?"

"그놈들이 너희 유대인에게 저지르는 짓을 다음엔 우리 폴란드 사람에게 할 거야." 처음 만난 날 고르스키가 말했다.

에스더가 그의 문에 노크했다. 다시 노크했다. 그리고 기다렸다. 고르스키는 그녀를 들여보낸 다음, 책장들 사이에 선 채로 한참 그녀를 살펴보았다.

"당신이 우리 위테크의 신부라고? 위테크가 몸져누운 동안 당신이 우리 배달원이군."

위테크의 이 예전 친구에게 에스더가 호감을 가지게 되기까지 시간이 좀 걸렸다. 에스더가 계속 고르스키를 방문한 이유는 그가 건네주는, 인쇄기에서 갓 나와 아직 따뜻한 전단지 때문이었다. 인쇄물에 찍힌 글자들은 까맣고 두껍고 격렬했으며 "어깨를 맞대자"고 도시 남자들을 불러 모았다.

전단지들은 또한 성공담을 들려주었다. "열두 대의 지프와 다섯 대의 보급 트럭이 불탔다." 그중에서 최고는 점령군에 대한 경고의 외침이었다. "너희는 이곳에서 안전하지 않다." 폴란드 전역에서 의병이 일어났고 저항군들은 강가에서 조종사뿐 아니라 근처를 순찰하던 어린 병사들도 잡아갔다. 저항군이 비아위스토크에서 군수품 가게를 습격했다! 크라쿠프에서는 나치 장교를 쏘아 죽였다! (독일 장총으로 쏘았기를 바라는 자신에게 에스더는 놀랐더랬다.)

새 전단지가 나올 때마다 에스더가 집으로 가져와 위테크에게 보여주었다. 손가방 안감 속에 위험과 승리를 숨겨서 왔다. 그러고 나서 담요 위에 늘어놓고 남편을 일으켜 베개에 기대어 앉혀서 읽어볼 수 있게 했다. 에스더는 남편 옆에 누워 전단지가 전하는 기쁨을 느꼈다.

벽보는 누가 붙이는지 알 수 없었다. 매우 안전하게 하고 있

다고 위테크는 말했다. 고르스키와 동료들이 다음과 같은 방식
으로 체계를 잡아놓았다고. 각각의 남자들이 게시물을 두 번
째 사람에게 전달하고, 두 번째 사람은 자기 몫을 빼고 나머지
를 세 번째 사람에게 전달하고, 그런 식으로 이어졌다. 위테크
도 건강이 좋을 때는 할 수 있었다. 어떤 남자가 잡혀도, 둘, 셋,
네 명의 남자가 잡혀도, 모든 이름을 누설할 수는 없었다. "그
물망 같은 거야" 하고 위테크가 에스더에게 말했다. 그 말이 어
찌나 희망적으로 들리던지…….

　고르스키가 인쇄한 경고문들이 전차 정거장에, 가게 옆에,
담장 위에 나붙었다. 인쇄물을 도시 전역과 그 밖의 지역으로
나르는 도시 남자들이 있었다. 그녀의 구역 내 어느 벽에 붙어
있는 것을 보기도 했다. 너무나 대담하게, 누구나 지나다니는,
모두가 지나다닐 배급소 바로 옆 모퉁이에서 발견하고 깜짝 놀
라 멈췄다!

　그런 짓을 할 사람은 위테크밖에 없었다. 그가 아프지 않았을
때의 일이었다. 어쨌든 그가 붙인 게시물들은 금세 하나씩 뜯겨
나갔다. "독일군이 보면 어쩌려고?" 무모한 짓이라며 모데카이
가 나무랐다. "미친 짓이야. 우리도 위험해질 거라고 생각 안 하
니?" 모데카이도 게시물을 뜯었던 건 아닐까, 에스더는 가끔 생
각했다. 소중한 형부 모데카이는 새로운 법령 하에서 일하기를
거부했고 가죽 제품 일꾼의 훌륭한 손이 하릴없이 놀았다.

　하지만 배급소 근처에서 에스더가 발견한 게시물은 다음 날
아침 그녀가 지나갈 때도 여전히 붙어 있었다. 그다음 날도. 그
리고 에스더는 집에 올 때마다 위테크에게 말했다. "세상에, 오

늘도 있었어." 에스더의 양손을 붙잡은 위테크의 눈빛은 그 어
느 때보다 밝았다. 그들의 구역은 점점 대담해졌다.

고르스키의 층계참에서 에스더는 세 번째로 노크했다.
에스더는 문 앞에서 인색한 불빛을 받으며 눈을 깜빡였다.
문 너머에서 고르스키의 소리가 들리는지 귀를 기울였다.

구역 남자들이 했던 가장 대담한 행동은 또한 가장 시끄럽
기도 했다. 폭발이 건물들 위로 메아리치며 구역의 문과 창들
을 뒤흔들었다. 폭탄의 화염이 정오의 하늘로 검은 구름을 높
게 피워 올렸다. 폭탄을? 하지만 폭탄이 어디서 났지?
그 용감한 행동, 순전한 재능에 대한 말이 빠르게 퍼졌다. 옆
집에서 옆집으로 소문이 전해져 위테크와 에스더의 셋집까지
닿았다. 학생들이었다는 사람도 있고 의류업 견습공들이라고,
혹은 약제사들이라고 하는 사람도 있었는데, "어쨌든 약제사
를 통해서 재료를 구했을 거"라고 했다. 아래층에 사는 나이 든
이웃, 약제사인 이웃이 아주 자랑스레 에스더에게 알려주었다.
구역의 빈 방들에서 전구를 빼내서 산성 물질로 채운 다음, 독
일인 관리의 사무실 창문으로 던져 넣으면 된다고. 산성 물질
같은 건 "필요하면 뭐든 다 찾아낼 수 있어"라고. 불길이 몇 시
간이나 계속되었다. 에스더는 승리감에 도취되어 솟아오르는
연기를 지켜보았다. 그녀는 위테크를 부축해 층계를 내려가 약
제사 이웃 옆에 섰다. 다른 이들 모두 건물 밖으로 나와서 놀라
워했다.

밤이 되자 독일군이 범인을 찾으러 왔다.

구역을 마구 뒤졌다.

에스더가 깨어 있다가 위테크에게 물을 가져다줄 때 그들이 건물에 왔다. 아래층 계단과 복도로 밀려드는 발자국 소리가 먼저 들렸다. 그리고 약제사 집 문을 두들기는 소리가 들렸다. 그 소란에 에스더는 얼어붙었다. 온갖 고함 소리가 너무 가까이 너무 크게 들리며 돌벽을 울렸다. 문을 발로 차서 열었을 때, 그 진동이 마룻바닥으로 에스더의 맨발 밑에서 고스란히 전해졌다.

약제사가 누구라도 도와달라 울부짖는 동안 에스더는 손에 든 유리잔을 움켜쥐고 떨어뜨리지 않으려, 깨뜨리지 않으려, 독일군에게 들키지 않으려 애썼다. 어느 쪽이 더 나쁜 것인지 알 수 없었다. 이러지 말라고 울부짖는 이웃의 소란인지, 아니면 그를 독일군이 닥치게 만든 후의 고요함인지.

그러고는 모두 사라졌다. 너무나 갑자기.

그 끔찍한 고요 속에서 위테크가 셔츠와 바지를 꿰어 입었다. 그러고서 맨발로 층계참까지 나가는 모습을 에스더는 지켜보았다. 이웃의 문에 조심스레 노크하는 소리를, 응답이 없어도 속삭이듯 부르는 소리를 그녀는 들었다.

"갔어."

이제 고르스키의 집 문 앞에서 에스터는 감히 다시 노크하지 못했다.

복도는 고요했고 거리에도 인적이 없었다. 끔찍했다. 뒷목에

소름이 돋고 위장에서 신물이 올라왔다. 독일군이 여기도 다녀
갔다.

　"그도 잡혀갈 줄 알았어?" 그날 밤 에스더와 위테크는 누워
서 잠을 이루지 못했고 에스더는 분노와 공포의 눈물을 흘렸
다. "누가 내 뒤를 미행해서 그런 걸까?" 그 생각이 나서 참을
수가 없었다. 그들 모두에게 위험을 가져왔다고 생각하면…….

　그 후 오래지 않아 그들은 이사했다.

　위테크는 그게 최선이라고 했다. 고르스키도 그렇게 말했을
거라고. 이웃도 그랬을 거라고. 한동안 숨어 지내는 게 최선이
라고.

　구역 내에 머물긴 해야 했기에 리브카가 자기 집으로 들어오
게 했다. "갈 데가 없잖아, 동생아?" 리브카가 고집을 부리며 딸
들이 이모 부부를 돕게 했다. 에스더의 착한 조카 둘은 검은 눈
에 빨간 곱슬머리, 가계의 판박이 후손들이었다. 열두 살인 리
바와 아홉 살인 타우바가 위테크의 보따리들을 열심히 날랐고
에스더와 리브카는 위테크를 부축해 거리 세 군데를 지나서 모
퉁이를 두 번 돌아 뒷계단으로 올라갔다.

　모데카이가 늘 그렇듯 다정하고 조심스럽게 그들을 맞으러
나왔다.

　그가 말했다. "어서 와, 환영하네, 당연히 환영이지."

　아버지가 돌아가신 후 그가 리브카와 에스더를 지켜주지 않
았던가? 이제 그들 모두를 최선을 다해 지켜줄 것이었다. 위테
크의 병세가 길어지는 한.

"지금은 그만두었으니까." 모데카이가 말했다. "그 인쇄물 나르고 벽보 붙이는 일 말이야. 변장을 하고 구역을 나가는 일도 그만두었을 테니까."

모데카이가 에스더를 한참 보다가 독일군이 끔찍하다고 말했다.

"나도 끔찍하다는 거 알아. 그래도 우리가 그들에게 맞춰주면, 충분히 오래 참아주면, 어쩌면 그럭저럭 지나갈지도 몰라."

예전에 더 나쁜 탄압들도 겪지 않았나? 지나간 과거에, 아주 오래전에.

위테크는 이 말에 고개를 저었다. 에스더와 리브카의 부축을 받으며 계단을 올라오느라 헐떡이면서 그가 물었다. "지금의 게토에 대한 탄압을, 독일 공장들로 가라는 명령을 우리가 따라야 합니까?"

하지만 모데카이에게는 답이 있었다. "감옥보다야 공장이 낫지."

이웃이었던 나이 든 약제사는 감옥에 갔을 터였다. 그리고 이후로 아무도 소식을 듣거나 모습을 보지 못했다.

고르스키는 또 어떻고?

리브카의 집에 여섯 명이 모였고 아기도 하나 있었다. 가족이 다 모인 첫날 저녁 식탁에서 아기는 무릎에서 무릎으로 옮겨 다녔다. 불빛에 빛나는 아기의 까만 눈, 조그맣게 벌린 입, 자기를 바라보는 모든 가족의 얼굴을 주시하는 모습. 리브카는 모두를 모아들이고 미소를 지었다. 모데카이 역시 미소를 지었

다. 리바와 타우바도 누구보다 기뻐하며 에스더의 어깨에 머리
를 기대고 위테크를 이모부라고 불렀다. "페테르 위테크." 그리
고 자기들 빵을 그의 접시에 놓아주며 더 먹으라 했다. "더 많
이 드셔야 한다고 엄마가 그랬어요." 그런 다음 위층의 그들 방
을 보여주었다.

처마 아래 방이었다. 그 가을에 그 방은 오후의 햇빛으로 가
득 찼다.

그 아래 뒷마당에 있는 모데카이의 작업장 문은 지금은 잠
겨 있었지만 에스더의 아버지의 옛 도구들이 아직 보관되어 있
었다. 빨랫줄과 벽들 사이에서 에스더는 갇힌 기분이 들었지만,
다락방이기에 지붕들을 내려다보고 지는 해와 다시 뜨는 해를
볼 수 있는 전망에 감사했다.

의사가 매주 방문했다. 마르고 근심 어린 그 남자 때문에 그
들은 구역에 남아 있을 수밖에 없었다.

의사는 방문할 때마다 사과하며 떠났다. 독일군의 명령 때
문에 더는 약을 줄 수 없었다. 요양차 산골로 발트 해안으로 보
내줄 수도 없었다. 하지만 의사가 말한 대로 에스더는 창을 계
속 열어두어 공기가 통하게 했다. 빵 배급표로 목도리를 구입해
위테크의 체온을 유지시켰다. 의사가 추천한 약초를 리브카가
찾아냈다. "필요하면 뭐든 다 찾아낼 수 있어." 리브카와 에스더
는 약초를 대접에 담아 뜨거운 물을 붓고 위테크가 증기를 들
이마시게 했다. 그러면 좀 편히 쉴 수 있었다. 위테크가 편히 잠
들면 에스더는 감사하며 지켜보았다.

　이곳에서 그들은 때로 밤이 늦도록 이야기를 나누었다.

　리브카가 모두를 식탁에 모아 가족 이야기를 들려주었다. 아버지의 옛 작업장에 대해, 구두 형틀을 만들고 가죽을 자르던 과정을. 어머니가 가죽에 구멍을 뚫고 긴 바늘로 꿰매던 솜씨에 대해서. 리브카의 어린 시절 부모가 만들던 구두에 대해 설명했다. 죔쇠를 달고 광택을 입히고 무두질하고 방수하고 구두끈을 꿴 신발들에 대해, 도시 남자들이 그들의 구역을 방문해서 아내와 딸들을 위한 제품을 주문하던 시절의 이야기를. "우리 가족은" 등불의 빛 속에서 리브카가 미소를 지었다. "최고의 발을 위해서만 구두를 만들었어. 우린 다시 그렇게 될 거야. 두고 보라고."

　아기가 깨어나면 에스더가 데려왔다. 그들의 무릎에 선 아기의 작은 얼굴이 엄숙하게 지켜보며 어린 귀를 기울였다.

　모데카이도 이야기를 들려주었지만 이곳의 예전 이야기는 안 하고 다른 곳의 이야기만 했다. 이전에는 말하지 않아서 에스더가 들어본 적 없던 이야기들이었다. 모데카이의 외가, 동유럽의 가족 이야기였다. 그들의 선조는 오랫동안 러시아 차르의 지배를 받았다. 그리고 그의 친사촌은 1차 대전 후 폴란드를 떠났다. "시온주의자들이 그 애한테 헛바람을 들였어." 개척자 사상에 물든 것이다. "겨우 열여섯이었다고!" 그녀는 열여섯에 팔레스타인으로 가버렸다. "아무도 그 애가 그럴 줄 몰랐지." 누구도 그 소녀가 따뜻한 집을 떠날 줄, 지금까지 알던 모든 것을 떠나 그 사막에서 새 삶을 일구려 하리라 예상 못했다. 그녀는 거기서 손수 우물을 파고 아몬드나무를 심어야 했다. 다른 젊은 탈주자들, 루블린이나 상트페테르부르크에서 온 또래 소녀들과 함께, 그리고 합스부르크 유대인 지역에서 온 아직 턱이 매끈한 젊은 남자들과 함께.

그녀는 브로디에서 온 그런 소년 중 하나와 결혼했다. 그들은 아들을 많이 낳았다. "우리 가계도에서 또 커다란 가지가 쭉쭉 뻗어나간 거야!" 독일군이 침략하기 전에는 모데카이의 이 사촌 이야기를 들어본 적이 없었다. 혹은 이런 식의 그리움 가득한 이야기를 예전에는 들어본 적이 없었다. "하지만 이제 그녀는 안전하지. 거기 사는 이들 모두. 그 아몬드 과수원에서는."

다른 이들도 다른 곳에 대해 이야기했다.

다음번에 의사가 왔을 때는 그로부터 뉴저지의 형 이야기를 들었다. "미국에선 말이야, 형이 나를 초청할 수 있을지도 모른대. 미국이라니!" 그의 말투에 에스더는 자기도 모르게 허리를 세웠다. "뉴욕, 뉴햄프셔" 같은 장소들을 말하는 분위기에. "미국인" 그리고 "시민" 같은 단어들을 말하는 어조에.

에스더는 이 구역을 떠날 생각을 해본 적이 없었다. 다른 삶을 원한 적 없었다. 그렇더라도 지금은 왠지 위로가 되는 것을 느끼며, 다락 창을 가로지르는 태양을 지켜보면서 다른 곳에 사는 자신을 상상하며 위테크에게 속삭였다.

"우리가 안전한 곳이 우리 집 아니야?

그가 말했다. "내 집은 폴란드야. 사막 같은 곳이 아니라. 뉴욕도 아니고 뉴브런즈윅도 아니지."

독일군이 명령을 내렸다. 더 많은 명령을 가을 내내 내렸다.

전쟁 물자로 쓸 금속을 요구했다. 물동이와 프라이팬과 부지깽이를 군인들이 모으러 왔고 가정마다 최소 하나는 내놓아야 했다.

그다음은 모피를 요구했다. 제국군을 위한, 스탈린을 공격하는 군대를 위한 모피였다.

"모피라고? 농담 아니고?"

"이 구역에서 모피를 내놓으라고?"

"우리가 사냥꾼이라도 되는 줄 아는 거야?"

에스더는 도시용 코트를 위테크의 담요 위에 덮어주었다. 된서리가 군인들을 막아주기를 기원했다. 혹독한 냉대 기후가 계절을 바꾸었다. 에스더와 위테크의 다락방 창에도 성에꽃이 피어났다.

그들 구역에 추위가 닥치자 위테크의 피부는 벌써 푸르스름해졌다. 가늘고 약한 팔목을 침대에 내려놓고, 해가 나는 낮 동안 계속 자면서 발작하고 경련을 일으켰다. 저녁이면 깨어나 모데카이와 입씨름했다.

"고개를 숙이지 말아야 해요."

"안 돼, 안 돼. 고개를 숙여야지. 표적이 될 수는 없어."

낮에는 에스더가 참을 수 없어 다시 도시 복장을 입었다.

리브카가 찾아낸 구두를 코트 소매 안에 숨기고 뒤쪽 층계로 내려가 뒤뜰을 지나 골목에서 조용히 신은 다음, 걷고 또 걸었다.

에스더가 구역을 벗어났다. 한동안은 그저 구역 경계를 벗어나기 위해서, 다시 느끼기 위해서, 감히 벗어난 기분을 느끼기

위해 걸었다. 그녀는 조용히, 주의 깊게 빠져나갔다. 모데카이를
걱정시키고 싶지 않았다. 모데카이에게 걸리고 싶지 않았다.

에스더는 전차 정류장으로 갔고 빵집 앞을 지나갔다. 빵집의
진열장과 행인들을 보았다. 도시의 사무원들과 비서 여자애들,
가게 종업원들이 무심하게 그녀를 밀고 지나갔다. 그들이 가을
날들을 떠나보내는 모습을 보았다. 가을날들이 그저 지나가는
모습을 보았다. 또 다른 한 주가 또 다른 한 달이, 또 다른 1년
이 평범하고도 끔찍한 독일군 치하에서 바뀌면서.

에스더는 이 얼굴들 중에서 고르스키를 찾아보았다. 처진
어깨, 무뚝뚝한 비딱함을. 그녀가 구역 거리들을 걸을 때는 이
웃을, 나이 든 약제사를 찾아보았다. 두 남자를 생각하자 마음
이 너무 아팠고 이제는 참기가 너무 힘들었다. 아무리 많이 걸
어도 소용없었다. 그 가을 가끔 그녀는 생각했다. 마음이 편해
지는 유일한 길은 딱 자르고 가버리는 것뿐이라고. 억지로 계
속 앞으로 나가며 이곳에서 멀리 더 멀리, 구역을 넘고 도시 거
리들을 넘어서, 갈대밭과 진흙밭 속으로. 마침내 투사들 사이
에 서서 갈대를 베던 낫을 드는 거라고.

에스더는 아무에게도 이런 생각들을 말하지 않았다. 그녀의
외출에 대해 말하지 않았다. 위테크에게조차도.

하지만 에스더가 어느 날 오후에 돌아오니 리브카가 뒤뜰에
있었다. 언니는 빨래를 널고 있었다. 이불과 옷들 사이에 그 둘
뿐이었다. 리브카의 손가락은 빨래를 문지르고 헹구느라 벌겠
고 에스더의 발과 마음은 쓰라렸다. 둘은 긴 빨랫줄들 사이에

서 얼굴을 맞대고 잠시 침묵했다.

하지만 리브카는 고개를 끄덕이기만 했다. 화내지 않았다. 에스더의 두 손을 잡았다.

"머지않아 놈들이 우리를 가두겠지?"

머지않아 놈들이 우리를 끌고 가겠지?

독일군이 왔을 때는 낮 시간이었다.

에스더가 먼저 소리를 들었다. 건물 입구에서 군홧발이 우왕좌왕하는 소리. 셋, 넷, 다섯 명. 층계참 저 아래서 큼큼거리고 외치는 셋, 넷, 다섯 군인. 처음에는 투덜거리는 쉰 목소리, 그러고 나서 본격적으로 터져 나왔다.

"라우스!"

"아펠베펠!"

모두 밖으로 나와.

"알레 유덴 드라우센!"

유대인 전부 거리로, 당장!

군인들은 2층까지만 올라왔지만 그것으로 충분했다. 곤봉으로 문을 두드리고 난간을 긁어 요란한 소리를 냈다. 밖에서는 지글거리는 확성기로 계속 명령을 외쳤다.

"브링트 알레 클레이둥."

모두 옷을 가지고 와.

"슈헤, 슈티펠, 맨텔."

신발, 장화, 외투.

군인들은 인쇄된 공고문을 가지고 왔다. 진한 잉크가 채 마르지도 않은 인쇄물을 문마다 디밀었다. 층계참에 뿌렸다. 이웃들이 복도를 따라 손에서 손으로 건네주었고 층계를 따라서 올려 보내주었다.

"볼풀오퍼, 볼헴덴."

울스웨터, 울셔츠. 물품 목록이 적혀 있었다. 제출되어야 할 옷 목록이.

"따뜻한 재킷과 양말."

"우리 양말은 왜 필요하다는 거야?" 에스더가 리브카에게, 모데카이에게 물었지만 둘 다 답을 몰랐다. 그들도 층계참으로 나왔고 리브카의 두 소녀는 엄마 치마폭에 매달렸다. 꼭대기층 이웃들이 그들 주위를 에워쌌다.

"왜 이제 와서 이래?" 아래층 이웃 모두 어리둥절하고 겁에 질려 얼굴 가장자리가 자글자글해지도록 입을 벌리고 눈을 휘둥그레 뜨며 외쳤다. "군인들에게 보내려고? 겨울에 싸워야 해서?"

하지만 거리의 군인들은 질문을 원하지 않았다.

"밖으로!"

그들은 외칠 뿐이었다.

"밖으로 나와!"

더 말할 시간은 없었다.

"나오라고 말했다!"

리브카는 키스를 해주며 딸들을 다독여야 했다. 서로 손을 잡으라고 외쳐야 했다. "손잡아!" 그러고서 아기를 안고 앞장서 다섯 층을 내려갔다. 노인들도 나와야 했다. 병자들까지도. 위테크는 일어설 수 없었다. 그의 다리는 에스더가 부축해도 휘청거렸다. 모데카이가 그를 담요에 싸서 안아 들어야 해서 에스더는 충격을 받았다. 그가 얼마나 가냘픈지, 모데카이의 팔에 안긴 그가 얼마나 허약한지 지켜보면서 에스더는 서둘러 그들 뒤를 따라 아래로 아래로 계단들을 돌아내려갔다.

거리의 차가운 보도에는 이미 이웃들이 무리 지어 있었다. 이미 옷들이 쌓여 있었다. 구두 무더기, 바지 더미가 회색 하늘 아래 쌓여 있었고, 창문에서 더 많은 옷이 떨어졌다. 아직 건물 안에 있는 이웃들이 끌려나가지 않으려 애쓰면서, 셔츠 자락이 퍼덕이며 차가운 공기 속을 낙하하고 장화가 퉁퉁 떨어지고 보도 판석 위를 굴렀다. 하지만 그걸 실어갈 트럭들이, 독일군이 더 오지 않나 내다보던 에스더는 건물에서 나오는 몇 안 되는 군인들, 이미 본 군인들만 볼 수 있었다.

그 군인들이 남자들은 왼쪽으로, 여자들은 오른쪽으로 밀었다.

모데카이도 밀쳐져 건물 벽을 따라 비틀거리며 그들에게서 멀어졌다. 위테크도 모데카이의 팔에 꽉 안긴 채였다. 에스더 역시 아기를 안은 리브카와 2층의 다른 자매 둘과 함께 다른 쪽으로 밀려났다. 하지만 리브카의 딸들이 안 보였다. 방금 여기, 바로 여기 있지 않았나? 리브카가 두리번거리며 찾는 듯했다. "리바?" 리브카가 외치는 소리가 들렸다. "타우바!" 하지만 군인들이 그들을 계속 내몰며 보도 밖으로, 차도로, 모든 여자들이 모인 광장으로 가라고 명령했다.

아이들 위로 몸을 웅크리며 보호하려는 여자들도 있었다.

대부분은 고개를 처박고 서로 팔을 붙잡고 달라붙어 있었다. 그런 구역 사람들 틈에서 에스더는 리바의 빨간 머리를, 타우바의 곱슬머리를 찾아보았다. 겨우 독일군 둘이 곤봉을 들고 그들 모두를 지키고 서 있는 것이 보였다.

가까운 쪽에 서 있는 한 명은 술병까지 들고 있었다. 그의 눈은 차갑고 흐릿하게 바래 있었다. 그가 한 모금 마시더니 한 바퀴 돌아보기 시작했다. 도로에서 굴러다니는 자갈들이 그의 휘청거리는 다리 아래서 군홧발에 채였다. 리브카가 그에게 몸을 돌리며 호소했다.

"혹시 봤어요? 내 딸들?" 리브카가 손을 내밀며 딸들을 찾았지만 질문하는 리브카에게 군인은 돌을 차서 날렸을 뿐이다. 그러고 나서 또 하나를 날렸는데, 에스더의 발목을 아프게 스쳤다.

"암돼지가!"

그의 독일어 외침에 리브카는 흠칫 떨었다. 군인이 큰소리로 웃고 나서 폴란드어로 말했다. "우리가 네 딸들도 끌어낼 거야! 너희 모두 잡아올 거야! 안 그래?"

그가 병목으로 리브카와 아기를 쿡쿡 찔렀고 아기의 작은 얼굴이 혼란으로 찡그려졌다.

"너도 줄까?" 독일군이 다시 웃었다.

에스더는 계속 웅크린 여자들 무리와 건물에서 쫓겨나오는 이웃들 무리를 둘러보았지만 리바나 타우바를 찾을 수 없었다. 건물 벽 앞에서 위테크도, 모데카이도 찾을 수 없었다. 남자들이 건물 벽 앞에 쭉 서 있었지만 불러보기에는 너무 멀었고 눈앞이 옷 더미들에 가로막혔다. 마지막 몇 무더기가 창문에서 떨어졌다. 들리는 것은 확성기 소리뿐이었다.

"아우스지헨!"

이건 또 무슨 소리지?

"아우스, 지히, 엔!"

여자들에게만 내려진 명령이었다. 에스더 옆의 군인이 통역해 외쳤다. "외투 단추 풀어!" 그가 에스더와 리베카를 병으로 가리켰다. "당장 해!"

하지만 군인들에게 여자들 외투가 왜 필요하다는 말인가?

"당장 벗어! 벗으라고!" 군인이 다시 자갈을 찼다. "그 아래 또 다른 외투를 입고 있는지 확인할 거다."

그가 자갈을 찰 때마다 에스더 뒤의 여자들이 움츠렸고 여자들이 흠칫거릴 때마다 군인이 더욱 웃었다. 그가 비틀거리며 한 걸음 더 다가왔다.

"드레스 단추 풀어." 그가 리브카에게 말했다. "드레스를 몇 벌이나 입었는지 확인하겠다."

그가 한 모금 더 마시고 병을 옷 안에 집어넣었다.

"그리고 너."

그가 에스더에게 말하며 손을 뻗었다.

"치마 걷어. 그 아래 뭐가 들었는지 보자."

에스더는 그를 보지 않으려 고개를 돌렸다. 그의 입이 웃음으로 비틀렸고 눈은 탐욕스레 에스더의 치맛단에 고정되었다. 그제야 에스더는 뒤쪽 여자들 무리를 보고 그들이 왜 몸을 웅크리고 있는지 알아차렸다. 벗은 다리를 감추기 위해서, 다른

이들의 벗은 어깨를 감추기 위해서였다. 안 돼, 안 돼. 이들은
무슨 짓까지 하려는 거지? 에스더가 자매를 보호하려는 듯 손
을 뻗었다. 하지만 독일군이 너무 가까이 왔고 에스더는 그가
마신 술 냄새를 맡을 수 있었다. 그가 아침 내내 한 음주의 냄
새를.

"시키는 대로 해!"

에스더는 더 이상 생각할 시간이 없었다.

남자가 붙잡으려 손을 뻗는 순간, 에스더가 재빨리 발을 내
질렀다.

"싫어!"

에스더는 그럴 생각은 아니었다. 그저 다가오는 손을 보고
그를 떨쳐내려 했을 뿐이었다. 이 냄새 나는 술주정뱅이 독일
군을, 술 냄새를 풍기는 비웃음을 떨쳐내려 했다. 하지만 군인
이 다시 달려들었고 이번에는 양손으로 에스더의 머리칼을 잡
아채 끌어당겼다. 그녀를 무리에서 끌어내 길바닥에 내동댕이
쳤다. 고함이 터져 나왔지만 군인이나 확성기에서 나온 소리는
아니었다. 에스더가 자갈 위에 쓰러져 구역의 근성 있는 모래알
에 쓸렸다. 군인의 무릎이 그녀의 가슴을 짓눌렀고 주먹이 턱
에 박혔다. 그때 다시 고함이 터졌다.

"놔줘!"

높은 음색이었고 건물 위쪽에서 들렸다.

리바의 목소리였다!

에스더는 쓰러지고 나서야 리바의 붉은 머리를 볼 수 있었
다. 구역의 어느 창에서 리바가 몸을 내밀고 있었다. 그 옆의 타

우바는 팔을 뻗은 채 양손에 뭔가 들고 있었다. 유리인가, 꽃병인가? 에스더는 몸을 뒤틀려 노력했다. 타우바가 든 게 뭐지? 에스더는 팔을 뻗으며 다급히 손짓을 하려 했다. "거기 그대로 있어." 조카들이 다쳐서는 안 된다. 하지만 독일군이 계속 에스더를 누르고 있었다.

몸을 뒤틀자 곤봉이 가슴을 압박했다. 독일군의 무릎이 그녀의 어깨를 찍어 눌렀다. 술 냄새 진동하는 남자의 무게. 입에 처박힌 주먹을 에스더가 꽉 물었다. 사납게 힘껏.

"망할!"

군인이 소리쳤다. 에스더도 들었지만 그의 욕설은 그녀의 분노와 타우바를 지키려는 의지를 돋울 뿐이었다. 에스더가 이와 손톱으로 그를 물어뜯고 할퀴었다. 무릎과 팔꿈치로 찍었다. 군인이 엉겁결에 그녀를 놓쳤다. 그의 체중이 사라지고 시야가 다시 확보되었지만 곁을 벗어나진 못한 채, 에스더는 조카들을 향해 몸을 돌렸다. 아직 안전한가? 에스더는 옆의 여자들에게 고개를 돌렸다. 여자들은 기겁하여 몸을 사리며 더한 폭력이 날아올까 싶어 더욱 움츠러들었다.

타우바가 들고 있던 꽃병을 그대로 놓았다. 커다랗고 묵직한 유리 꽃병이 건물 벽을 따라 곤두박질치며 날카로운, 하얀 줄무늬를 그었다. 길바닥에 부딪치며 박살 났다. 커다란 파열음이 흩어지며 반짝이는 조각들이 사방으로 날았다.

구역에 울려 퍼진 이 새로운 소음에 모든 여자들이 얼굴을 들었다. 헐벗은 어깨는 여전히 웅크린 채 눈을 들어 하늘을 보았다. 에스더도 일어났다. 소녀들은 저 위 창가에 있었고 군인은…… 놈은 자갈 위에 무릎을 꿇고 있었다. 손등에서 피가 났고 얼굴은 혼란에 빠졌다. 동료를 부르려 고개를 돌렸으나 이번에는 단지가 그의 뒤에서 박살이 났다.

"이게 뭐야?"

타우바가 떨어뜨린 게 아니었다. 리바도 아니었다. 두 소녀다 아직 창가에 있었지만 이웃 하나가 더 합세했다. 그 여자의 손에도 반짝이는 유리가 들려 있었고 그녀의 눈은 목표를 찾고 있었다.

"우리를 괴롭히지 마!"

군인이 그녀를 보며 손가락질했다. 그의 동료도 쳐다보며 욕지거리를 뱉었다. 둘 다 곤봉을 쳐들었다. 하지만 저 높은 곳이었고 이웃 여자는 손에 들었던 것을 그 둘을 향해 던져 그들의 발치에서 깨지고 흩어지게 만들었다.

그때 돌 하나가 날아왔다.

"여기!"

돌이 에스더를 찍어 누르던 군인을 맞췄다. 그가 겨우 몸을 일으키자 또 다른 돌이 날아왔다. 그러고 나서 세 번째, 이 돌이 그의 이마를 맞췄다.

"악!"

리브카가 에스더 옆에 있었다. 돌을 던진 건 언니였던 것이다. 그리고 리브카는 다시 돌을 들었다. 독일군이 한 걸음 물러서고 그의 동료도 마찬가지였지만 리브카는 던져버렸다.

"저리 가, 꺼져!"

이 고함은 군중에게서 나왔다. 커다란, 여자 목소리였다. 더 이상 웅크리지 않고 선, 또 다른 여자가 구역의 돌을 집어들고 던졌다. 창문들에서 더 많은 사람들이 나타나는 게 보였다. 아직도 많고 많은 구역 여자들이 위층에서, 집 안에서 컵과 유리잔을 들고 있었다. 이제는 그냥 떨어뜨리지 않고 조준해서 두 독일군을 향해 힘껏 던졌다. 도로의 여자들은 돌을 명중시켰다. 두 군인은 웅크리고 얼굴을 가릴 수밖에 없었다. 소리 높여 고함을 질렀지만 여자들은 둘의 팔을, 등과 어깨를 맞춰 결국 둘은 구역 남자들을 몰아갔던 군인 무리가 있는 쪽으로 도망칠 수밖에 없었다

"꺼져!"

에스더도 일어나며 생각했다. 독일군이 돌아올 거라고. 아니면 구역 남자들에게 곤봉을 휘두르지 않을까? 하지만 독일군은 건물 벽 앞으로 가더니 서로 우왕좌왕하기만 했다. 그들이 서로 소매를, 팔꿈치를 잡아끄는 동안에도 유리와 돌이 쏟아졌다. 그들은 명령도 내리지 못했다. 확성기는 버려졌다. 그저 씨근거리다가 꽥꽥거리며 욕설을 내뱉을 뿐이었다.

"어서!"

"어서 가자니까!"

그러고 나서 불가능한 일이 일어났다. 이게 가능한 일이었던가? 군인들이 지프로 달려가 올라탔다. 그저 돌과 유리로부터 몸을 숨기려는 게 아니었다. 시동을 걸어 운전하기 시작했으니까. 그리고 구역 밖을 향했다.

정말 가버리는 걸까?

이를 보고 거리 전체가 조용해졌다. 돌멩이도 비행을 멈추었

다. 단지들의 추락도 멈추었다. 모든 구역 사람들이 숨을 죽인 채 독일군의 소리를 들었다. 입을 다물고 서로 손을 뻗어 잡은 채 그들이 지원군과 돌아오는지 지켜보았다. 이제 더 많은 병력이 오겠지?

에스더는 아기를 안은 리브카를 안고서 기다렸다. 위테크는 창백하게 담요에 쌓여 누운 채 시간이 지나고 또 지나갔다. 모데카이는 여전히 위테크를 안은 채 건물 벽에 기대앉아 있었다. 리바와 타우바가 창가에서 서로 꼭 껴안고 이웃들과 함께 서 있었고 나머지 구역 사람들은 반쯤 옷을 벗은 채 길가에 서 있었다. 여전히 독일군은 더 오지 않았다.

그들은 추웠고 옷은 여전히 길에 쌓여 있으며 보도에는 날카로운 파편들이 널려 있었다. 그럼에도 그들은 붙들려 있었다. 이 끔찍한, 놀랍고도 새로운 침묵에.

역사적 사건에 대한 주석[1]

1942년 가을, 루블리니에츠 마을에서 즉흥적 반란이 일어났다.

어느 날 오후 나치들이 모든 유대인에게 광장으로 나와 옷을 벗으라는 명령을 내렸다. 남자, 여자, 노인, 아이 할 것 없이 끌려 나와 모든 옷을, 속옷까지 벗어야 했다. 독일군에게 의복이 필요하다는 구실이었다. 나치들이 채찍과 막대기를 휘둘렀다. 여자들의 몸에서도 옷을 벗겨냈다.

---

[1] 주디 바탈리언Judy Batalion, 『빛의 날들: 유대인 저항군의 여성 전사들The Light of Days: Women Fighters of the Jewish Resistance, Their Untold Story』, 133쪽 참고.

그러다가 갑자기 십여 명의 벌거벗은 유대인 여자들이 군인들을 공격했다. 손톱으로 할퀴고 이로 물어뜯으며, 비유대인 구경꾼들의 격려를 받으며, 떨리는 손으로 돌을 집어들어 던졌다. 나치들은 충격을 받고 당황했다. 징발한 옷을 내버려두고 도망쳤다.

이 사건에 대한 『유대인 통신 *Jewish Telegraphic Agency*』의 기사 제목이 '폴란드의 유대인 저항: 여자들이 나치 군인들을 밟아주다'였고 이 기사는 러시아에서 전송되어 뉴욕시에서 발간되었다.

그 후 여성을 포함한 많은 루블리니에츠 유대인들이 저항군에 합류했다.

_____ 레이철 시퍼트 Rachel Seiffert

장편소설 『겨울 소년 *A Boy in Winter*』『어두운 방 *The Dark Room*』『그후 *Afterwards*』『집으로 돌아가는 길 *The Walk Home*』과 소설집 『현장 연구 *Field Study*』를 출간했다. 부커상과 더블린/IMPAC 상 최종 후보로, 위민즈 프라이즈 포 픽션 상 후보로 오르기도 했다. 글을 쓰지 않을 때는 뜨개질을 하며, 글을 쓰거나 뜨개질할 거리가 없어진다면 큰일이 날 것이다.

호랑이 엄마

클레어 코다

타이그레스

'암호랑이'는 사나운 여자에 대한 멸칭이긴 하지만, 이와 별개로 근래 영미권에서 '자녀 교육에 열심인 동양인 어머니'를 '타이거' 맘으로 칭송하다가 최근에 여기에 인종 차별적 의미가 덧붙여지기도 했다.

TYGRESS

　　마마에게 맞는 관을 찾기가 힘들었다. 결국 우리는 아마도 몸집 큰 남자용으로 만들었을 관으로 정했다. 심지어 그 관에서도 마마는 등을 대고 누워서 발을 들고 꼬리를 말아 올린 채, 가장 좁은 쪽 나무판에 코와 콧수염이 눌려야 했다. 그러지 않고 똑바로, 다리를 아래쪽으로 하고 턱을 관 바닥에 내려서 그녀가 엎드려 잠을 자고 있는 듯 뉘어주었더라면 좋았을 것이었다. 그러면 그녀의 무늬도 위를 향했을 텐데.

　　나는 늘 마마의 등 줄무늬가 무슨 글씨 같다고 생각했다. 그녀가 죽을 때 신께서 읽으라는 글씨였는지도 모른다. 그 대신, 저 아래의 악마가 읽도록 해놓아버린 건지도 모른다. 무슨 뜻이었을까? 궁금하다. 어쩌면 마마의 등 무늬는 호랑이 이름을 쓴 걸지도 모른다. 이제 악마는 알겠지. 그는 그녀를 부를 수 있게 되었다.

　　어쨌든 나는 마마의 하얀 배와 하얀 턱을 사랑했다. 내가 마지막으로 보는 것도 그 부분들이었다. 그녀의 부드럽고 하얀 배, 거기서 내가 나왔다. 그녀의 조그만 하얀 턱수염. 그리고 푹신한 발바닥. 나는 앞발 하나를 잡고 내 눈물을 닦았다. "마마."

"호랑이는 처음 봐요." 장의사가 말했다.

나와 형제자매들이 관을 둘러싸고 섰다. 우리는 시신 주변에 백합을 넣고 좋아하던 간식도 함께 넣어주었다. 발바닥의 검은 동그라미들, 발톱을 숨긴 동그라미들 사이에 동전 여섯 개를 끼웠다. 불교 관습이다. 스미다강을 건너기 전에 어떤 준비를 해야 하는지 마마가 우리에게 가르쳐주었다. 우리 탯줄도 각각 그녀의 털가죽 속에, 따뜻한 겨드랑이 속에 잘 껴두었다.

아니, 그곳은 더 이상 따뜻하지 않았다. 마마의 겨드랑이는 차가웠다.

"합법인 줄 몰랐어요." 장의사가 말했다. "호랑이를 기르다니."

"마마는 불법이 아니에요." 내 자매 샬럿이 말했다. 마마는 램스게이트의 초밥 식당에서 일한 적이 있는데, 식당 주인인 한국인 가족이 마마의 서류를 전부 확인했더랬다. 마마의 1985년 비자는 30년 전쯤 만료된 옛날 여권에 찍힌 것이었다.

새뮤얼이 흐느꼈다. 꾹 참고 있던 소리를 내고 만 것이다. 그는 내 눈에 여전히 여덟 살로 보이지만 이제 스물두 살이고 대학을 졸업했다. 워릭 대학에서 체육학을 전공하고 이곳으로 돌아와 우리가 자란 집에 살면서 일자리를 찾고 있었다. 하지만 이제 마마가 죽었다. 그가 입을 틀어막더니 양해를 구하면서 밖으로 나갔다. 그의 뒤를 딜런이 따라가서 방에는 나와 샬럿,

장의사, 관에 등을 대고 누운 마마만 남았다.

"애완동물이 가족과 똑같이 느껴질 수 있죠." 장의사가 침묵을 깼다. 그는 호기심 어린 시선으로 마마의 시신을, 털가죽을, 줄무늬를 들여다보며 그것들이 이루는 모양을 관망했다. 그가 나를 보더니 미소를 지어보였다. 나는 그의 눈에서 탐욕스러운 빛이 보이는지 탐색했다. 어떤 사람들은 마마가 살아 있을 때 가죽을 벗겨서 입고 싶다는 듯 탐욕스런 눈빛을 보냈다. 하지만 장의사는 그런 눈빛이 아니었다. 직업상 욕망의 표출을 신체적으로 드러내지 않는 데 익숙할 것이다.

샬럿은 나를 보지 않았다. 그녀는 우리 남매 중 둘째지만 맏이처럼 군다. 마치 식탁 머리에 앉은 것처럼 그녀는 마마의 머리 옆에 서 있었다. 손을 관 안에 넣어 벽 쪽을 보는 백합꽃 한 송이를 마마 쪽으로 돌려놓았다. 그러면서 손가락을 어색하게 틀어서 마마의 콧수염을 건드리지 않도록 피했다. 나는 미움을 느끼지 않으려 애썼다.

샬럿에게는 남겨진 것에 대한 묘한 공포심이 있었다. 한번은 싱크대로 들어간 그릇에 담겨 있던 요거트를 샬럿의 뺨에 묻혔더니 샬럿이 울음을 터뜨렸다. 그녀가 아이도 아니고 10대일 때였다. 그 나이에 결혼해 애를 낳는 나라도 있는데 말이다. 뺨에 조금 묻은 요거트 찌꺼기도 어쩌지 못해서야 그런 나라들에서 어떻게 살아간단 말인가? 난 그저 샬럿이 잘 살 수 있게 해주려는 것뿐이었다고, 마마에게 말했다. 샬럿은 강해질 필요가 있다. 나는 샬럿을 강하게 만들어주려는 것뿐이었다. 마마는 내가 언니를 더 이해해줘야 한다고 말했다. "언젠가는 너도 샬럿을 사랑한다는 걸 깨닫게 될 거야."

하지만 그 순간에는 샬럿이 미웠다. 마마는 찌꺼기가 아니었다. 비록 마마의 시신이 꼼짝도 못 할지라도, 그건 여전히 마마의 육신이었다. 나는 샬럿의 손을 잡아 마마의 머리털 속에 파묻게 하고 싶었다.

이제 그 백합꽃은 마마의 뺨을 향해 돌려져, 꽃가루가 마마의 털에 묻었다. 나는 백합을 원하지 않았다. 고양잇과에 유독하니까. 마마의 관 안에 넣다니 무슨 농담 같다. 사람을 위해 만든 관에 들어가서 꽃 때문에 죽은 호랑이처럼 말이다. 샬럿이 관에서 조심스레 손을 빼더니 다시 주머니에 넣었다.

마마가 늘 호랑이였던 것은 아니다. 그녀가 처음 영국으로 왔을 때는 여자 사람이었다. 딜런은 마마가 사람일 때 자랐다. 딜런이 우리에게 당시 마마의 모습을 설명해주었고 우리는 꼼짝도 못하고 빠져 들곤 했다. 마마의 작은 코는 호랑이 얼굴에서와 마찬가지로 사람 얼굴에서도 그다지 높지 않았다. 마마는 예뻤다. 넓은 광대, 작고 검은 눈, 길고 검은 머리칼은 숱이 아주 많았다. 딜런은 인간일 때의 마마에게서 젖을 빨아본 유일한 아이였다. 비록 작은 젖이었지만 충분한 젖이 나왔다. 어쩐지 호랑이가 된 마마의 몸에서도 우리 인간 아이들에게 필요한 젖이 나왔다. 그게 마마의 기적이었다. 그녀의 몸은 항상 우리 요구에 맞춰졌다.

내게는 희망 같은 게 있었는데, 마마가 죽으면 그녀의 몸이 기적적으로 다시 인간으로 변하지 않을까, 그래서 나도 드디어 볼 수 있지 않을까 하는 것이었다. 결코 마마의 죽음을 바란 것은 아니었다. 하지만 자라면서, 딜런의 마마에 대한 회상을 계속 곱씹게 된 나는, 내 생김이 마마와 닮았을까, 내 머리칼도 눈도 입술도 그녀와 닮지 않았을까 궁금했다. 언젠가는 마마의 인간 모습을 보게 되는 날이 오지 않을까 상상했다.

이 나라에서 마마가 겪은 모든 고정관념, 두려움, 편견을 죽음이 벗겨주지 않을까 상상했다. 죽음이 모든 것을 떨궈주고 내면의 무언가를, 그 모든 털가죽, 근육, 지방 속의 인간을 드러내줄 거라고. 죽음을 나는 일종의 만남으로 생각했다. 진정한 마마를 보게 될 것이고 그것은 내 앞에 놓인 거울을 보는 경험과 같을 거라고. 그녀 안의 나 자신을 보게 될 거라고. 나는 그렇게 희망했던 것이다. 꿈꾸었던 것이다.

"잠시 자리를 피해드릴까요?" 장의사가 말했다.

"그래 주시면 감사하겠네요." 샬럿이 말했다. "우리 차례는 오후 두 시죠?"

"그렇습니다."

샬럿이 끄덕였다. 장의사는 조용히 방을 가로질러 문으로 갔다. 직업상 발걸음을 죽이는 데도 전문이 되었으리라. 그가 나가고 문이 조용히 닫혔다.

샬럿이 흘러내린 머리를 귀 뒤로 넘기고 뭔가 잊어버렸을 때처럼 혀를 찬 다음 나를 무시하고 장의사를 따라 방을 나갔다.

그러자 나와 마마만 남았다. 그래서 나는 한 걸음 더 다가가 관의 옆쪽에 배를 붙였다. 입구가 열리는 것처럼 뚜껑 열린 관이 늘어나는 듯 보였고 마마의 시신이 내 시야 전체를 채웠다. 죽어서도 여전히 샛노랗게 버터처럼 번들거렸다. 순백색의 털도 있었지만.

나는 몸을 숙여 마마의 목으로 고개를 가까이 했고, 그때 소리가 들렸다. 작게 가르랑거리는 소리가 마마의 시신에서 들려왔다. 그리고 그 희미한 목울음 사이에서 속삭여지는 내 이름이 들렸다. 이제 와 생각해보면, 그건 길 건너 지역 가스 시설에서 나는 소리가 아니었을까 싶다. 얼마 전 거기서 가스통들을 옮기는 걸 봤다. 그게 아니면, 가르랑 소리는 다른 누군가 화장되는 소리, 화로가 점화되고 불길이 타오르며 시신이 천천히 타는 소리였다.

어쨌든 그 순간 내 이름을 들었다. 나는 더욱 가까이 몸을 굽혀 뺨이 마마의 배 쪽 털에 닿을 정도가 되었다. 나는 눈을 감았다. 내가 다시 눈을 뜨면 마마의 금빛 눈도 열리며 깨어나 나를 볼 것 같았다.

학교에 가기 전에 마마는 내 침대 옆에 서서 이름을 조용히 부르며 나를 깨우곤 했다. 나는 형제자매들보다 조금 늦게 등교했다. 관절이 과도하게 꺾이는 증세가 있었는데, 엘러스-단로스 증후군일 거라고 짐작됐지만 검사해보니 아니었다. 내 상태는 그냥 이례적인 경우였다. 입 밖에 내서 말하지 않았지만 우리는 모두 알고 있었다. 내가 마마에게서, 호랑이에게서 태어났기 때문이리라는 것을. 딜런과 내가 전문의를 만나고 돌아왔을 때, 집 안에 있던 마마의 몸을 의식하지 않을 수 없었다.

10대 때는 아침에 일어나 보면 고관절이나 어깨나 무릎이 어긋나거나 탈구되어 있곤 해서 한두 시간은 결려 그걸 되돌려놓고 움직일 수 있을 때까지 주물러야 했다. 나는 마마의 따뜻한 몸에 기대서 어깨나 다리 관절을 다시 끼워넣곤 했다. 다 마치고 나면, 마마는 늘 나의 이마에 길게 입 맞춰주었고 그녀의 콧수염이 내 눈꺼풀을 간지럽히곤 했다. 마마가 자책을 한다는 걸 나는 알았다. 마마가 슬퍼하면서도 울지 않는다는 것도. 호랑이는 울 수 없으니까. 마마의 키스에는 그 모든 죄책감과 수많은 사과가 담겨 있었다. 그 후에 마마가 나를 안아주어서, 가끔 나는 푹신한 털가죽에 감싸여 잠이 들곤 했다. 그런 날에는 내내 집에 있으면서 학교에 대해서는 잊어버리고 대신 함께 텔레비전을 보며 간식을 먹기로 암묵적 합의가 돼 있었다.

내가 어른이 되자 이 역학은 바뀌었다. 나는 런던에 살면서 가끔 고향을 방문했고 그러면 마마는 음식을 만들어주었다. 나는 잘 차려진 요리를 먹으며 어린 시절로 순식간에 돌아가곤 했다. 하지만 나중에는 우리가 침대 겸용 소파에서 텔레비전을 보다가 마마가 먼저 잠이 들어 내 품에 안기곤 했다. 머리는 내 왼쪽 겨드랑이를 파고들고 무거운 다리는 내 배 위에 축 늘어뜨린 채 꿈을 꾸는지 꼬리는 움찔거렸다.

가끔 나는 마마의 코를 쓰다듬거나 그녀의 널찍한 이마에 내 얼굴을 묻고 냄새를 들이마셨는데, 그럴 때면 보통 생강, 깨, 마늘 섞인 향이 났다. 마마의 머리에서 때로는 우동 그릇에서 올라오는 밀반죽과 고추의 냄새도 났다. 그러면 나는 마마의 잡념 한 자락을 잡아챈 기분이 들었다. 마마는 무척 자주 음식 생각을 했고 자면서도 입술을 핥곤 했다.

마마가 내 품 안에서 잠든 그런 때에는 애완동물을 가족 같이 대하는 사람들, 고양이를 자식처럼 사랑하는 사람들의 마

음을 정확히 알 수 있는 기분이었다. 나는 마마의 머리에 키스
했다. 마마에 대한 모든 감사를 담은 길고 긴 키스였다.

마마가 죽기 전날 밤에도 이렇게 그녀를 안아주었다. 우리는
〈길모어 걸스〉를 보았고 내가 전날 개봉한 도리토스 한 봉지를
다 먹는 동안 마마는 잠이 들었다. 마마의 숨소리가 느려졌고
뜨거웠다. 눈이 감기며 내 몸에 머리를 대고 앞발로 내 옆구리
를 감았다. 나는 마마가 가르쳐준 대로 빈 과자 봉지로 매듭을
만든 다음 소파에 기대고 앉아 화면을 보았다. "다음 에피소드
를 재생합니다"라는 안내 버튼이 떴지만 리모컨을 집을 수가
없어서 그냥 로렐라이와 로리의 스틸 이미지를 지켜보았다. 그
러고 나서 고개를 숙여 마마의 이마에서 나는 냄새를 들이마
셨다.

그녀에게 시간이 많이 남지 않았다는 건 알고 있었다. 많은
고양이의 생명을 신장 질환이 앗아간다. 큰 고양이도 마찬가
지다. 엄격한 식이요법을 시작해 시간을 끌었지만 이미 말기였
고 이식할 호랑이 신장을 얻기는 힘드니 실은 아무 가망이 없
었다. "마마가 다른 동물이었다면, 영국에도 있는 동물이었다
면……." 수의사가 말했다.

나는 마마의 향을 들이마셨지만 마늘이나 생강이나 깨나
쌀의 냄새는 나지 않았다. 그날 밤 나는 음식 대신 향의 냄새를
맡았다. 마마의 뇌 속에서 타는 듯, 향의 연기가 두개골을 뚫고
나오는 듯했다. 마마가 떠날 거라는 전조 같았다. 그리고 다음
날 아침 마마는 떠났다.

눈을 뜨자 흰색이 보였다. 마마의 하얀 털가죽이 내 살갗을

간지럽혔다. 나는 숨을 깊게 들이마셨고 마마에게서 뭔가 낯선 냄새를 맡았다. 장의사가 시신에 사용한 화학제품 냄새였다. 나는 관에서 마마의 머리를 들어 올리고 주머니에서 종이 한 장을 꺼냈다. 내가 인쇄해온 사진으로, 티베트 불교의 어머니 예세 초겔이 암호랑이 모습을 하고서 '두 번째 부처'인 파드마삼바바를 등에 태운 사진이었다. 예세 초갈의 몸이 둥글게 휘어진 채 주황색으로 불타고 입과 앞발은 새빨갛다. 나는 그 사진을 여덟 번 접어서 동전만 하게 만든 다음 마마의 털 속에 넣어 잘 묻었다. 또 다른 조그만 종잇조각에 일본어 주문도 적어 넣었다. 뇨제 치쿠쇼호쓰 보다이신. "동물도 깨달음을 얻을 수 있다."

내가 왜 그랬는지는 잘 모르겠다. 깨달음이라는 걸 믿는지도 알 수 없다. 혹은 환생이나 신, 혹은 그 밖의 것을 믿는지도 잘 모르겠다. 어쩌면 나는 이런 메시지를 마마에게 주는 일종의 격려, 그녀가 어떤 사후세계에서 깨어나든 '마마도 할 수 있어!' 하고 말하는 의미로 생각한 것이다. 아니면 소망이거나. 정말 환생이라는 것이 있다면 동물이 아닌, 인간으로 인식되고 취급받는 존재로 다시 태어나길, 이번 생에서와 같은 모습에서 벗어나길 바라는 소망 말이다.

마마가 나에게 예세 초겔의 이야기를 읽어주었다. 마마는 우리에게 많은 호랑이 이야기들을 읽어주었다. 호랑이는 문학 작품에 잘 나타난다. 샬럿은 남자인 부처가 예세 초겔에 올라탄다는 걸, 즉 예세 초겔의 암호랑이 모습이 남성 스승의 교통수단으로 쓰이는 걸 싫어했다. 한심해 보인다고 생각했고 그 대신

호랑이와 구명보트에 탄 『파이 이야기』를 좋아했다. 새뮤얼이 좋아한 건 『곰돌이 푸』의 명랑한 친구 '티거'였다. 딜런은 윌리엄 블레이크의 시 「호랑이」를 좋아해서 글을 깨치자마자 거의 다 외웠다. 나는 예세 초겔이 좋았다. 그녀는 허구의 인물이 아니었다. 마마도 허구의 인물이 아니었던 것처럼 말이다. 그리고 예세 초겔의 암호랑이 형상은 그녀의 자유를 상징했고 여성이라는 구속에서도 벗어날 수 있게 해주었다고 한다.

반면에 마마의 암호랑이 모습은 족쇄 같았다. 우리 모두 알고 있었다. 팽팽히 당겨진 마마의 피부와 긴장으로 잔뜩 굽어 부러질 듯한 그녀의 등에서 느낄 수 있었다. 더욱 보기 힘들었던 건, 다른 어머니들과 어울리질 못하는 모습이었다. 차를 마시면 마마의 발톱이 덜그럭거리며 잔에 부딪혔고 귀가 천장 조명에 닿았다. 다른 어머니들은 마마의 조언을 귀담아듣지 않았다. "그곳에서는 어머니 노릇이 다르겠죠." 마마의 발톱과 긴 이빨을 흘긋거리며, 우리를 키우면서 그것들을 사용했으리라 상상했다.

그런 한편, 남자들이 마마를 사랑했다. 일본을 사랑한다고 말하는 남자들, 그곳의 문화와 여자들을 사랑한다고 말하는 부류의 남자들이었다. 그들은 마마를 보고 뭔가 전통적이고 진짜인 느낌을 받는 듯했다. 그렇게 매혹된 이들이 정작 호랑이가 중국에 산다는 사실은 생각 못했다. 마마의 일본 호랑이 육체란 뭔가 이상하다는 것을.

마마는 딜런이 초등학교 2학년 때 바뀌었다고 한다. 남자애들이 눈꼬리를 잡아당겨 보이며 놀리고 딜런의 단정한 점심 도시락과 '노란' 피부, 검고 굵은 머리칼을 두고 못된 말을 했다. 딜런은 철자를 제일 잘 알았고 수학을 제일 잘하는 아이였다. 연습 문제도 제일 빨리 풀었다. 글씨도 제일 똑바르고 단정하게 썼다. 손가락으로 리코더의 구멍을 완벽하게 막았고 가장 예쁜 소리를 냈다. 칠판 앞으로 나가서 곱셈 문제에 늘 정확한 답을 썼다. "잘했다"고 교사가 말하면 다른 아이들은 신음을 내질렀다. "공평하지 않아요. 그 애는 아시아인이잖아요." 주변에 날아다니는 말들을 들으며, 딜런은 얼굴을 가리고 손가락의 분필 냄새를 맡곤 했다. "쟤네 엄마는 호랑이 엄마래. 우리 엄마가 그랬어. 교사들의 애완동물. 호랑이. 호랑이."

7월 말, 환하게 타오르던 어느 뜨거운 오후에 학교 입구에서 애들이 숙덕거릴 때 딜런이 학년말 성적표를 구겨 들고 뛰쳐나왔다. 관자놀이 한 쪽에 멍이 들어 있었다. 성실성과 성취에 모두 A를 받았다. 손을 내민 마마에게 딜런이 성적표를 떠밀며, 마마가 성적표에 마구 베이길 바라고 말했다. "마마가 싫어." 그러고서 쿵쿵대며 혼자 집으로 들어갔다. 그 뒤로 "호랑이 엄마"라는 수군거림이 학교 교문에서 흘러나와 딜런을 따라 들어갔다. 마마는 오래 모욕을 견뎌왔지만 이런 조롱이 아들에게까지 이어지리라 생각하지 못했다.

나중에 밤에 달이 떴을 때 마마가 바닷가 호텔 청소 일을 끝냈다. 썰물 후의 해변을 걸어 집에 걸어올 때, 마마가 변신했다. 손을 짚고 엎드렸다가 노란 네 발로 일어섰다. 아들을 괴롭히는 이들에 대한 피의 갈망을 배속 깊은 곳에서부터 느꼈다.

사람들을 미워하기는 쉽다. 내가 대여섯 살 때 지금 와서 보면 말도 안 되는 격언을 배웠다. "막대와 돌은 내 뼈를 부러뜨릴 수 있을지라도 말은 나를 상처 입히지 못한다." 그러나 말은, 우리 어머니를 호랑이로 바꿔놓을 수 있다는 걸 난 알게 되었다. 말은 그녀의 몸 속 뼈를 재조립할 수 있다. 두껍게 만들고 짧게 만들며 두개골을 넓혀서 호랑이의 두개골로 만들고 치아와 혀를 길게 만들고 손가락 길이를 줄이며 배속의 호랑이 불을 깨워낸다. 마마가 한번은 나에게 딜런네 학급의 아이들을 먹고 싶다고 말했다. 마마는 참기 힘들었다.

하지만 그 대신, 다른 일이 일어났다. 딜런이 마마와 함께 등교하기를 거부했다. 우리 집 앞 도로 끝의 신호등에서 딜런이 외쳤다. "이제 따라오지 마!" 그러고서 나머지 길은 혼자 갔다. 그런 다음, 학교에서 매일, 시험 볼 때나 칠판 앞에 서서 딜런은 억지로 실수를 했다. 9 곱하기 9가 80이라고 대답했다. '며칠'을 '몇일'로 썼다. 틀리기 쉬운 철자법을 그냥 틀리게 썼다. 리코더 구멍도 살짝 덜 막아 흉한 삑 소리를 내고 아이들을 본 다음, 아이들과 같이 웃었다. 성적이 점점 나빠지다가 평균이 되었고, 딜런 대신 다른 아이가 지적 능력이 뛰어나다고 비웃음을 당하며 안경잡이라 놀림 받았다.

이 이야기를 들었을 때 나 역시 폭력적인 생각을 했다. 그 아이들을 하나하나 부엌칼로 찌르고 또 찌르는 상상 말이다. 우리 마마에게서 인간의 몸을 박탈하고 딜런이 지적 능력을 숨기게 만든 아이들이었으니까. 내가 이런 말을 하자 미친 거냐고 샬럿이 말했다. 딜런은 내가 호랑이 몸에서 태어났으니 그럴 수도 있겠다고 말했다. 마마의 발톱과 이빨이 내 안에도 있다고.

그렇게 오랫동안 딜런은 자신의 두뇌를 돌보지 않았다. 오히려 벌주었다. 내가 아직 어리고 딜런이 10대일 때, 그는 하얀 연기 구름을 타고 유인원처럼 팔을 앞으로 늘어뜨린 소년 둘과 함께 우리 집으로 날아들곤 했고 셋이서 컴컴한 딜런의 방으로 사라져 한참을 박혀 있다가 멍하고 멍청한 미소를 띠며 밖으로 나왔다. 딜런은 단어 하나로 이루어진 문장만 구사하며, 느릿느릿 생각 없는 동물처럼 움직이며 먹고 잤다. 아무리 아시아 엄마들이 호랑이 엄마라고 해도, 대학 중퇴자의 엄마가 호랑이 엄마일 리 없었다. 딜런은 나무늘보, 민달팽이였다. 그는 마법을 시전하듯 비참여를 실천했다. 그렇게 하면 마마가 다시 인간으로 돌아올 것처럼. 하지만 그렇게 되지 않았다.

마마가 죽기 전 오래전부터 딜런은 집에 별로 오지 않았다. 세라와 동거를 시작했고 인생을 추스르며 애니메이션 제작사에 취직해 스톱 모션 영상을 위한 배경을 만들었다. 난 항상 딜런이 만든 장면을 알아볼 수 있었다. 그는 안 보이는 것들을 만드는 데 정말 뛰어났다. 바람, 열기, 추위 같은 것들이 진짜로 보였다. 사람들은 그가 일본계이기 때문이라고 말했다. 그 안에 '아니메' 같은 것을 이미 가지고 있다고. 하지만 내가 보기에 딜런은 그냥 일을 열심히 하고 관찰력이 있을 뿐이었다. 그는 거의 모든 시간을 일에 쏟았다. 때론 크리스마스까지 일을 했다. 그 제작사에서 밤늦게까지 일하는 유일한 직원이었다.

우리는 딜런이 일중독이라 그런 것처럼 말했지만, 그가 집에 오면 어떻게 행동하는지 모두 알았던 것 같다. 우리 모두 마마를 안고 발톱을 다듬어주고 털을 쓰다듬었지만 딜런은 결코 마

마를 만지지 않았다. 둘 사이에 정말 무슨 일이 있었는지 우리
중 아무도 모른다고 생각한다. 하지만 딜런이 대학을 중퇴하고
세라를 만나기 전 그는 오래 병원을 들락거리며 다양한 유형의
의사와 심리치료사를 만났다. 어느 크리스마스 이후 집에 구급
차가 와서 욕실 바닥에 생명이 거의 빠져나간 듯 뻗어 있던 딜
런의 몸을 끌어냈다. 샬럿이 발견했는데, 딜런 옆에는 샬럿의
호주 샴푸며 화장품이며 머리 손질 도구가 흩어져 있었다.

샬럿은 딜런을 이해할 수 없다고 화를 냈다. '자신'도 똑똑했
지만 자신은 대처할 수 있었다고. 사람들이 마마를 호랑이 엄
마라고 불러도 상관없었다고. 하지만 나는 딜런이 더 힘들었을
거라고 생각한다. 그는 그 전의 마마도 알았으니까. 마마가 동
물로 변신하는 것을 지켜보았으니까. 그는 우리 중 누구도 겪은
적 없는 상실을 경험했다. 우리 중 누구도 이전의 마마를 알지
못했으니까.

마마가 죽던 날 나는 우유를 마시려 뜨겁게 데웠다. 내가 소
화시킬 수 있는 건 데운 우유뿐이다. 네 개가 세트였지만 셋만
남은 작은 내열 유리잔에 담아 전자렌지에 넣었다.

마마의 기분이 좋지 않던 어느 날, 호랑이 본성에 못 이긴 마
마가 내 얼굴을 보면서 거실 탁자 위에 있던 잔 하나를 떨어뜨
렸다. 일부러 잔을 깨뜨리는 마마를 보며 나도 짜증이 났던 게
기억난다. 파편을 치우는 건 내가 해야 했다. 마마가 앞발로 빗
자루와 쓰레받기를 쓸 수는 없으니까. 나는 청소를 하며 마마
에게 화가 솟구치는 걸 느꼈다. 딜런의 엇나간 인생에 대한, 우
리 모두 받아온 고통에 대한, 동물을 어머니로 두었다며 동정

하는 학부모들의 표정에서, 거리에서 마마를 모욕하는 사람들에게서 받은 상처에 대한 분노가 치밀었다.

내가 비질을 하는 동안 마마는 가슴을 닦았고, 마마가 보지 않는 동안 나는 쓰레받기에 손을 넣어 유리 조각들 위에서 손바닥을 꾹 눌렀다. 그런 건 아프지 않았다. 피가 쓰레받기로 흘러나오자 어쩐지 우리 가족의 아픔이 빠져나오는 기분이었다. 아픔이 처리되어 액체로 변한 것이었고, 나는 욕실에서 손바닥의 유리 조각들을 뽑아낸 후 그 액체를 씻어버렸다.

마마가 죽던 날, 나는 다른 종류의 아픔을 느끼며 남은 세 잔 중 하나의 유리잔에 우유를 담아 마셨다. 네 번째 잔이 있어야 했던 빈자리에 마마에 대한 나의 모든 사랑이 쏟아져 들어갔다. 이제는 살아 있는 존재를 향할 수 없는 사랑이었기 때문이다.

딜런과 새뮤얼이 다시 방으로 들어왔다. 딜런의 손이 새뮤얼의 등에 위로하듯 얹혀 있었다. 새뮤얼이 몸을 숙여 마마의 이마에 키스하고 냄새를 맡았다. 『명랑한 호랑이 티거, 곰돌이 푸의 친구』한 권이 관 속으로, 두 송이 백합 사이로 들어갔다.

그다음은 딜런이 앞으로 나섰다. 나는 본능적으로 시선을 돌렸고 새뮤얼도 그랬다. 하지만 관 옆에 가만히 말없이 선 딜런의 윤곽은 주변 시야로 보였다. 그런데 그 윤곽이 점점 몸을 숙였다. 그래서 나는 잠시 그가 관에 들어가려나 생각했다. 하지만 딜런은 마마를 안았다. 마마의 두터운 몸통에 팔을 두르고 뭐라 속삭이더니 턱과 약간 벌어진 입에 키스했다. 그제야 나는 마마를 등을 대고 눕힌 것이 옳았다고 느꼈다. 그녀를 엎

드리게 해서는 맞는 관이 없기도 했으니. 딜런이 마마의 콧수염을 정돈했다. 마마의 턱을 양손으로 잡고 말이다. 그러고서 일어섰다. 내가 딜런을 쳐다보자 그가 미소를 지었다. 그의 흰자가 붉었다.

문이 확 열리고 샬럿이 장의사와 함께 들어왔다. "준비됐어." 샬럿이 말했다. 그리고 마치 우리 모두 이런 상황을 전에 겪어본 것처럼 우리는 마마의 관 옆에 자기 자리를 자동적으로 찾아갔다. 주저앉았다가, 마마의 무게를 우리 어깨에 올렸다. 우리는 동시에 일어섰다. 완벽한 일치, 아름다운 협동으로 우리는 마마를 우리 머리 높이까지 들어 올렸다. 목재 관 속 마마의 배가 내 귀 옆에 있었다.

그리고 장의사의 인도를 따라 우리는 화장장으로 들어갔다. 컨베이어 벨트 위에 내려놓은 마마가 움직일 준비가 되자 우리 모두 그녀를 내려다보았다. 그녀의 하얀 배가, 노란 털가죽이 침침한 실내에서 환하게 빛을 냈다. 나는 몸이 떨리며 어깨에서 팔이 빠져나갈 것 같고 무릎이 후들거리며 허리에 힘이 풀렸다. 그래서 주의를 마마의 두터운 옆구리에, 검은 줄무늬에 집중했다. 내가 아침마다 기댔던 곳들에. 그녀의 네 발이 너무나 부드럽게 위로 들려 있었다.

"신께서 내 머리에 깃드시길, 내 인식에 함께하시길." 장의사가 조용히 읊었다. 샬럿이 고개를 숙이고 기도했다. "신께서 내 눈에, 내 모습에 깃드시길, 신께서 내 입에, 내 말에 함께하시길, 신께서 내 가슴에, 내 생각에 깃드시길. 신께서 내 마지막에, 나 떠날 때 함께하시길."

"아멘." 그들이 동시에 읊조렸다.

장의사와 다른 남자가 관 뚜껑을 들어 마마의 시신을 덮었다. 그러고서 화로 옆의 버튼 하나를 누르자 컨베이어 벨트가 움직이기 시작했다. 마마를 목재 속에 가두다니 너무나 잘못된 일처럼 느껴졌다. 관이 커튼 뒤로 가서 불길에 삼켜지자 차라리 그쪽이 더 낫게 느껴졌다. 내 옆의 딜런이 숨죽여 윌리엄 블레이크의 시구를 읊었다. "어떤 망치가? 어떤 사슬이" 불과 마마는 잘 어울렸다. "어떤 화로에서 그대의 두뇌가 나왔나?" 연기 속에서, 그리고 불빛 속에서, 육신 없이, 마마는 자유로울 것이다.

＿＿＿＿＿ 클레어 코다Claire Kohda

데뷔 장편소설『배고픈 여자Woman, Eating』가 하퍼스 바자, 뉴요커, 글래머, 허프포스트, BBC에서 올해의 책으로 선정되었다. 앤솔러지『이스트 사이드 보이스East Side Voices』와 가디언, 타임즈 리터러리 서플먼트, 파이낸셜 타임즈, 뉴욕 타임즈에 글을 실었다. 또한 그녀는 바이올리니스트로 시규어 로스, 더 내셔널, 막스 리히터 등의 아티스트와 협연했고 〈두 교황〉 〈매트릭스 리저렉션〉 등의 영화 음악에 참여했다.

용 부인의 비늘

스텔라 더피

드래건

전설 속 동물인 '용'을 뜻하는 한편 '보물을 수호하는 사나운 동물'이
라는 의미에서 '젊은 여자를 감시하는 역할의 엄한 노부인'이라는 뜻
이 생겼고 오늘날에는 '힘 있고 무서운 나이든 여자'를 지칭한다. 남성
에게 '용'이라고 할 때는 멋진 남자라는 뜻이 된다.

DRAGON

한때의 우리 모두에게 해당되는 갱년기. 모두의 몸에 해당되는 노화. 1821년 프랑스 의사 가르단Gardanne의 논문이 우리의 변화에 다른 이름을 붙였다. '폐경'이라고. 새로운 명칭이 붙은 정령이 호리병에서 나왔고, 모든 정령이 그렇듯, 좋기도 하고 나쁘기도 했다. 풀려나서 질병이 되는 동시에 연구와 재활과 무시와 거부가 가능해졌다. 하지만 세상은 노화를 두려워하는데? 늙은이들을 혐오하는데? 문화가 우리 자신의 나이 듦을 경멸하고 부정하도록 부추기는데? 폐경은 얼굴을 후려치는 따귀처럼 다가올 수 있다.

나는 그랬다. 얼굴을 후려치는 따귀, 복부를 걷어차는 발길질, 나의 핵심을 찢어발기고 보지를 잡아 비트는 것처럼.

그리고……

하지만……

처음은 오밤중의 목욕이었다. 이불 속에서 끓어오르고 요동치고, 땀으로 수영을 하고. 나는 놀라고 충격 받고 역겹고 믿을 수가 없었다. 나는 아니야, 아닐 거야, 이럴 리가 없어, 하고 말이다. 그때는 나에게 아직 선택의 여지가 있다고, 세월을 다스릴 수 있다고 생각했다. 이런 버전의 내가 존재할 줄은 몰랐다. 이 몸이, 내 몸이, 나라는 몸이 반란을 벌여 통제를 벗어났다. 망한 거지. 아, 나는 내 몸에 대한 통제력을 좋아하고 거기에 몰두했다. 운동과 식이요법, 화장품과 약품, 기구와 세척, 요가와 권투, 달리기, 높이뛰기, 윗몸일으키기. (그리고 물론, 자랑은 못 하지만, 굶기) 내 이미지를 추적해보면 광고판과 스크린, 학교 여자애들의 곁눈질로 만들어졌다. 알 만하지 않은가? 당신도 그런 사람이었을 수 있고. 지금은 아니겠지? 그래도 나의 만들어진 몸은 아름다운 물건이었다. 나의 창조물이자 즐거움이었다. 나는 이 땅을 걷고 거리를 활보하는, 육체로 구현된 나 자신이었다.

그 몸이 어떻게 감히? 몸이라는 물건이, 몸이라는 녀석이, 이 몸이, 내가 아닌 내 몸이, 이 여자가 어떻게 감히?

그럼에도, 나의 용맹한 노력에도 불구하고 몸은 존재를 드러냈다. 시간이 파고들어 내가 누구인지, 어떤 물건인지 상기시켰다. 나는 과거가 지나가는 존재이며 근육, 뼈, 힘줄이 흙으로 변하고 삭아서 먼지가 될 것임을.

화가 나는 일일 뿐 아니라 수치스러운 일이었음을 이제는 안다. 떼쟁이 유년 시절을, 건방진 10대 시절을 거치며 자라나, 겁에 질린 20대를, 만개한 30대를, 성취한 40대를 거치며 나는 스스로를 잘 통제해왔다.

더 이상은 아니다.

야간의 발한 덕에 나는 다른 방향의 진실을 익혔다. 다른 현명한 방향을 보게 되었다. 평생 나는 억누르라고, 나의 흐름을 틀어막으라고 배웠다. 찔끔대고 새어나오고 뚝뚝 흘리고 질질 흘리지 않게 했다. 생리를 숨기고 신중하게 나로부터 분리시켰다. 피가 최악으로 쏟아져 붉은 것이 덩어리져 나와도, 생리통이 질기게 이어져도, 다 숨기는 게 의무라고 여겼다. 망할 명예 훈장처럼.

그렇게 나는 내가 젖고 질척하고 줄줄 새는지도 몰랐다. 나의 액체 자아를 몰랐다.

거울 속 나의 액체 자아를, 혼란스레 뒤틀린 그녀를 나는 응시했다.

새벽 3시, 4시, 푹 젖은 침대에서 일어난 나는 거울 속에서 나를 맞이하는 바다 마녀를 노려보았다. 그녀는 미소를 지어보였다.

무시무시한 미소였다.

그리고 그 아래서 떨림 같은 안도의 어렴풋한 깨달음이 시작되었다.

거울 속 바다 마녀가 팔을 들어 입으로 가져가는 모습을 나는 지켜봤다.

우리는 나를 핥았다. 나는 소금의 존재, 바다의 존재로 물결치며 가라앉았다.

나를 들이마셨다.

그날 밤, 그날 새벽에 바다 마녀는 나에게 처음 반들거리는 녹황색 비늘을 주었다. 알 수 없는 영롱한 빛의 비늘은 나에게 딱 맞았다.

그런 홍수 이후, 열기 이후. 나는 그저 빵 한 덩어리를 집으려 손을 뻗었다. 그때 내 뒤의 남자가 나를 지나쳐 손을 뻗더니 빵을 가로챘다. 나도 작은 편은 아닌데 그가 더 컸다. 갑자기 가슴 깊숙한 곳에서부터 얼굴로 열이 뻗치더니 뜻밖의 속도로 어깨와 등을 따라 내려가고 팔과 허리까지 급속하게 퍼졌다. 내 손가락들이 뜨거운 갈퀴로 변했다. 나는 돌아서서 그에게서 빵 덩이를 낚아채며 소유권을 으르렁댔고 계산대에 카드를 내려 찍은 다음 도망쳤다. 가게를 떠나며 몸이 떨렸다. 수십 년간 분노를 삼키며 살아왔는데 이렇게 되었다. 통제되지 않은 분노를 뱉어내고는 전율했다.

맹렬한 열기를 한번 허용하자, 한번 숨을 불어넣자, 지옥처럼 자라났다. 내 갑옷을 찢었다. 그렇게 오래 유지되던 고통스런 보호막이 피와 살점이 되어 떨어져나갔다. 불길이 내 상처들을 열고 씻어냈으며 토지를 비워냈다.

내 몸에 수치심이 이어졌다. 타인의 시선과 평가. 찔러오는 남자들의 시선. 열네 살 때의 자기 혐오, 스물두 살 때의 만족되지 않는 갈망. 등짝에 새겨진, 깨진 우정의 흉터. 손목에 묶인, 아버지 없이 자라고 어머니를 잃게 만든 구속. 발목에 달린, 내가 했더라면 좋았을 모든 말들로 채워진 모래주머니. 난소와 자궁을 괴롭힌, 내가 뱄던 아이들과 배지 않았던 아이들. 무릎은 너무 애쓰느라 흉하게 휘고, 팔꿈치는 사과하면서 멍들고, 목은 자신에 대한 모든 실망의 무게로 수그러들고.

그리고 또한, 바다 곁에서 보내는 밤이 이어졌다. 너를 내 품에 안고. 우리 아기의 손가락이 움켜쥐는 찬란한 욕구. 어깨에서 어깨까지 이어진 이 문신은 나의 욕망, 성취로 상승하고 활공하며 비상하려는 욕망. 내 허벅지를 따라 올라가는 소중한, 모든 연인이 갈망하고 즐거이 돌려주는 애무.

나는 이런 모든 존재.

내 날개를 구성하는 각각의 비늘은 상실, 하락, 좌절의 이야기이며, 짝을 이루는 기쁨, 축복, 편안의 이야기들로 완벽한 무게의 균형을 이룬다.

불길 속에서 나는 자신을 단련했고 날아올랐다.

나는 밤에 방문한다.

그녀의 이름은 모드. 간단한 이름으로 인생을 살아왔다. 결국 그녀는 기대했던 것보다 훨씬 빠르게 살아왔다. 우리가 만났을 때 모드는 지친 상태. 사실 나는 지친 사람들에 지친 상태다. 나 자신이 지치고 쥐어 짜이고 오랫동안 뻔한 기대에 맞춰 나를 개조하느라 기진맥진했다.

모드는 나와 같은 방식으로 지친 게 아니지만 그녀도 고갈되어 푸른 눈은 충혈되었고, 주근깨 피부는 창백하며 칙칙하다. 모드는 스물일곱이지만 질병으로 나이 들어 보인다. 비옥했던 젊은이가 순식간에 시들었다. 주사 한 방에 그렇게 되었고 앞으로도 수년간 3개월마다 주사를 맞아야 한다. 앞으로 계속 살아 있다면 말이다. 주삿바늘도 굵고 주사액도 끈적하다. 작은 주사가, 따끔한 상처가 아니다. 후비고 쑤시는 공격이고 그녀를 살려둘 희망이다. 모드는 너무나 살고 싶다. 이런 치료를 받기 전의 그녀는 목숨 부지의 대가가 순식간에 덧붙은 나이가 될 수도 있다는 걸 몰랐다. 모드가 원하는 건 그저 시간, 여유로운 시간, 더 많은 시간, 어쨌든 시간이었다. 이제는 안다.

모드는 탈진으로 어지럽다. 질병이 뇌까지 침투했을까, 어마어마한 비용을 치렀어도 부족할까 걱정된다. 그녀는 저녁이면 연인의 품에 기대고 연인은 편하게 해주려 최선을 다한다. 상황이 나아지리라 기대하지 못해도, 여기까지가 아닐까 두려워도 말이다. 연인의 최선도 아침 이후까지 이어지진 못하고, 모드는 깨어나면 혼자 남는다. 연인의 숨결이 아무리 가까워도, 그들의 접촉이, 열기가 아무리 친밀해도, 그녀는 철저히 혼자다.

모드는 매일 동트기 수 시간 전에 일어난다. 그녀의 경우에는 발한 발작 때문이 아니라 불안감이 상승해서 깬다. 알 수 없는 두려움이 마비처럼 엄습하며 가슴을 옥죄고, 필멸이 닥쳤다는 확신 때문에 깨어난다.

그래서 나는 모드를 만나서 대화해봐야겠다고 생각했다. 그녀의 죽음이 가까운지 아닌지는 나도 알 수 없다. 내가 예지자도 아니고 죽음의 사자가 나 같은 이에게 비밀을 알려주지도 않으니까. 하지만 죽음을 너무 일찍 들이마시고 너무 일찍 내뱉은 공포로 인해 삶에서 후퇴하는 모드를 보고 마음이 아파서, 나는 방문을 한다. 내가 보모는 아니다. 달래주거나 편하게 해줄 수 있으리라 기대를 하는 건 아니다.

모드가 침대에서 조심스레 몸을 일으키는 건, 꿈꾸는 연인을 깨우지 않으려는 의도에서다. 모드는 연인의 근심을, 동정을 바라지 않는다. 낮 동안에는 연인의 두려움 가득한 애정을 얼추 견딜 수 있다. 하지만 밤에는 상실감이 너무 깊이 엉겨들고, 떠난다는 죄책감이, 곧 닥치지는 않더라도 결국에는 분명 죽으리라는 죄책감이 너무 크다.

나는 모드를 정원에서 만난다. 실은 그냥 좁은 안뜰 정도고, 길고 낮은 다세대 건물 뒤쪽의 포장된 틈새 공간이긴 하지만, 모드가 화분을 놓고 바구니를 걸어 정원을 만들어왔다. 뒷벽 아래 죽 놓인 길고 좁은 상자형 화분들에서 등나무와 포도 덩굴이 뒤얽혀 오르며 해바라기는 햇빛을 가릴 만큼 크게 자라날 희망을 품고 심겨 있다.

"울고 있네요." 내가 말을 건다.

분명한 사실부터 시작하는 게 유용하다는 걸 나는 알게 됐다.

"요즘 난 늘 울어요. 눈물이 늘 나오는 건 아니지만."

"오늘밤은 나오네요." 내가 대꾸하며 그녀의 발치에 고인 소금물을 눈짓한다. "달팽이들이 꼬이겠네. 눈물을 마시고 죽겠죠."

"잘됐네요." 모드가 미소 짓는다. "그러라죠. 내 호박꽃을 먹은 놈들이니까."

"정원을 많이 좋아하나 봐요."

질문이 아닌 단정이지만 모드는 내가 질문을 한 것처럼 대답한다.

"나이 든 여자들은 모두 정원을 좋아하죠. 그러니 맞아요.

이제 나도 꽤 늙었으니, 정원이 좋네요. 레이스 칼라도 곧 입고
싶어질 것 같아."

진부한 말에 나는 눈썹 한쪽을 올리지만 걸고넘어지진 않는
다. 모드는 여전히 노화가 취향을 떨어뜨린다고 믿는 것이다.
그녀도 배우게 되겠지. 그 전에 죽지 않는다면.

"한 계절 열매를 맺고 죽는 식물들을 심고 있어요. 내가 죽
은 후에도 오래 자라날 것들도 같이 심고."

"몇 살이기에?" 나는 그녀의 나이를 알면서도 대답이 궁금
해서 묻는다.

"내 병만큼 나이를 먹었죠. 그 병의 치료만큼." 모드가 한숨
쉰다. "늙은이가 된 기분이에요."

나는 놀리듯 말한다. "스물여덟 아녜요?"

모드는 눈살을 찌푸리다가 표정을 가다듬는다. 이제 와 상
관없는 숫자지만, 그래도 당연히 정정은 한다. 중요한 문제인 것
이다. "9월이 지나야 하죠." 모드가 나를 올려다보며, 거의 상
처 받은 표정이다. "안 그래도 너무 빨리 나이가 드는데, 더 빠
르게 만들지 마요."

"내가 빠르게 만들 수가 있나요? 당신은 스물일곱에도 심하
게 나이가 들었고, 뼈는 쑤시며 뇌는 곤죽이고 심장은 임박한 죽
음에 대한 공포로 질주하죠. 자궁은 앞으로도 영원히 비겠고."

모드가 자기도 모르게 끄덕인다. "그 말까지 해야 했어요?
환자를 대하는 태도가 거의 암 전문 의사급이네요."

"거의?"

모드가 끄덕이고 이야기를 들려준다. 그녀는 주차장에서 차

를 대고 나와 병원 복도에서 기다렸다. 다시 그 작은 방에 온 것이다. 암 전문 의사의 책상에 각티슈가 의도적으로 놓인 곳이다. 이왕이면 의사의 건강하고 행복한 아이 세 명의 사진을 가리도록 놓았으면 좋았을 것이다.

"나는 의사를 따라 복도를 지나서 그녀의 진료실로 들어갔어요. 의사의 어깨 상태를 보면서 그녀가 오늘 나에게 어떤 말을 할지 예상하려 했죠. 의사는 안부부터 물었지만 나는 대답할 수 없었어요. 그녀는 내 상태를 알고 나는 모르잖아요. 내 안부를 그녀가 말해줘야 하는 거 아니에요?"

"누군가의 수명에서 50년이 빠져나갔다는 소리를 하는 게 쉽지는 않겠죠."

모드가 어깨를 으쓱했다. "그렇긴 하겠죠. 결국은 말했지만."

나는 잠시 침묵한다. 침묵이 점점 부풀다가 최대치에 이르자 내가 묻는다. "어떻게 지내고 있어요, 모드?"

모드의 분노는 솟구치자마자 막히는 온화한 것이며, 분노가 겁난 그녀가 조심스런 논리와 분별을 발휘해 끈질기게 익사시키는 연약한 절망이다. 꽤 오래 '왜 나야?'가 '왜 나는 아니겠어'와 겨루다가 '그들도 최선을 다하고 있는데'와 '당연히 모든 게 우연'으로 대체되어 잠잠해진다. 그리고 '난 아직 어리지만 훌륭한 삶을 살았어'와 '치료약이 이번엔 들을지도 몰라. 이런저런 확률이 있다고 했으니까, 그리고 또 그리고 또 그리고' 하면서 이유가 고갈될 때까지.

나는 기다린다. 그렇게 여전히 일부는 통곡이고 일부는 투정인 문장 속에서 수치에 절고 마침내 분노로 달아오른 모드가 더듬더듬 말을 뱉을 때까지. "이건…… 참…… 불공평해요."

그렇지. 어디 한번 볼까.

정말 불공평하니까. 그렇지 않은가? 절대 공평하지 않다. 그 무엇도 공정한 적이 없었고 우리의 합리성은 불공정을 없앨 수 없다. 그저 불공정을 묵살하고 우리 상처를 덮을 뿐이다. 세상이 우리 괴로움을 못 참아주고, 세상이 우리가 착할 때를, 조용히 최선을 다할 때를 훨씬 좋아하기 때문에 숨기는 상처를 덮는 것이다.

웃기지 말라고 해.

파헤쳐, 모드.

상처를 열고 스며 나오던 슬픔을 확 풀어내.

모드는 그렇게 했다. 정원이 자라나서 결실을 맺는 모습을 볼 수 없을 모드는 격분하고 소리치고 씩씩거리며 내보냈다. 큰소리를.

나는 좋은 말을 하지 않았다. 그럴 의지도 욕망도 없었다. 어쩌면 그녀가 마침내 더욱 노성을 내지를 수 있도록 만들었는지도 모른다. 내가 떠날 때 나에게서 비늘 한 개가 떨어졌다. 정원에 떨어졌는지도 모른다. 비늘이 자라날지도 모른다. 모드만이 알 것이다.

모드는 침대로 돌아와서 온화한 꿈을 꾸었다. 그녀의 눈 뒤에서 아른거리는 녹황빛 꿈을, 상실을 받아들여 부드러워지는 꿈을.

멕시코 유카탄의 완경기 마야 여성에 대한 베이엔Beyene과

마틴Martin의 2001년 연구에 의하면, 그녀들은 어떤 완경 증후군도 겪지 않았다. 남자와 소년의 뼈에서는 균열이 보였으나 나이 든 여성들의 뼈는 그렇지 않았다. 나이 든 유카탄 마야 여성들의 골밀도는 북미 여성들과 마찬가지로 골다공증 수준이었으나 마야 여자들에게는 균열이 없었다. 어쩌면 평생 칼슘이 풍부한 음식을 먹어서인지도 모른다. 어쩌면 70대까지도 평생 끊임없이 수 킬로미터씩 우물물을 길어오는 운동량 때문인지도 모른다. 어찌 되었든 그들의 뼈에는 균열이 생기지 않았다.

2003년 스튜어트Stewart의 연구에 의하면 마야 여성들은 과민성, 울화, 어지럼증 등이 그들의 동물적 기운이 상승했기 때문이라고, 그들의 영기가 드러났기 때문이라고 생각했다. 마야 여성들은 월경이 끝나고 임신의 짐에서 벗어나게 되면, 월경의 금기 때문에 제약되었던 사회 활동에 참여할 가능성이 늘어나게 되었다며 기뻐하고 축하했다.

"나한테 월경의 끝은 그런 의미였어요. 그때 나는 확실히 알았죠."

샘이 아내와 30년을 산 집 근처 어린이 놀이터에, 샘과 나는 앉아 있다. 이제 걸음마를 하는 손자가 이웃의 두 딸과 논다. "사랑스러운 젊은 부부죠." 샘이 말한다. "우리를 어떻게 대해야 할지는 모르겠는 것 같지만, 아주 친절하고, 일단 우리가 손주와 같이 놀게 딸들도 봐주겠다고 했더니, 뭐, 웃는 얼굴에 침 못 뱉는 법이잖아요?" 완경의 나이에 웃는 얼굴이라고 해도 말이다.

그는 늘 자신이 친구들과 다름을 알고 있었다. 초등학교 때

부터 그랬지만, 그때는 남다른 아이들이, 남다르다고 느끼는
아이들이 아주 많은 법이다. 열여섯에 그가 레즈비언, 퀴어, 동
성애자임을 밝혔을 때는 그게 당연해 보였다. 오랫동안 그에게
는, 샘에게는 그게 맞았다. 그와 아닐라가 사랑에 빠졌을 때는
모든 게 제자리를 찾은 듯 보였다.

"우리가 아기를 가진 젊은 퀴어 여성 1세대였죠. 이성애자가
아니면서 커플로 아기를 가졌고 둘 다 임신을 할지, 그러지 않
을지도 결정을 했어요. 나는 아닐라나 다른 사람들처럼 내 몸
을 편하게 느껴본 적이 없었어요. 아닐라가 나보다 몇 살 어리
기도 하고요. 그래서 그녀가 임신을 했고 나는 거드는 게 여러
모로 더 간단했죠. 난 가끔 질투를 했어요. 그녀의 배에 대해
서, 그녀가 젖을 먹일 때도. 내가 혹시 뭔가를 놓치고 있는 게
아닐까 회의했죠. 하지만 지금은 그렇게 생각 안 해요. 우린 당
시에 올바른 선택을 했어요."

나는 기다린다. 나는 기다리는 데 능숙하다. 샘도 그렇다.

"나도 알았어요. 어쩌면 늘 알고 있었죠. 어떤 수준에서, 육
체의 수준에서 말이에요. 하지만 처음엔 귀를 기울이지 않았
어요. 우리는 정말 행복했고 꽤 한동안은 모든 게 괜찮잖아요?
그러니까, 늘 모든 게 완벽한 사람은 없으니까요."

"그래서 전환은?"

샘이 웃으며 고개를 끄덕인다. "총 세 번의 전환이었죠. 차례
로. 우리 둘 중에 내가 먼저 완경이 왔어요. 힘들게 겪었죠. 식
은땀과 열감, 홍조, 불안, 짜증, 세상에 대한, 나에 대한, 아닐라
에 대한 분노. 그때쯤 자식 둘이 곁을 떠났어요. 아들은 남아메

리카를 여행하고 딸은 대학을 가서 물리와 수학을 전공했으니. 내 이해를 한참 넘어섰죠."

샘이 잠시 말을 멈추고 이웃의 딸 중 하나를 불러서 속삭인다. 아이스크림을 사줄 테니 손주 손을 잡고 미끄럼을 한번 태워달라고 부탁한다. 누나는 결연히 고개를 끄덕여 책임과 보상을 반기고, 역할을 정리하는 아이들을 샘이 지켜본다.

"계속하시죠?"

"그래요. 난 정말 같이 살기 힘든 사람이었다고 확신해요. 그냥 완경이 아니었으니까요. 난 더는 무시할 수가 없었어요. 월경도 멈췄고, 생리 주기가 끝나서…… 그냥 모든 문제가 터진 거예요. 우린 많은 대화를 했어요. 너무 많이 말했고 또한, 말을 하지 않을 때도 있었어요. 우리는 그저 서로 안고 있을 때가 많았죠. 나는 여전히 나예요, 물론. 하지만 난 달라지기도 했어요. 달라지고 싶었어요."

샘의 눈에 눈물이 어린다.

"나는 오히려 요즘 젊은 사람들이 안쓰러워요. 나한테 까다롭게 군 사람은 없었으니까요. 적어도 의료 쪽에서는. 그들은 내가 충분히 나이가 들었으니 내 마음, 내 몸, 나 자신을 잘 알 거라고 생각했어요. 그들이 맞죠. 하지만 나는 수십 년 전에도 알았어요. 난 그저…… 그걸 몰랐던 거죠."

샘이 그의 배를, 그의 중심을, 심장을 감싼다. 몸을 두 손으로 더듬는다.

"아닐라도 알았어요. 어떻게 해선지 그녀는 알았죠. 그녀의 완경은 나보다 온화했어요. 혹은 우리가 겪은 다른 것들과 비교하면 온화했는지도 모르죠. 어쨌든." 그가 웃는다. "호르몬 치료를 받고 있는 건 나니까."

그가 아이들 물건을, 벗어던진 스웨터와 양말들을, 거부당한 모자들을 챙기기 시작한다. "이 녀석들이 소동을 부리기 전에 아이스크림을 사줘야겠네요." 그가 들고 있는 물건들 꾸러미를 내려다본다. "우리가 해냈어요. 아닐라와 내가요. 우리가 선택하고 해냈죠. 하지만 아닐라와도 이야기해보세요. 그녀는 달랐을 테니."

그가 아이들과 떠나간다. 여느 할아버지처럼, 여느 토요일 오전처럼.

나는 아닐라에게도 대화를 청했고 처음에 그녀는 조금 날카로웠다. 남편을 방어하느라, 그들의 삶을 해명하느라 그동안 좀 지쳤던 모양이다. 내가 비판을 하려는 게 아니라 경청하려는 것임을 깨닫자 아닐라도 마음을 풀며 곤란한 질문도 선의로 허용한다.

내가 일어서려 하자 아닐라가 손을 내민다. 그러자 손목에 오래된 문신이 눈에 띈다. 소매에 반쯤 가려졌는데, 무슨 새가 날개를 펼친 모양이다.

"하나 더 있어요. 내가 사람들에게 많이 하지 않는 이야기가요. 솔직히 정말 괜찮으니까요. 그러니까 우리 둘 다 그 모든 세월을 지나며 너무 많이 바뀌었고, 더욱 바뀔 거라고 확신하지만, 그는 여전히 나의 샘이예요. 우리는 함께 잘 성장해왔어요."

"하나 남은 이야기는요?"

아닐라가 씩 웃으며 고개를 기울인다. 약간 창피한 표정이다.

"나도 한때는 쿨했어요. 나는 문신한 아시아 레즈비언이었고 백인 여자 연인도 있었죠. 이제 나에게는 남편이 있고 난 그냥 할머니예요. 다른 할머니들과 다를 게 없어요. 더 이상 나를 보고 쿨하다고 생각하는 사람이 없어요."

나는 그녀를 본다. "아, 나는 당신이 쿨하다고 생각하는데요."

나는 그 문턱에 비늘 하나를 남겨 놓는다. 그날 나중에, 아이들 중 하나가 발견할 것이다. 아닐라 할머니가 용 부인의 이야기를 들려줄 것이다.

"할머니 팔에 있는 용이랑 같은 거예요?"

"그렇지."

1966년 의사인 로버트 윌슨이 『여성적으로 영원히*Feminie Forever*』라는 책을 냈다. 그는 어떤 여성도 폐경이라는 거세적 사건의 끔찍한 생명력 쇠퇴에서 도망칠 수 없다면서, 최선을 다해 영원히 여성적인 모습을 유지하는 건 우리 선택의 문제가 아니라 남편과 가족에 대한 의무라고 대담하게 선언했다. 그리고 그에게는 우리가 그럴 수 있도록 도울 약물이 있었다.

난 평생 많은 약물을 사랑했다. 아편 계열 진통제, 진정제, 대마초, 환각제, 우울증 치료제, 호르몬 제제. 모두 코로 흡입하고 입으로 피우고 삼켰다. 진통용, 기분 전환용, 증상 제거용, 향상용, 각각 용도가 있었다. 나는 약물을 복용하고 패치를 붙이고 젤을 바르는 사람들을 비난하지 않는다. 그들 모두를 몸소 반겨왔다. 하지만 그런 내가 여성다움을 정의하려는 남자, 자신이 생각한 여성성이 영원히 지속되어야 한다고 주장하는 남자를 비난해야 할까? 질이 발기한 음경을 더 이상 편하게 품지 못할 때 질 위축이라고 말하는 문화를, 질의 척도를 음경으로 결정하는 문화를 비판해야 할까? 노화를 두려워하고 늙은 이를 경멸하는 사회를 비판해야 할까? 물론이다. 나는 진정 호되게 비난한다.

다음은 어느 들판. 혹은 평야. 나는 활공하면서 감각들을 열어놓고 날카롭지는 않게, 다가오는 대로 받아들이고 있었다. 이제 주의를 모으기로 한다. 시선을 움직이고 초점을 다시 맞춘다. 그래, 어느 들판이다. 넓은 들판이 대지를 깊숙이 가로지른다. 한때는 밭이었는지, 주변은 다른 밭들, 일일이 가지런히 경작되고 구획이 지어진 농경지에 둘러싸여 있다.

하늘에서 내려다보니 한때 밭고랑이었던 희미한 선들을 알아볼 수 있을 것 같다. 한때는 6년간 작물을 경작하고 1년은 쉬었을 것이다. 지금은 넓게 탁 트이고 메마른 들판이다. 생육 중이지도, 휴지기도 아닌. 그럼에도 죽은 곳은 아니다. 더 가까이가 보니 조금씩 녹색인 부분들이, 나지막한 수풀들이 보인다. 뜨거운 대지 위에 바짝 웅크린 도마뱀들이 태곳적 비늘을 달고 건조한 반그늘 속에서 해를 쬔다.

그 집을 찾지 못하면 나는 곧 돌아가야 하리라. 이 위도에서 태양은 지는 순간까지 가차 없다가 빠르게 사라진다는 것을 알게 되었다. 이 지역에 저물녘과 동틀 녘은 없다. 빛이거나 밤이다. 나는 한 번만 더, 좀 더 낮게, 느리게 호선을 그리며 돈다. 그러다가 작은 집을 발견한다. 이 들판 외곽에 약간의 분지처럼 들어가 있어 놓치기 쉬웠다. 아니면 잘 숨겨져 있는 것이거나.

"내가 직접 지었어요. 40대 후반에 시작했죠. 내가 알던 것들에서 벗어나 나만의 것을 발견하고 싶어질 때가 오리라는 걸 알았던 겁니다."

나는 흙벽돌로 지은 방을 둘러본다. 진흙으로 만든 벽돌을 땡볕에 말린 후 엇갈리게 쌓은 집이 아늑하다. 낮은 천장, 동쪽에 널찍한 창, 서쪽에도 창 하나, 북쪽 벽에는 큰 벽난로, 남쪽 벽에는 그녀의 침대가 놓였다.

집 바깥으로 나오면, 제일 심한 풍향을 건물이 막아주고 지대도 좀 낮아서 보호 받는 쪽 부지에는 꽤 넓은 텃밭이 있다. 옥수숫대들이 출렁이고 완두콩이 지지대를 타고 오르며 검붉은 방울과 눈에 확 띄는 주황색 방울을 단 토마토 포기들이 깊이 고개를 숙였다. 뜰과 들판을 경계 짓는 울타리나 담은 없지만 그 사이에 통나무 더미가 쌓여서 끝없는 지평선을 차단하는 또 다른 장벽을 형성한다.

거기에 외벽에 붙여 지은 별채 하나와 닭장 하나가 그녀의 거주지를 완성했다. 길 비슷한 자국이 북서쪽으로 하나 나 있어서 1킬로미터 남짓 떨어진 강으로 이어진다. 첫 10년 동안 그녀는 하루에 두 번 그 길을 산책했다.

한번은 한여름에 태양이 가장 높이 떴을 때, 흐르는 물에 대한 신체적 갈급함이 분별력보다 절박해져서 겁도 없이 집을 나섰다. 얕은 강물에 드러누워서 팔과 다리를 내저으며, 태양과 시원한 좁은 물줄기와 먼 산맥에서 흘러와 쌓인 젖은 흙에 몸을 내맡겼다. 그런 대담한 낮 활동으로 그녀는 그날 밤과 이후 이틀 동안 일사병에 의한 편두통이라는 형벌을 받았다. 두통에서 벗어나고 나서야 자신의 어리석음을 깨닫고 철이 든 기분이었다. 그렇더라도 마지막으로 한번 물에 몸을 맡겨본 건 기뻤다.

강에서 멀어져 그녀의 집을 지나면, 예전에 길이었던, 한참 쭉 가면 도로가 나오는 경로가 있다. 지난 수년간 그녀든 누구든 그 경로를 따라 걸어본 사람은 없다.

"내가 처음 이곳에 왔을 때는 방문객이 있었어요. 손녀딸, 증손자, 사촌 동생, 나이 든 친구, 연인 한둘이 있었고, 혹시나 지금도 있다면 어떨까 궁금하죠. 내가 무례하지는 않았지만 적극적이지도 않았어요. 결국 방문객들은 환대를 못 받는 것은 아니지만 나에게 그들이 필요 없음을 알게 되었지요. 나도 알게 되었고요. 나에게는 나만이 필요하다는 걸, 난 전에는 전혀 몰랐어요. 좋은 깨달음이었죠."

그녀는 관절염 때문에 몸이 굽고 왼쪽 눈은 백탁되고 하얗게 센 머리를 하나로 묶었다. 말을 하면서도 옹이진 손가락 사이에 코바늘을 끼우고 뜨개질을 하면서 점점 자라나는 담요를 무릎에 얹고 있다.

"아쉬운 게 많지 않아요. 바다가 조금 그립긴 하네요. 바다를 못 본 지 오래됐으니. 옛날부터 우리 부족 사람들은 아쉬움과 살아남는 법을 갈고 닦았어요."

나의 끄덕임은 질문이다.

그녀가 말을 계속한다. "내 할아버지의 부족은 노예였어요. 그 사실에, 그들이 견뎌온 역경에, 생존 능력에 우리는 자긍심과 깊은 아픔을 느낍니다. 우리는 그것을 되찾은 영예의 훈장으로 생각했어요. 한참 후에 집요한 내 딸이, 나의 증조할머니 쪽이 노예 소유주였다는 걸 알아냈어요.”

“받아들이기 힘들었겠네요.”

그녀가 멀쩡한 눈으로 나를 응시하지만 오히려 구름 낀 눈의 시선이 나를 꿰뚫어보는 듯하다. “이 근방에서 흑인으로 자라는 것보다 힘든 일은 없죠. 대부분의 장소가 그렇겠지만.”

“그렇겠죠.”

“모든 게 늘 적응의 문제였어요. 나는 무엇보다 거기에 지쳤죠. 타인들의 시선에서 벗어나 혼자 살고 싶었어요. 외부로부터 나를 결정하는 시선에서 벗어나서요.”

“더 말해줄래요?”

그래서 그녀는 말해주었다. 그녀의 여성적 성숙, 찬란한 신체, 육감적 몸매는 매혹적이면서도 두려웠고 남자와 여자 그리고 많은 그 중간의 사람들을 끌어들였다. 그녀는 자신의 육체를 한껏 즐기고 탐험했으며 때로는 다른 이들에게도 그 기회를 주었다.

“내 몸의 굴곡들을 나는 사랑했어요. 살덩이가 내 영혼 주변에서 모양을 갖춰가는 방식을요. 열두 살, 열세 살 때 찾아온 첫 변화를 반겼죠. 피와 통증을 맞이하며 그 분노와 암울함을 마치 잃어버리고도 아쉬운 줄 몰랐던 친구처럼 여겼어요. 그러고 나서는 두 번째 변화가 찾아왔죠. 임신과 아이들, 그리고 유산, 내게서 나온 육신, 생명과 죽음. 그 변화 역시 나를 경이롭게 하고 먹이고 쥐어짜낸 다음, 각각의 젖을 떼고 나서는 재충

전시켰어요. 나는 어머니 노릇을 애정했지요. 고통과 부단한 상실, 매일 매순간 끊임없고, 밤이면 더 심해지는 두려움에도 불구하고 사랑했어요. 번성했죠. 그러고 나서 아이들은 어른이 되었고 아이들의 노화가 나에게도 알려주었어요. 어머니가 다른 존재가 됐고 세 번째 변화가 찾아왔다고. 피 흘림이 끝나고 나이 듦이 시작되어 나는 잠시 맞서 싸웠어요. 중간 단계에 매달리며 머리를 염색하고 약을 먹고 운동을 하고 투지를 불태우다가 어느 날 늦은 오후 하늘을 보았는데, 찬란한 저녁 노을이 개시되고 있었고 나는 이해했어요. 나는 지금 황혼이구나, 땅거미가 지는구나. 나는 밤이되어 가는 거구나. 그리고 나는 늘 밤을 좋아했어요. 나는 노화가 우리에게 수여하는 투명 망토를 받아들였어요. 그걸 마법처럼 스스로에게 둘렀어요. 내가 떠날 때는 아무도 내가 가는 모습을 보지 못했죠."

그녀가 손을 내려놓는다. 주전자가 끓었다. 식히고 있던 파이를 잘랐다. 우리는 반씩 나눠 먹는다. 깔끔하게 자르지도 않았고 내일을 위해 남기지도 않았다. 존재하는 건 오늘뿐이다. 우리는 먹고 마시고 키스하고 서로를 감싸려고 몸을 뻗는다. 우리 늙은 몸을, 자글자글하고 부드러운 피부를 감싸려고.

우리가 사랑을 나눈 후에, 구르고 뻗어나간 후에, 껴안고 자고 한 후에, 나는 그녀 밑에서 빠져나온다. 그녀가 깨어 내가 나가는 걸 알고 작별 인사를 웅얼거린 후 다시 단잠에 빠진다. 나는 불에 장작을 넣어 어두운 새벽에 방 안 온기가 유지되도록 신경 쓴 다음, 몸을 흔들어 동쪽 창에 비늘 하나를 안치한다. 태양이 뜨면 그녀가 바다의 녹색에서 깨어나도록.

떠나면서 나는 육감에서 알게 된 것들을 기록한다. 감정을 이용할 수도 있지만 감정은 가끔 엇박자를 낸다. 육감이 더 진실한 안내자임을 알게 되었다.

모든 데서 늘 배운다.

2015년 호가Hoga의 연구팀이 진행한 북미, 남미, 유럽, 동남아시아, 오세아니아, 중동 전역의 완경 연구에 의하면 완경은 중년기 및 노화와 관련된 과도기로 그 시기에 우리는 감정적, 육체적 변화들을 겪는다. 연구팀이 검토한 네 종류 언어로 된 세계 전역의 연구들에 의하면 이 과도기 때 회복력이 개선되는데, 여기에는 사회문화적 기대, 가족과 개인의 필요가 깊은 영향을 미친다. 복합적이기도 하고 개별적이기도 한 것이다.

우리 각자는 늘 서로 다르게 변화한다. 배아기 때부터 계속해서 우리는 변이하고 자라고 발전하고 죽는다.

용들이 우리 허물을 떨어뜨린다.

이렇게 나도 허물을 벗는다.

나는 소위 '문제적 인물' 중 하나였다. 칭찬이라도 되는 듯 말하던 그들은 틀렸다. 나는 규율을 파괴하기를 즐기는 사람이 절대 아니었다. 의도적으로 고약하거나 무례하거나 함부로 못되게 군 게 아니었다. 나는 위반을 꿈꾸지 않았다. 그런 걸 선택한 적 없었다. 그럼에도 나는 위반적으로 보였다. 순전히 우연히 이런 몸매, 체형, 외모, 충동으로 인해 나는 너무 시끄럽고 너무 크고 너무 지나쳤다. 늘 너무 생기 있었다. 질문으로 사람들을 성가시게 만들었고 의혹을 제기함으로써, 왜, 어떻게, 누가 말하고 왜 내가 해야 하느냐고 알고 싶어 함으로써 사람들을 열받게 했다. 그 어느 것도 화나게 만들려는 의도는 없었지만 그렇게 되었다. 그들은 나를 때리고 내쫓고 여러 방식으로 입 다물리려 노력했으나 침묵을 강요받으면서도 나의 질문들은 커졌다. 나는 착한 소녀가 되지 않으려는 게 아니었지만, 착해지려 노력하고 솔직하려 노력하더라도 사람들이 바라는 소녀상은 될 수 없었다.

시간이 흘러 소녀에서 여자가 되어가자 또다시 나는 잘못되었다. 남자들이 나를 욕망하면 그건 내 잘못이었다. 그들이 죄를 저지를 수밖에 없게 만든 것은 내 잘못이었다. 내가 너무 욕망의 대상이 된 것은 내 잘못이었다. 나는 열세 살이었다. 그럼에도 어쩐지 내 잘못이 되었다.

그리고 또다시, 어른 여성이 되어서 아무리 착한 여자가 되려고 노력해도 그들의 선함을 내 진실과 결합시킬 수 없었다. 결국 노력에 지친 나는 한계에 다다랐고 더 이상 속박될 수 없었다. 내가 입을 벌리자 내 목소리가 터져 나왔다. 울려 나왔다. 그리고 진실은 선이었다.

그것이 상처를 되돌릴 순 없었지만 나는 더 이상 착함을 추구하지 않으며, 진실보다 착함을 선호하는 문화를 추구하지 않았다.

나는 그 상처와 비늘들을 비교해보았고, 비늘 한 조각 한 조각을, 상실 하나하나를 모두 떠나보냈다. 나의 피부에는 새로 녹황색 비늘들이 자라났고 내가 움직일 때마다 그것들이 흔들리고 반들거린다. 비늘들이 내 몸 위에 잘 자리 잡았다. 부담스럽지 않다. 가볍다. 빛난다. 당신의 이야기를 나에게 해주길. 그리고 이야기를 하면서 모두 떨어져나감을 느끼기를. 우리는 우리 이야기 자체이고 그렇지 않기도 하다. 지금 우리에게 맞는 것을 유지하자. 새로운 가능성에 여지를 남겨두자.

달은 나를 떠나지 않았다. 달은 여전히 나의 상승과 추락을 받아 적으며, 이지러졌을 때 쉬고, 차올랐을 때 날아오른다. 내가 당신에게도 가서 당신의 삶에 동승해보겠다고 제안할지도 모른다. 내 연락을 기다려보길. 두 번 이상 연락하지는 않을 것이다.

녹황빛을 느껴보자. 당신 안에 받아들이자. 당신의 것으로 삼자.

그래. 그거다. 잘하고 있다.

————— 스텔라 더피Stella Duffy

17권의 장편소설, 70편 이상의 단편소설, 14편의 희곡을 쓴 영국의 작가로 많은 상과 훈장을 받았다. 또한 심리치료사로 상담실을 운영하며 저소득층의 정신 건강을 돌본다. 현재는 완경 이후 구체적 경험에 대한 연구로 박사 논문을 쓰고 있다.

옮긴이 후기

이 책은 영국에서 여성과 소수자의 목소리를 증폭시키기 위해 1973년 설립된 비라고virago 출판사의 50주년을 기념하는 단편 소설집이다. 부커상, 카프카상 등의 수상자이자 캐나다 작가인 마거릿 애트우드에서부터 아일랜드, 파키스탄, 나이지리아 등 영국을 중심으로 한 여러 나라의 인기 작가 열여섯 명이 참여했다. 각각 여성에 대한 멸칭 하나씩을 선정해 작품의 제목으로 삼고 새로운 작품을 쓰면서, 그 여성 혐오적 단어들을 페미니스트 관점으로 탈환해 뒤엎기를 도모했다.

한국 말에서도 여성에 대한 멸칭을 어렵지 않게 찾아볼 수 있다. 오랜 세월 유구하게 내려온 멸칭도 많지만, 현대에선 익명의 인터넷을 통해 더욱 늘어나고 공격적이 되는 경향이 보인다. 게다가 여전히, 그냥 '여성'을 지칭할 뿐인 말에도 결국은 모욕의 어감이 따라붙는다. 물론 우리에게도 오랜 페미니즘 운동의

시간이 이어졌고, 그 속에서 여성 혐오적 단어들을 전복시키거
나 강력한 에너지를 탑재하도록 전유하는 경우가 있었으니, 이
소설집의 시도가 낯설지는 않을 것이다.

국내에서도 열성적 독자를 거느린 거장 마거릿 애트우드가
첫머리에 나섰다. 이 책에 수록된 첫 단편 「뜨개질하는 요물
들」에서, 이 책을 대표하듯 앞으로 나선 사이렌, 즉 뱃사람을
유혹해 죽여온 인어가 오랜 서양 신화와 민담 속 괴물들을 하
나하나 호명한다. 그리고 이들의 '뜨개질 모임'에 누구를 더 끼
워줄지 익살맞은 논쟁을 벌인다. 목소리와 신음, 혈액과 지능,
팔다리 사지四肢 소유 여부의 편견을 문제 삼고 날개, 지느러미,
물갈퀴, 촉수를 들어 올려 의사를 표현해도 괜찮다 하면서 새
로운 육체성과 포용의 흥미로운 가능성을 탐색한다. 성적 자율
성에 대한 모순적인 관점들을 조심스레 오갔던 작가다운 소품
이라는 언론의 평을 들었다.

두 번째 작품, 이 책을 기획한 출판사의 사명 여장부virago를
원제로 택한 「진짜 사나이」는 실제 존재했던 인물을 소재로 삼
았다. 근대의 역사적 인물, 19세기에 여성으로 태어났던 한 남
자의 수난기를 다룬다. 이 남자를 조사하는 이는 병원이자 감
옥의 정신과 견습 의사다. 그는 스승의 이론과 기술로 무장하
고 '정신병자 여성'의 입을 열게 만들 사명감에 가득 차서 필기
구를 준비하지만, 그의 학구적인 글쓰기가 어떻게 현실을 왜곡
하는지, 그러다가 어떤 곤경에 빠지는지 우리 현대인은 잘 알
아챌 수 있다.

세 번째 작품 「보리수나무의 처녀귀신」은 이민자 소녀들의 성장 스토리 속에 남아시아의 설화적 존재인 추라일Churail을 불러냈다. 억울한 죽음을 맞이한 여자의 남편을 꾀어내 성적으로 착취한다는 귀신을 통해서 여성들의 복수심뿐만 아니라 남자의 신분 상승 욕망과 불안, 기후 위기 문제도 짚고 넘어간다.

「가사 고용인 노동조합」은 2차 대전 당시 하녀로 일했던 실존 인물에 대한 소설이다. 영화화된 세계적 베스트셀러 『룸』과 『더 원더』의 작가인 엠마 도노휴가 이런 작품을 썼다는 게 좀 신기한데, 이 짧은 작품 안에 계급과 성별 투쟁, 비혼과 타협, 우정과 배신, 익명의 연대를 찾는 새로운 풍속도까지 모두 녹여낸 솜씨에 감탄하게 된다.

「포르노 배우의 우월함」은 제목처럼 관능적인 내용은 아니지만, 유흥업 종사자의 직업적 모색과 동료 의식에서부터 기본적인 인간 관계의 고민까지, 개인적으로 가장 재미있게 봤고 작가의 팟캐스트도 구독하는 등 관심을 기울이게 됐다. 국내에도 여러 작품이 번역된 핫한 소설가 헬렌 오이예미의 「악플 대응팀」도 비슷하게, 인터넷 악플에 대비하는 훈련용 인공지능이라는 재밌는 소재 속에 젊은이들의 직업과 변화하는 세상에 대한 새로운 시각을 펼친다.

「할망구의 정원」은 이 소설집에서 유일하게 코로나 시절의 런던 풍경을 기록했는데, 마지막 작품인 「용 부인의 비늘」과 함께 식물과 정원에 대한 영국인 특유의 애호, 그리고 여성의 노화와 세대 갈등을 흥미로운 방식으로 다룬다. 그러고 보니 이 소설집은 25주년이 아니라 '50주년' 기념 작품집인 것이다.

「예지몽의 전사」는 구약 시대 전장에서 활약한 여성 선지자를, 「공군 지원 부대」는 2차 대전 때 전투기 부대에서 일한 여성들의 감흥과 회한을, 「피압제자의 격분」은 역시 같은 때 폴란드에서 유대인 여성들의 기적 같은 저항의 순간을 다룬다. 2차 대전 때 활약한 전투기 스핏파이어Spitfire나 〈퓨리오사〉 등의 어원이 된 복수의 여신들the Furies처럼 여성의 공격성은 공포의 이미지로도 많이 사용되어왔고 이 소설들은 그 이미지를 강력하게 구현해낸다.

자식 교육에 열심인 동양인 어머니에게 붙던 칭송이자 멸칭이 되어버린 '타이거 맘'을 소재로 삼은 소설도 있다. 「호랑이 엄마」는 영국 버전의 〈스카이 캐슬〉인가 싶겠지만, 막상 내용은 현실과 환상의 경계가 무너지는 우화이자 가슴 찡한 애도의 산문이다. 아마도 이 소설집에서 가장 아름다운 작품일 것 같은데, 유명 영화 음악들에 바이올리니스트로 참여했던 작가의 이력을 보니 연관성이 느껴진다.

이렇게 여성 혐오적 멸칭들이라는, 꽤 협소한 과제에 대해 작가들이 종횡무진 창의력을 펼치는 모습이 무척 신난다. 역사에서 소재를 가져오기도 하고 신비주의 색채를 띠거나 마법적 세계관을 채택한 소설, 지독한 문명 비판과 풍자를 품거나 폭소를 유발할 정도로 웃긴 작품도 있다. 다양한 구성과 문체를 통해 여성의 삶과 성적 정체성의 변화무쌍한 면모를 포괄하며 소수자의 힘을 드러낸다. 그 결과 이 소설집은 온갖 주의 주장들의 경연장이 되어 인종 차별, 성정치, 계급 투쟁, 세대 갈등,

영웅주의, 테러리즘이 페미니즘의 감독하에 전개된다.

그렇다 보니, 읽는 사람에 따라 작품 각각에 대한 해석이나 선호도는 많이 다를 것이다. 이 책의 초역을 처음 읽고 완성까지 이끌어준 편집자도 그랬지만, 자문을 해준 폴 매튜스와 그렘 핸드도 나의 선호와 전혀 다른 작품을 최고로 꼽으며 작품마다 서로 다른 해석을 내놓을 때가 많았고, 그 점에 대해 토론하는 시간이 풍성해졌다. 독자 여러분도 그런 점 역시 즐겨보시길.

옮긴이 **이수영**

연세대에서 국문학으로 학사를, 비교문학으로 석사를 받았다. 편집자, 기자, 전시기획자 등으로 일하다가 지금은 책 번역에 전념하고 있다. 『비하인드 도어』『금색 피의 소녀들』『밤, 네온』『미술관 밖 예술 여행』『가짜 노동』등 50여 권을 옮겼다.

복수의 여신

초판 1쇄 펴낸날 2024년 10월 15일

지은이 마거릿 애트우드 외
옮긴이 이수영
펴낸이 김영정

펴낸곳 (주)현대문학
등록번호 제1-452호
주소 06532 서울시 서초구 신반포로 321 (잠원동, 미래엔)
전화 02-2017-0280
팩스 02-516-5433
홈페이지 www.hdmh.co.kr

© 2024, 현대문학
ISBN 979-11-6790-270-2 (03840)